ELOGIOS PARA *UN VERANO BIEN CALIENTE*

"Una fantasía femenina llena de . . . hombres bien parecidos y sexo inolvidable."

—*Miami Herald*

"La política tropical, cultura e identidad . . . son los focos de *Un Verano Bien Caliente.*"

—*Fort Lauderdale Sun-Sentinel*

". . . una divertida novela romántica."

—*El Nuevo Herald*

"A las mujeres les encantará esta historia; está tejida con las emociones que mucha gente siente. Una historia universal de inseguridad y de qué sentimos cuando tememos que nuestras vidas están encaminadas en una dirección equivocada."

—*USA Today*

"Garcia-Aguilera está en el máximo de la comicidad cuando describe los cubanos de Miami y todos sus atavíos con la certeza de una persona bien informada."

—*San Antonio Express-News*

"Garcia-Aguilera captura perfectamente los conflictos de estas mimadas mujeres. Su humor irónico le da vida a las situaciones que describe con íntima familiaridad. Este es otro libro con el que el público se divertirá."

Carolina Garcia-Aguilera, nativa de Cuba, comenzó su carrera como investigadora privada una década antes de convertirse en una afamada escritora. Ha sido galardonada con los premios Flamingo y Shamus, por sus novelas policíacas de la serie Lupe Solano. Reside en Miami Beach, Florida.

TAMBIÉN POR CAROLINA GARCIA-AGUILERA

BITTER SUGAR

HAVANA HEAT

MIRACLE IN PARADISE

BLOODY SHAME

BLOODY WATERS

BLOODY SECRETS

rayo *Una rama de* HarperCollins*Publishers*

# UN VERANO BIEN CALIENTE

[ UNA NOVELA ]

CAROLINA GARCIA-AGUILERA

TRADUCCIÓN DE
JOSÉ LUCAS BADUÉ

CPL

Los libros de HarperCollins pueden ser adquiridos para uso educacional, comercial, o promocional. Para recibir más información, diríjase a: Special Markets Department, HarperCollins Publishers Inc., 10 East 53rd Street, New York, NY 10022.

*Diseño del libro por Shubhani Sarkar*

Este libro fue publicado originalmente en inglés en 2002 en Estados Unidos por Rayo.

PRIMERA EDICIÓN

Impreso en papel sin ácido

Library of Congress ha catalogado la edición en inglés como:

Garcia-Aguilera, Carolina.
One hot summer / by Carolina Garcia-Aguilera.—Rayo 1st ed.
p. cm.
ISBN 0-06-009787-6
1. Cuban Americans—Fiction. 2. Female friendship—Fiction. 3. Women lawyers—Fiction. 4. Miami (Fla.)—Fiction. I. Title.
PS3557.A71124 O54 2002
813'.54—dc21

03 04 05 06 07 DIX/RRD 10 9 8 7 6 5 4 3 2 1

Para mis hijas: Sarah, Antonia y Gabriella:

los amores y pasiones de mi vida.

Y por supuesto, para mi querida Cuba:

siempre te llevo en el alma y en el corazón.

# AGRADECIMIENTOS

En esta novela, *Un Verano Bien Caliente*, me desvié del género literario en el cual suelo desenvolverme. Antes de escribir este libro, fui autora de seis novelas policíacas (tres víctimas fatales por libro, garantizadas). Por lo tanto, no me queda más remedio que reconocer que al escribir una historia de amor se me presentaron obstáculos inesperados. Por ejemplo, me tuve que acostumbrar a escribir escenas donde no sólo había dos personas en la misma cama, sino dos personas en la misma cama que aún respiraban. Por eso tengo que expresarles mi agradecimiento a varios individuos descomunales que tuvieron fe en mí y creyeron que yo sí podía cumplir con mi cometido.

Quiero darles las gracias a Richard Abate en Nueva York y a Ron Bernstein en Los Ángeles, mis representantes de la firma International Creative Management, por su apoyo incondicional y por creer en mí. Estoy muy agradecida con René Alegría, el editor de la casa editorial Rayo—y con apellido muy acertado—ya que su entusiasmo desenfrenado y su júbilo hicieron del proceso de escribir este libro una experiencia divertida. Y como siempre, Quinton Skinner se merece un agradecimiento muy especial no sólo por todos sus talentos, sino por su destreza asombrosa al poder convertirse en otra mujer cubana más.

Como siempre, le estoy agradecida a mi familia—a mi madre, Lourdes Aguilera de García; a mi hermana, Sara; a mi hermano, Carlos; y a mi sobrino Richard—por todos los años de apoyo y palabras de aliento que me han dado. Me consuela saber que he gozado del apoyo de todos ellos durante mi carrera literaria.

A mis queridas hijas Sarah, Antonia y Gabriella, les agradezco la bendición de su existencia, su presencia a mi lado cuando es posible, y por apoyarme siempre, tanto en las buenas como en las no tan buenas. No pasa un día que no me quede alucinada por lo asombrosamente dichosa que he sido. Estoy segura de que tuve que haber hecho algo como es debido—aunque no sé qué—para que Dios me las diera a ustedes tres. Sin embargo, no analizo mucho la situación. Sólo acepto las bendiciones con alegría, y las disfruto a más no poder.

También debo hacer mención del papel importante que han ejercido mis amigos a lo largo de mi vida, sobre todo cuando me doy cuenta de lo dichosa que he sido en lo que se refiere a las amistades. A todos, desde las amistades de mi infancia en Cuba, hasta "la pandilla" de South Beach, y a muchos otros, gracias. No sé cómo pagarles por la amistad que me han demostrado durante todos estos años.

Y para terminar, tengo que dar las gracias a todos los hombres que han jugado papeles importantes en mi vida. Sin ustedes, nunca hubiera podido haber escrito un libro como éste.

# UN VERANO BIEN CALIENTE

# [ 1 ]

Me sentía más contenta de lo normal. Sabía que me veía bien y que me esperaba un buen rato. Lo estaba disfrutando todo. Ese mismo día había ido a Saks Fifth Avenue en Bal Harbour donde me compré un vestidito negro sin mangas de Armani que me quedaba perfecto. Enseguida supe que le iba a sacar mucho partido. El otro vestido negro que tengo sólo lo he usado para ir a la Funeraria Caballero. Y como me lo había puesto para ir a no sé cuántos velorios y entierros, ya me lo habían visto demasiadas veces. Tenía que reemplazarlo con algo nuevo, más a la moda. Mi marido dice que yo hago cualquier cosa por gastar dinero. Creo que tiene razón.

¿Y qué más da?

Para los cubanos de Miami, hacer acto de presencia en un velorio no es la triste obligación que es en otros lugares. Aquí un velorio también juega el papel de acto social donde viejos amigos se reúnen y conversan antes de salir juntos para disfrutar de la noche. Así es Miami: ni la muerte puede aguar la fiesta.

Fue a principios de julio, como a eso de las siete de una tarde bien calurosa. Yo iba guiando por el MacArthur Causeway oyendo el último CD de Marc Anthony a todo volumen. La velocidad máxima que se permite en la carretera es de cincuenta millas por hora, pero nadie—con la excepción de algunos turistas y unas viejitas—conduce a esa velocidad.

Había salido de Miami Beach—donde vivo—para Coral Gables, donde me iba a encontrar con mis mejores amigas, Vivian Mendoza y Anabel Acosta, en el velorio de la tía abuela de María Teresa Martínez, otra amiga de nosotras. Ni Vivian, ni Anabel ni yo jamás le habíamos dirigido siquiera una palabra a la anciana que había fallecido ese mismo día mientras tomaba la siesta, pero como éramos amigas de María Teresa, no nos quedaba otro remedio que hacer acto de presencia en el velorio.

Le pedía a Dios que la caja estuviera cerrada, porque me cae fatal pensar que estaríamos chismeando delante de un cadáver. No podía borrarme de la mente el pensamiento de que la difunta nos pudiera oír hablando de dónde queríamos ir a comer esa noche. No cabe duda de que hablar delante de un muerto que está dentro de una caja abierta es algo muy desagradable, y si seguía pensando en el tema, me iba a disgustar. Por eso empecé a pensar en otras cosas, ya que quería—no, mejor dicho, necesitaba—pasarla bien esa noche.

Entre los cubanos, los velorios son el lugar perfecto para buscarse un novio. Si no se encuentra a un hombre dentro de la misma capilla ardiente, sin duda hay uno en la cafetería situada al fondo del plantel. La calidad de lo que hay depende de la fama del difunto, o si éste tuvo una familia numerosa. Cuando éramos pepillas, Vivian, Anabel y yo nos fijábamos en todos los varones en los velorios y comentábamos sobre sus físicos al alcance del oído del difunto. Pero así no se deberían comportar tres muchachitas católicas: puede ser que el remordimiento que actualmente siento por haber hecho eso me haya causado que ahora, como mujer adulta, le tenga tanto desprecio a los velorios con las cajas abiertas. Lo peor era cuando llegábamos a los velorios en el momento en que el cura empezaba a rezar el rosario. Eso duraba una eternidad, y no había escapatoria: nadie podía salir de la capilla ardiente mientras se rezaba el rosario, ya que era una de las pocas reglas que se respetaban. Por eso nosotras tratábamos de llegar a la funeraria cuando no estuviera el cura.

Tengo una infinidad de recuerdos de los velorios a los que he ido a lo largo de toda mi vida, y de vez en cuando mis amistades y yo hablamos de todos a los que hemos asistidos juntos. Por supuesto que sólo tenemos buenos recuerdos de los velorios de un pariente lejano que estaba muy viejito o de alguien no muy allegado, ya que los velorios de los seres queridos tienen sus propios recuerdos. Pero el velorio de esa noche era como el primero: nadie conocía a la difunta, y de verdad lo que nos importaba era que después íbamos a salir juntas a comer. De las tres, dos éramos casadas, entonces no teníamos por qué fijarnos en los hombres. Esa noche era para nosotras tres, ya que no habíamos salido juntas hacía unas semanas. Ahora que lo pienso bien, me parece que hacía más tiempo que no nos habíamos reunido para salir.

Cuando manejo el carro, siempre me despejo la cabeza. Me fijo en cómo las aguas de la bahía de Biscayne brillan como si fueran tejidos de plata. Había una regata andando, con botes de velas coloridos, tensas en el viento, y con sus mástiles que casi tocan el agua. Iban hacia el norte en formación de combate, parecian casi no tocar la superficie. Más allá vi el buque *Sealand*—que llevaba tanta carga que parecía medio hundido en el agua y que ansiaba llegar al mar abierto—acompañado por dos remolcadores a todo lo largo del canal estrecho.

Había tres barcos de crucero tan enormes que parecían tres edificios de apartamentos. Estaban atracados, uno detrás del otro, en los muelles del Puerto de Miami para que les hicieran el mantenimiento antes de que zarparan en camino austral hacia el Caribe. Yo nunca he tomado un crucero, pero cada vez que veo uno de esos barcos, empiezo a soñar con irme en uno: escaparme de la rutina cotidiana e irme para un lugar donde no me puedan encontrar. Esta tentación—o desesperación—no ha llegado a tal nivel de hacerme comprar un pasaje e irme. Así y todo, todos los domingos me leo la sección de viajes del *Herald* de cabo a rabo.

Cuando pasé el puente que va hacia las islas Palm e Hibiscus, dejé de prestarle atención a la carretera por un momento para ver si veía a unos de los delfines que a veces se ven dando saltos en la distancia. Pero no fue así. Sé que soy una mujer sofisticada de treinta y cinco años que ya ha visto bastantes delfines en la naturaleza, pero aún cuando veo a uno de esos animales tan majestuosos, me late el corazón en el pecho. No tiene nada de malo preservar algo de la inocencia. No es fácil hacerlo, sobre todo en Miami. Y como que soy abogada, es casi imposible.

Como ya estaba a mi derecha el edificio del *Miami Herald*, halé el timón para atravesar dos carriles y tomar la salida que me llevaría a la I-95 en dirección sur, y así pasaría por el centro de la ciudad hasta llegar a la U.S. 1, donde terminaría el recorrido. Mi primer impulso fue tomar la salida de Biscayne Boulevard y seguir por la ruta que llega a mi oficina en el edificio Dade Corporation. Bueno, eso es lo que haría si todavía trabajara ahí. Pero al pensarlo bien, me acuerdo que sí sigo trabajando ahí. Eso es si no cambio de idea.

Me monté en el puente y miré hacia arriba para fijarme en los tres últimos pisos del edificio que ocupa mi bufete de abogados. Eran casi las siete y media, pero las luces seguían prendidas. Las horas brutales de trabajo era una de las razones por las que pedí al bufete un año de licencia. El personal de apoyo—secretarias, ayudantes de abogados, oficinistas—solía trabajar de nueve a cinco. Pero los abogados no podían hacer lo mismo. La realidad era que los abogados del bufete Weber, Miranda, Blanco, Silverman y Asociados, no tenían derecho a sus vidas personales. Muchas veces oía el reloj grande dar las doce de la noche mientras estaba amarrada a mi escritorio acumulando horas que se pudieran facturar. Esa es la esencia del negocio, el meollo de la existencia del abogado: las horas que se pueden facturar.

Pero no todo era trabajo pesado. En el bufete yo había hecho muy buenas amistades. Salíamos todos juntos y nos divertíamos muchísimo, como hacen los soldados con licencia. Por cinco años—y sin quejarme—me había resignado a la norma de trabajo que prevalecía en el bufete. Pero después que me casé, las largas horas que tenía que pasarme en la oficina me empezaron a causar problemas. Y cuando nació el niño, mi destino quedó determinado. Para una mujer cubana—ya sea profesional o no—el marido y los hijos ocupan el primer lugar, y el trabajo el tercero, si acaso.

Y así fue.

Ya habían pasado diez meses desde que tomé mi baja de maternidad, y lo máximo que permitía el bufete era un año. Por eso ya me tocaba tomar una decisión, que hasta el momento, había eludido. La hora de decidirme se acercaba, y el apremio que caía sobre mí de todas partes iba en aumento.

El CD de Marc Anthony terminó ya cuando llegaba a la salida donde la I-95 se une a la U.S. 1. Pero enseguida empezó a tocar otro. Era un CD viejo de Gloria Estefan, *Mi tierra,* uno de mis favoritos. Por tratarse de todas las canciones de Cuba, me puse de buen humor para el velorio que me esperaba. ¿Quién mejor que Gloria Estefan—la figura ejemplar de la cubanía—podía prepararme para ingresar al territorio totalmente cubano al cual me dirijía?

Tomé la salida de Douglas Road, y unos minutos después, ya estaba buscando dónde meter el carro en el parqueo que quedaba detrás de la funeraria. No fue nada fácil encontrar dónde parquear, ya que el modelo Escalade de la Cadillac es una camioneta grande que ocupa mucho espacio. Lo que me encantaba de la camioneta era su tamaño, pero había poquísimos parqueos en donde podía caber.

Yo iba lentamente y tuve que pasar tres o cuatros espacios en los cuales un carro mucho más pequeño hubiera cabido, aunque apretado. Traté de borrar a Ariel de la mente: él me había advertido que el Escalade no me iba a dar más nada que dolores de cabeza. Puede ser que tuviera razón, pero era una tremenda camioneta a todo meter, con las ventanillas teñidas de oscuro. ¿Cómo iba yo a negarme el placer de tener un carro como ese? Sé que Ariel me advirtió bien cuando trató de convencerme a que no comprara ese monstruo, pero me enamoré de la camioneta a primera vista cuando la vi en el almacén de automóviles Cadillac.

Cuando me enamoro de algo, lo tengo que hacer mío, y al carajo con las consecuencias. Este no es precisamente el carácter indicado para una abogada, pero afortunadamente, mis pasiones son pocas. De lo contrario sería yo a la que hubieron encerrado en la cárcel, en lugar de ser yo la que les hace la visita a los clientes que ahí se encuentran. Ir a la cárcel, aunque sea de visita, es una experiencia formativa. Te das cuenta de que una sola acción, una sola equivocación, te puede dejar detrás de puertas de hierro que no abren más. Es una experiencia que da que pensar; te hace apreciar lo que tienes.

¡Al fin! Encontré un espacio lo suficiente grande en la última fila, justo al lado del muro que rodea el parqueo. Me miré el maquillaje en uno de los muchos espejos que—de forma muy práctica—he colocado a unas cuantas pulgadas el uno del otro, me fijé para ver si el creyón de labios me había manchado los dientes de rojo, y me di una última perfumadita. Con una mano muy bien entrenada, me sacudí la melena—que me llega hasta los hombros—para que me quedara con ese estilo natural y despeinado que me cuesta centenares de dólares al mes. Ya me sentía lo suficiente lista para cumplir con mi deber con la tía Ester, una mujer que—sin duda alguna—fue una gran señora.

Saqué las piernas del Escalade y traté de bajarme de la forma más femenina que podía, mientras cuidaba de no virarme el tobillo. Calzaba un par de sandalias abiertas atrás y de tacón alto. A éstos se les llama *zapatos de limosina*, porque caminar una cuadra con ellos es tan imposible que se necesita un limosina. La camioneta era tan alta que tuve que usar el guardafango que queda debajo de la puerta para poder bajar al piso de asfalto.

Caminaba como si fuera una china con los pies atados mientras cruzaba rápidamente el parqueo para llegar a la entrada principal de la funeraria. No era lejos, pero cuando llegué a la entrada, me pareció como si hubiera atravesado todo el largo del estadio Pro Player. Le eché un vistazo al parqueo, y me fijé que tanto el Lexus de Vivian y el BMW de Anabel estaban ahí. ¡Qué alivio! No hay nada peor que empujarse un velorio sin conocer a nadie. Ya me había pasado. Cuando fallecía alguien que merecía la presencia de nuestra familia en su velorio, mi madre hacía que uno de nosotros fuera a la Funeraria Caballero en representación de la familia completa. Y ya que yo era la única mujer de la familia, me tocaba más a mí que a los demás. Si Vivian y Anabel no hubieran estado allí, me hubiera tocado tener conversaciones incómodas con desconocidos y dar el pésame por alguien que jamás conocí. Yo sabía que María Teresa estaba presente, pero iba a estar demasiado ocupada en su papel de sobrina nieta de luto.

Cuando se trata de velorios, sé muy bien que hay que firmar los libros que se encuentran sobre las mesas que quedan al lado de la entrada de las capillas ardientes. Por si los parientes del difunto no se recuerdan de quien se apareció—o no—en el velorio, firmar el libro corrobora que uno estuvo presente. Yo siempre escribo mi nombre y apellidos en letras de molde bien claritas para que se puedan leer: Margarita María Santos Silva. Me tienen que dar todo el crédito que me merezco por mis esfuerzos.

Antes de entrar, me fijé en el grupito reunido en la entrada, tratando de ver si encontraba algún conocido, pero no conocía a nadie. Había unos doce hombres de todas las edades, vestidos de trajes oscuros o de guayaberas blancas bien almidonadas y pantalones oscuros. Había dos mujeres vestidas de negro, gesticulando como locas mientras hablaban en la forma rápida y animada del típico cubano. Casi todos tenían un cigarrillo o un puro en las manos, y el humo ascendía hacia el cielo en la fuerte luz amarilla que salía de ambos costados de la puerta principal. Me arreglé el chal que llevaba sobre los hombros para protegerme del aire acondicionado exagerado que me esperaba adentro, me pasé los dedos por el pelo, y cobré ánimo para perderme entre la crema y nata del exilio cubano de Miami. Me propuse no pensar ni en el trabajo ni en Ariel. Hasta hace poco no había tenido tiempo libre ni para mí ni para mis amistades. Por eso me iba a divertir, pero de verdad.

Mañana lo resolvería todo. Así me lo prometí.

# [ 2 ]

"¡Margarita!"

La voz me era conocida. Vivian me estaba esperando en la entrada. Vino corriendo hacia mí y me dio un beso en la mejilla. Me abrumó el fuerte olor a su perfume de Carolina Herrera.

"Anabel está en el baño," me dijo, haciendo un pequeño gesto con la mano. "¡Te estábamos esperando!"

En ese mismo instante, Anabel salió del baño de las mujeres. Ella padecía de una miopía muy fuerte, y me di cuenta de que no tenía puestas las gafas. Por eso le iba a tomar un rato hasta que se diera cuenta que yo estaba al lado de Vivian.

Según la definición legal, Anabel era casi ciega. Y para colmo, no soportaba los lentes de contacto. Se rehusaba a ponerse gafas en público, salvo cuando no le quedaba más remedio, como cuando quería conducir el carro sin que la instruyeran de cargos de homicidio por el uso de un vehículo de motor. La acompañé a la oficina del Departamento de Vehículos de Motor de la Florida cuando le dieron la licencia de conducir por primera vez, y todavía recuerdo cómo le coqueteó descaradamente al funcionario que la examinó en un esfuerzo inútil para que él no marcara la cajita en la licencia que decía "Requiere lentes correctores." Según dictaba la vanidad muy particular de Anabel, esta condición la hacía imperfecta, y por eso ella pensaba que si se indicaba en un documento oficial, el mundo entero se enteraría de su problema.

Lo sabía. Tuve que esperar a que Anabel estuviera a mi lado para que se diera cuenta de quien era. Se me acercó, sin medir bien la distancia entre nosotras. Me moví para atrás y quité los pies de su camino justo a tiempo, ya que si no me hubiera movido tan rápido, mis lujosos zapatos hubieran pasado a la historia, y mis pies estarían enyesados.

"¡Margarita!" Anabel frunció los labios para darme un beso. Después apuntó la boca en lo que parecía más o menos la dirección de mi cara, y se me cayó encima. Me ericé cuando me tocó el cuello, ya que supe que me había dejado una mancha de color rojo-sangre.

Casi enseguida, Vivian empezó a buscar un pañuelo en la cartera para quitarme la mancha del creyón de labios de Anabel. Esto era parte de la amistad con Anabel: ella solía cambiarnos el maquillaje. Yo sólo aspiraba a que se pusiera las gafas, ya que así le haría la vida más fácil a todo el mundo. Y si no se la hacía más fácil, por lo menos se la haría más organizada.

Mientras esperaba calladamente a que Vivian me limpiara el cuello, me percataba de la escena que se desarrollaba frente a mí. Mis amigas y yo estábamos vestidas básicamente de luto—el vestuario apropiado del velorio cubano—y parecíamos estar listas para tirarnos encima de la pira funeraria de la difunta. Así es la tradición: hasta de los que no conocían al difunto se esperaba—en teoría—que se comportaran como si estuvieran sufriendo mucho. Las reglas no escritas determinaban el vestuario apropiado que se usaba sólo para las visitas a la Funeraria Caballero: ropa negra y modesta que tape las rodillas, y nada que esté de moda o que sea moderno. Los velorios son las únicas ocasiones que no requieren una llamada para decidir lo que nos vamos a poner. Ya todas sabíamos qué ponernos. Esa noche reconocí tanto el vestido de Vivian como el de Anabel, ya que se los había visto puesto unas cuantas veces antes.

Estaba esperando a que mis amigas se dieran cuenta de mi vestido nuevo, pero sólo se fijaron en mis zapatos. Anabel casi tuvo que agacharse para verlos. Pensé en quitarme uno y dárselo, pero eso sería ir más allá de lo aceptable. Le lancé una mirada a Vivian, y pude ver cómo estaba pensando cuánto me costaron los Manolo Blahnik. Ella sabía que yo sólo pagaba el precio al por menor, algo que la inquietaba y la hacía rabiar.

La funeraria estaba bastante llena, con gente que se apiñaba delante de la entrada y de las capillas ardientes. Leí el anuncio que aparecía en el vestíbulo, y vi que la tía Ester estaba en la capilla ardiente número dos, la más grande de las cinco que había en la funeraria. Eso significaba que esperaban mucha gente. Para nosotras esto era una buena noticia; podíamos firmar el libro, y hacer un recorrido rápido; les daríamos el pésame a los que estaban velando a la difunta, y después pasaríamos unos minutos con María Teresa; pero sólo por respeto a la tradición, ya que ella tampoco conocía a la tía Ester muy bien. A partir de entonces, estaríamos libres para irnos enseguida a cenar.

La verdad es que somos expertas en lo que se refiere a la experiencia de la Funeraria Caballero. No tuvimos que discutir estrategias; ya sabíamos por intuición cómo se iban a desarrollar las cosas, y cuánto tiempo íbamos a pasar en la funeraria. Todas pensábamos igual.

Ni Vivian, ni Anabel, ni yo estudiamos juntas. Pero habíamos sido amigas desde el segundo grado cuando jugábamos juntas en el mismo equipo de balompié del YWCA: nuestros padres habían llegado a la conclusión—sin consultarse entre ellos—de que nos hacía falta hacer ejercicio, además del trabajo de la escuela. Por eso nos inscribieron en el equipo contra nuestra voluntad. Nuestro equipo era uno de los mejores en el condado de Dade y casi nunca perdimos durante los cinco años que jugamos. Suena impresionante; eso es, si no nos veían jugar. Fue pura suerte que nos tocara un equipo tan bueno a mis amigas y a mí.

Las tres jugábamos en las posiciones de defensa. Nuestra ofensiva era tan fuerte y tan violenta que casi todo el juego se llevaba a cabo en el campo del equipo opuesto. Aunque no podía ver más allá de unas pulgadas de la cara, Anabel era la portera. Vivian y yo no teníamos esperanza ninguna en lo que se refería a los deportes. Básicamente pasábamos el rato al lado del gol para hablar mal de nuestras compañeras de equipo. Y cuando nos pusimos un poco más viejas, hablábamos de los chicos. Cada vez que nuestro equipo marcaba un gol, nos separábamos, aplaudíamos y gritábamos, aunque no muy alto, ya que no queríamos que el entrenador se diera cuenta. Las otras jugadoras del equipo estaban encantadas con nosotras, ya que a ellas les gustaba adueñarse del balón, y a nosotras no nos interesaba ni siquiera tocarlo.

Los partidos eran los sábados por la mañana. Tata, la niñera de mi familia, nos llevaba en carro dondequiera que se llevaran a cabo los juegos. Disuadíamos a nuestros padres de que fueran a los juegos, porque no les hubiera gustado nuestra estrategia no-participativa. Después del juego nos pasábamos la tarde juntas en una de nuestras casas, y muchas veces—dependiendo de la cantidad de tareas que teníamos—nos pasábamos la noche. Desarrollamos el tipo de amistad que sólo se concreta con dormir juntas en las casas de cada una, y con la promesa compartida de jamás guardar secretos entre nosotras; una promesa que hemos mantenido hasta la mayoría de edad.

Las tres somos cubanoamericanas, nacidas en Miami, y nos criamos a menos de dos millas de cada una en Coral Gables, un barrio elegante de Miami. Yo siempre he creído que el hecho de que estudiamos en escuelas diferentes—desde la primaria hasta la universidad—nos mantuvo unidas. Jamás nos hacíamos competencia, y nunca nos peleamos por los mismos premios, ya fueran humanos o de otro tipo.

Al igual que yo, Vivian Mendoza era abogada, pero ejercíamos diferentes tipos de derecho. Yo me dedicaba al derecho de inmigración comercial, y ella a la defensa criminal en un bufete que consiste de sola ella. A la edad de treinta y cinco, ella era una de las pocas mujeres en Miami que practicaba la defensa criminal. Y también seguía soltera; había tenido muchas relaciones con hombres, pero ninguna había durado. El último hombre que tuvo era casado, y después de pasar meses haciendo el papel de la otra, terminó con el romance. En lo referente a su vida personal, al igual que en la profesional, Vivian tenía que ser la número uno. Aun así, yo sabía que el último todavía le dolía; el hecho de que aún no hubiera encontrado a otro, lo confirmaba. Vivian no era una mujer que podía estar mucho tiempo sin la compañía de un hombre.

Aunque Vivian decía estar totalmente feliz como soltera, Anabel y yo sospechábamos que deseaba la vida tradicional de tener un marido e hijos. Pero eso no se podía discutir con ella. Teníamos que aparentar creerle cuando nos decía que lo que la hacía más feliz era jugar el papel de tía cariñosa con sus sobrinas y sobrinos. Vivian tenía un aire de autosuficiencia e independencia que parecía asustar a muchos hombres. El instinto asesino que le sirve tan bien frente a un juez no siempre le ha dado el mismo resultado con los hombres, ya que la realidad dicta que los hombres tienen que sentirse más fuertes que las mujeres, lo sean o no. Los hombres podrán decir que les gusta que las mujeres sean fuertes, pero la mayoría encontraban a Vivian demasiado fuerte y devoradora. Últimamente, nos había asustado a Anabel y a mí al hablar de la estructura ósea y la inteligencia de los hombres con quien salía. Era como si los viera más como donantes de espermatozoide que como intereses amorosos.

El problema no era que Vivian no fuera bonita; era alta, de piernas largas, rubia natural y con el mejor cuerpo que el dinero pueda comprar. Tenía una casa pequeña en Coconut Grove; en sí era una cabaña glorificada, decorada por un diseñador—uno de lo mas conocidos de la ciudad—contratado por ella. Vivian tenía un motón de amistades, y tenía una agenda sólo para mantener su vida social en orden. Aun así, no tenía marido ni ningunas posibilidades de conseguirlo.

Quizá fuera que muchos de sus posibles novios se espantaran cuando se enteraban de que una vez le pusieron una bomba debajo del chasís de su de la Boxster Porsche. A mí me parece que si era verdad que tenían miedo, esos tipos no tenían suficientes cojones, ni tampoco se la merecían. De todas formas, la policía encontró a quien puso la bomba, y le añadieron de veinticinco años a vida a las dos sentencias de las cuales Vivian no lo pudo salvar. Parece que el mafioso había contratado a Vivian para que lo representara en el juicio porque era cubana; pensó que ella podría influenciar al jurado en una ciudad con una mayoría absoluta latina. Aunque Vivian era muy buena abogada, las simpatías étnicas tienen sus límites. Al acusado lo habían detenido durante una investigación rutinaria de tránsito, la cual resultó en el hallazgo de dos cadáveres en el baúl, de las huellas digitales que dejó en la pistola Mágnum calibre .357 que usó para la ejecución, y de su ropa bañada en la sangre de las víctimas. Ni el brillante equipo defensor de O. J. Simpson lo hubiera salvado de la cárcel.

Esas cosas pasan cuando un abogado es contratado por clientes mafiosos, y no puede producir los resultados deseados. Vivian tomó el atentado en contra de su vida con una ecuanimidad asombrosa. Decía que eso era parte del negocio. Mi mamá estaba de acuerdo. Según ella, cuando uno se acuesta con perros, se levanta con pulgas.

Esta es una de las pocas veces en mi vida en que he estado de acuerdo con mi madre.

Aparte de los problemas que tenía con la vista, Anabel Acosta también era un poco daltónica, una condición que suele ser de los hombres. Aun así, trabajaba de arquitecta, diseñando—con mucho éxito—las casas de personas adineradas. La gran tragedia de su vida era el no poder ver claramente ninguna de sus creaciones, aunque usara los lentes más fuertes disponibles. Estaba casada y feliz con su noviecito de la escuela secundaria, y tenía tres hijas: trillizas de cinco años de edad. Vivian y yo pensábamos que pasaba sus días felizmente sin darse cuenta del mundo que la rodeaba, pero por supuesto, jamás se lo comentaríamos. Anabel vivía en una gran casa de Coral Gables diseñada por ella, y la cual había aparecido en revistas de moda. Era socia de una firma de tres arquitectos que había fundado con dos antiguos compañeros de estudio de la facultad de arquitectura de la Universidad de Yale. Anabel gozaba de tanto talento natural que había podido vencer el obstáculo abrumador que le presentaban sus ojos débiles.

En los últimos años Anabel y sus socios—todos cubanos—se habían involucrado más y más en la restauración de los edificios históricos de La Habana que habían caído en un estado de horrible deterioro. Este tipo de trabajo la satisfacía muchísimo, ya que podía salvar tesoros cubanos que de otra forma se perderían, y también había desarrollado un profundo conocimiento de la ciudad que vivía siempre en los sueños de todos los exiliados.

La falta de vista tan terrible que afligía a Anabel, dictaba muchos aspectos de su vida y el más obvio era cómo se vestía. A veces se aparecía vestida como una vagabunda adinerada, calzando zapatos que no pegaban y un desorden de colores que chocaban uno con el otro. Vestía ropa cara de marca, pero parecía que las coordinaba dentro de una batidora. No me sorprendería nada si le prohibieran la entrada en varias tiendas; su facha a veces les daba mala fama a los diseñadores.

Anabel era pequeñita. Medía un poco más de cinco pies de estatura, y pesaba como cien libras cuando estaba empapada de agua. No obstante, Anabel exigía la atención de los demás. Era pelicolorada natural, aunque se había puesto el cabello tan rojo que parecía emanar fuego de la cabeza. El pelo lo llevaba a media espalda y suelto. Como siempre tenía sus brillantes ojos azules tan abiertos—como si así le ayudaran a ver mejor—parecía estar perpetuamente alucinada. Esa noche en la Funeraria Caballero, Anabel logró escoger tantos tonos de negro, que los colores chocaban de verdad. Por supuesto, Vivian se veía tan perfecta—hasta las prendas que tenía le quedaban bien—que se hubiera podido ganar el premio de mejor vestida. Y como siempre, yo quedaba entre las dos.

"Bueno chicas, vamos a firmar el libro y dar el pésame," les sugerí. "Tengo hambre."

Las tres rodeamos la pequeña mesa donde estaba el libro de pésames. Con respeto y mucho cuidado escribimos nuestros nombres, apellidos y direcciones en letra de molde, nos arreglamos por última vez, y entramos en la capilla ardiente número dos. Nos pusimos al final de la cola que llagaba hasta donde se encontraban la familia y el ataúd, que ahora podía ver que estaba cerrado, gracias a Dios. Los ojos aún no se me habían ajustado a la luz tenue cuando Vivian se puso tiesa y me agarró el brazo, enterrándome sus uñas largas y afiladas en la piel.

"Tengo que irme," me susurró. "¡Ahora mismo!"

Se giró y regresó hacia la puerta. En ese mismo momento María Teresa nos vio e hizo una señal con la cabeza para dejarnos saber que nos había visto.

Anabel, quien estaba parada frente a mí en la cola, miró a su alrededor, confundida.

"¿Dónde está Vivian?" preguntó. "¿Se siente mal o qué le pasa?"

"No sé," contesté, mientras sacudía la cabeza y me salía de la cola. "La voy a seguir."

Anabel lo pensó por un momento. "Voy contigo," dijo.

Estábamos lo suficiente adelantadas en la cola para que nuestra partida creara un escándalo notable. La única persona que no se quedó fría al ver la manera insensata en que nos comportamos fue la tía Ester. Salimos cabizbajas, y alcanzamos a Vivian en la entrada.

"¿Qué fue?" le pregunté. "¿Me podrías explicar por qué tuvimos que hacer el papel de ridículas delante de todos los Martínez?"

Ahora me tocaba a mí agarrar a Vivian del brazo. Se veía horrible, y los ojos se le estaban llenando de lágrimas.

"¡Está aquí! ¡Estaba en la cola delante de nosotras!"

Anabel y yo nos miramos con caras de preocupadas.

"¡Luis está aquí, y con la mujer!"

Por fin entendí lo que estaba pasando. Vivian se refería a su amante casado de quien se había separado. Yo había notado un hombre bien parecido que estaba delante de nosotras en la cola, pero no me pareció correcto estar fijándome en él delante de la tía Ester. Estaba claro que Vivian todavía sentía por él, por lo que tuvo que haberse tragado un buche amargo al verlo allí con su esposa. ¡Qué hijo de la gran puta! Seguro que no fue culpa de él, pero eso no le quita lo de hijo de puta.

El vestíbulo de la funeraria estaba repleto, pero las conversaciones se detuvieron cuando Vivian se echó a llorar como una Magdalena delante de todos. No es nada extraño oír a la gente llorar en una funeraria, pero nadie podía creer que la muerte de la tía Ester conmoviera de tal manera a una mujer tan fuerte como lo era Vivian. O sea, el escándalo tenía posibilidades de ponerse peor.

En ese mismo momento el ex amante de Vivian se apareció en la puerta de la capilla ardiente número dos. Cuando nos vio, se detuvo y su puso blanco como un papel, mientras su mujer sólo mostraba una expresión confusa. Y como yo no quería que viera a Vivian así, enseguida empecé a buscar por dónde escaparnos, y me la llevé en dirección contraria a donde estaba él.

"Estoy segura de que por atrás hay una puerta por donde podemos escaparnos," aseguró Anabel. "¡Vámonos!"

Vivian y yo la seguimos por un pasillo hasta llegar a una puerta sin letrero, frente a la cual se detuvo Anabel, pestañeando.

"Esta es la puerta," nos dijo. "Por aquí se sale al parqueo."

La abrimos y entramos en una oscuridad más profunda que la boca de un lobo.

"Anabel, ¿tú estás segura que vamos bien?" le pregunté.

Inesperadamente sentí aire frío y me tapé bien los hombros con mi chal de pashmina.

"Sí, vamos bien. Yo me conozco el camino," Anabel me contestó con tanta certeza que no me quedaba más remedio que reconocer que nos estaba metiendo en tremendo lío.

"¡Coño!" gritó Vivian. "¡Me di en el dedo del pie! ¡¿Dónde carajo está la luz?!"

"Anabel, ¿tú estás segura que esta es la salida?" pregunté.

"¡Gracias a Dios, aquí está!" dijo Vivian, que estaba parada por algún lugar delante de mí. "¡Encontré la luz!"

"¡Coño Anabel," le dije cuando se prendieron las luces. "Seguro que no tenías puesto los espejuelos la última vez que saliste por aquí, porque esta sí que no es la salida al parqueo!"

Estábamos en un cuarto helado, lleno de cadáveres acostados en camillas. Al reflexionar bien sobre el panorama, tuve que reconocer que encontrarnos con Luis y su mujer no había sido una experiencia tan desagradable. No me importaba ni cuándo ni dónde fuera, pero yo prefería mil veces tropezarme con un ex amante casado antes de encontrarme rodeada de muertos.

# [ 3 ]

Con sólo la luz de la luna iluminando el cuarto, Ariel, mi marido, me pasaba la mano por el pelo mientras estábamos tirados en la cama, disfrutando de la paz y del silencio después de hacer el amor.

"Yo sé que tú eres una mujer liberada y todo eso, pero en el fondo, eres una tradicionalista. ¿Tengo razón o no?" me dijo, como para fastidiarme.

"Sí, ¿cómo no?" murmuré.

"Podemos vivir de diferentes maneras, pero a ti de verdad de gusta vivir al estilo tradicional, ¿verdad, mi amor?" me dijo en voz baja al oído.

Ya que lo que me había dicho era una observación y no una pregunta, en lugar de contestarle, apreté la cara más contra su pecho. Nunca me cansaba de olerlo. Ya era tarde, y sabía que teníamos que dormir, porque nuestros días empezaban muy temprano por la mañana. No quería terminar el día sin analizar todo lo ocurrido durante la jornada. Es una costumbre que he tenido toda la vida. Me quedo acostada en nuestra cama matrimonial tamaño extragrande, oyendo la respiración de Ariel volverse más profunda y regular, hasta que se queda dormido.

Después de nuestro inesperado encuentro con los dolientes temporales y bastante fríos, en la Funeraria Caballero, Vivian, Anabel y yo fuimos a comer al Versailles, el restaurante de La Pequeña Habana, el epicentro de toda la cubanía de Miami. La experiencia dolorosa que tuvo Vivian definitivamente pedía comida—y mucha—como terapia contra la depresión. Habíamos pensado en ir a un restaurante italiano elegante en Coral Gables, pero no era el ambiente apropiado para hablar de lo ocurrido. Cuando de crisis se trata, los cubanos exiliados buscan consuelo en el Versailles.

Comimos demasiado y bebimos demasiada sangría, que es lo que se hace en el Versailles. Ni nuestra visita a la morgue de la Funeraria Caballero nos había echado a perder el apetito. Un salón lleno de cadáveres no es suficiente como para quitarle el hambre a un cubano, sobre todo cuando se trata de las cantidades inmensas de comida caliente, sabrosa y barata del Versailles.

El restaurante estaba repleto, y como siempre, tuvimos que dejar el carro en el parqueo de enfrente. Como sabíamos que iba a ser muy difícil encontrar parqueo, fuimos todas juntas en el Lexus de Vivian. Cruzamos la calle y entramos por la puerta principal que da a la Calle Ocho. El maître enseguida nos llevó a una mesa para cuatro al lado de la pared de espejos largos en el salón principal.

Mientras seguía a mis amigas, vi nuestro reflejo en el espejo. Estábamos vestidas de negro de pies a cabeza; algo que me trajo recuerdos vívidos de heridas recientes que había sufrido el exilio cubano, y que aún no se habían sanado. Si hubiera sido dos años antes, durante el problema de Elián, pensarían que éramos de las Madres Contra la Represión, una organización de exiliadas cubanas que sólo vestían de luto.

Dios mío, esos últimos cinco meses—desde Thanksgiving hasta el Viernes Santo—fueron un tumulto. El destino de ese niño había oscilado muchísimo, y se podían ver a esas mujeres tan dedicadas todos los días sentadas tranquilamente en el Versailles mientras tomaban un descanso de las manifestaciones de veinticuatro horas frente a la casa de la familia—la cual quedaba a unas cuadras—en La Pequeña Habana. Esas mujeres siempre estaban ahí, sin vacilar, formando un círculo de oración por Elián. Versailles era el epicentro de la controversia. Los equipos de los noticieros—a niveles local, nacional, e internacional—se instalaron delante del Versailles. Ahí entrevistaban a los clientes y trataban de medir la reacción del Exilio sobre lo que pasaría ese día—que parecía pasar cada quince minutos durante esa época—y sin fallo, se podía prender el televisor y ver el Versailles en las cámaras.

El restaurante había existido por décadas, desde que Castro llegó al poder. Estaba abierto casi veinticuatro horas al día, y cerraba sólo por un rato para limpiarlo. No importaba la hora, el comedor siempre estaba repleto. Por supuesto que el restaurante había sido nombrado en honor al Palacio de Versalles de las afueras de París, y estaba decorado al estilo del Salón de los Espejos, pero con un toque cubano. La decoración guardaba similitud con La Habana de los años cincuenta, con enormes cantidades de fórmica y plástico.

Versailles tenía dos menús, uno en inglés y el otro en español, y las camareras sabían como por instinto, cuál darles a los clientes. Jamás las había visto equivocarse, aunque esto no debía sorprender, ya que la clientela era, en su gran mayoría, cubana. Los pocos americanos que iban se habían enterado del lugar por medio de las guías turísticas, y era muy fácil distinguirlos. Siempre sonreía por dentro cuando escuchaba a los jóvenes cubanos—la segunda generación—pedir la comida en su español acentuado, usando una gramática atroz y apoyándose en el *spanglish* cuando se les olvidaba la palabra correcta. Aun así, me sentía orgullosa de ellos porque trataban de hablar el idioma de sus padres, y también por comer en un lugar cubano de verdad, y por no haber optado por ir al Olive Garden o a T.G.I. Friday's.

Versailles había jugado un papel importante en nuestras vidas desde que éramos adolescentes. Ahí era donde íbamos a conspirar y a discutir nuestras vidas amorosas, y también donde confesábamos nuestras aspiraciones secretas y los secretos que nos avergonzaban. Pero quizá la verdadera razón por la cual el restaurante siempre había tenido tanta importancia era porque siempre terminábamos allí después de una noche de juerga, o porque era donde se podía consumir una comida gigantesca tratando de quitarnos la borrachera antes de regresar a casa. Suponíamos que con bastante comida en la barriga íbamos a poder salvarnos de la furia de nuestras familias y de sus discursos eternos sobre el buen comportamiento de las muchachas jóvenes.

Bueno, los discursos no se trataban sólo de eso, sino que también se trataban de lo que podía esperarse de una mujer cubana producto de una clase social específica.

Como siempre, Vivian se tranquilizó después de tomarse unas copas de sangría. Movió la cabeza y se mordió el labio.

"Dios mío, me volví loca. Espero que no me haya visto comportarme así," dijo ella. "No quiero que vaya a pensar que yo le doy tanta importancia."

"No vio nada," le dijo Anabel, tratando de consolar a Vivian. Vivian y yo nos miramos. De ninguna forma Anabel podía tener una idea sobre si Luis la había visto o no.

"Yo sé que es difícil," le dije. "Pero todo va a mejorar. Tienes que dejar que pase el tiempo. Las heridas todavía están demasiado frescas."

"Margarita tiene razón," añadió Anabel. "La situación no te iba a resultar."

"Y tú dijiste que él nunca iba a dejar a su mujer," añadí.

A la misma vez, tanto Anabel como yo nos dimos cuenta de que debíamos parar de dar consejos. Las dos teníamos matrimonios felices y nuestras palabras sonaban huecas.

"Tienes razón," dijo Vivian, con un suspiro. "De todas formas, él no podía conmigo. Siempre estaba haciendo pequeños comentarios de lo fuerte que era mi personalidad. Ustedes saben lo que quería decir: 'Quiero que seas una mujer típica cubana. Préstame atención cuando hablo. Por favor no seas tan fuerte.' "

No había mucho más por decir. Vivian tenía razón. Muy pocos hombres cubanos podían con ella. Quizá muy pocos hombres podían con ella, punto. Pero era muy feo estar hablando así en un momento como éste.

Cogí a Ariel desprevenido cuando llegué a casa un poco más temprano de lo que esperaba. Estaba en el estudio de la casa, viendo como diez programas de televisión a la vez. Casi no me miró cuando entré, y por eso seguí por el pasillo para ver cómo estaba el niño. Me encantaba verlo dormir. Todavía no podía acostumbrarme a la idea de que esa criatura había salido de mí.

Fui un poco loca en mi juventud. No hice nada que me avergonzara mucho, pero sí hice cosas que todavía me ponen colorada cuando pienso en ellas, y que definitivamente me descalificarían de ser nombrada a un puesto gubernamental de alto rango. (Bueno, sí, he pensado en esas cosas; no sería algo imposible.) Mientras más vieja me ponía, más me parecía que Dios me tenía abierta una cuenta corriente para hacerme responsable de mis errores. Los sentimientos de culpabilidad son la base sólida del punto de vista de todos los católicos en el mundo. Mis sentimientos de culpabilidad y vergüenza están muy bien desarrollados y se han afilado con el pasar de los años. En mis momentos más débiles, le tengo temor a la posibilidad de que mi familia pueda verse afectada de alguna forma por mis pecados del pasado.

Cuando estaba embarazada de Martí, sentía un temor mórbido de que Dios me fuera a castigar, y que por lo tanto, el niño fuera a nacer con algún defecto. Empecé a ir a misa todos los domingos—y a veces más—como un esfuerzo frenético por expiar mi pasado. Incluso me confesé por primera vez en muchos años, pero el cura me insultó cuando le explique porqué de pronto me había vuelto tan devota. Me dijo categóricamente que Dios no castigaba así.

Y que tampoco negocia.

Lo pensé, y me di cuenta de que estaba mirando la situación como abogada. Dios no era un fiscal con quien se puede llegar a un acuerdo que sea favorable a mi cliente, el cual en mi caso era mi hijo. Al darme cuenta de que estaba trabajando demasiado, concentré mis esfuerzos en cuidarme mejor y no volverme tan loca. Eso haría más por el niño que hacer negocios con Dios.

Me detuve por un minuto delante del cuarto de Martí. Dios no me había castigado. Aunque no entendía por qué, Dios me había dado un marido que me adoraba y un hijo que era mi felicidad.

¿Qué más podía querer?

Faltaba un mes para que Martí cumpliera los tres años. Lo bautizamos con el nombre del patriota cubano, José Martí, pero era igualito a su padre en el físico y en su carácter. Era cuadrado de cuerpo, y tenía el pelo oscuro y los ojos resplandecientes de su padre. A veces me asombraba cuando lo miraba y veía a un Ariel en miniatura mirándome con la misma intensidad de su papá. Era como si mirara al pasado y viera a mi marido en su infancia.

Entré en puntillas y vi a Martí durmiendo en su camita. Hasta lucía como su padre cuando dormía: contento y totalmente descansado. Me acordé de la primera vez que vi a Ariel, diez años antes, en la biblioteca de la Facultad de Derecho de la Universidad de Miami. Ariel estaba cómodamente instalado en su mesa de estudio; pronto me enteraría que iba ahí ya que nunca tenía ni paz ni tranquilidad en su casa. En aquella época Ariel todavía vivía con su familia; por muchos años su madre y tres hermanos cohabitaron muy hacinados en el mismo apartamento de dos dormitorios de Miami Beach. Su padre había abandonado la familia cuando Ariel—el más joven—era pequeño. Más nunca se supo de él, y siempre estaban apretados de dinero. Sin embargo, de lo poco que me contaron del padre de Ariel, estaban mejor sin él. Mejor no tener padre que tener padre malo.

En aquella época, yo estaba cursando mi primer año de derecho en la Universidad de Duke. Había ido a la biblioteca de la Universidad de Miami porque tenía que reunir datos para escribir una monografía para un curso sobre redacción jurídica que tenía que entregar después de Thanksgiving. Todas las mesas de estudio estaban ocupadas, y no me quedaba mucho tiempo. Ya que estaba desesperada, les empecé a preguntar a todos los que las estaban ocupando las mesas si pensaban en irse pronto. Ariel fue la cuarta y última persona a quien le hice la misma pregunta. Empezamos a hablar sobre lo que yo estaba haciendo. Resultó que Ariel estaba clasificado en el primer lugar de su clase. Me ayudó sin hacer ningún alarde sobre ello.

Tenía que regresar a Durham en dos días, y por eso dejamos sin fijar definitivamente ningún plan para vernos durante las vacaciones de las pascuas. Recientemente había empezado a salir con un compañero de estudios en Duke llamado Luther Simmonds, un americano de Nueva York, y por lo tanto no me interesaba salir con más nadie. Ahora me hace gracia, pero en aquel entonces yo pensaba que las cosas entre Luther y yo iban a terminar siendo permanentes.

Como Ariel era de Miami Beach, se había criado alrededor de un grupo de gente muy diferente al mío. En realidad, el condado de Dade está formado por varias ciudades, y la gente se queda dentro de su propia órbita, pero el hecho de que nunca nos habíamos conocido anteriormente tenía que ver con algo más que con la geografía. Éramos productos de diferentes clases sociales, y francamente, no nos hubiéramos sentido cómodos juntos, ni teníamos mucho en común. Entre las generaciones mayores, el hecho de que las diferentes clases sociales no se relacionen es una realidad, pero para la generación más joven, este modo de pensar está cambiando paulatinamente. Por supuesto que nos relacionamos por razones de negocios; eso se acepta y se fomenta. Pero ahora esto también se ha extendido a las interrelaciones sociales. El hecho de que todos somos exiliados no es suficiente para poder ignorar los niveles sociales. Aún había fuertes recuerdos de quién era quién en Cuba, pero mientras la generación mayor se iba muriendo, también morían los individuos que aparecían en la *Crónica de la vida social*.

Aun así, Ariel me gustaba, y nos vimos varias veces más durante las vacaciones que pasaba en Miami. Nuestra amistad se desarrolló poco a poco, ya que de verdad no nos sentíamos cómodos cuando estábamos juntos. Sabíamos cuáles eran nuestras diferencias, y por lo tanto, deliberadamente decidimos superarlas, aunque a veces parecía que hablábamos idiomas diferentes. Sin embargo, siempre hemos tenido nuestros estudios en común, y como Ariel tenía una mente legal muy lista, yo disfrutaba mucho al conversar con él sin la presión de competencia que sentía cuando hablaba con mis ambiciosos compañeros de estudios.

Después de graduarse, Ariel se unió a un bufete que se dedicaba a denunciar casos por daños personales que contaba con cinco abogados. El bufete estaba situado en el noroeste de Miami en un edificio destartalado que era propiedad de uno de los socios. Ariel me llevó ahí un día cuando estaba de regreso en Miami durante las vacaciones de las pascuas mientras yo cursaba mi segundo año en Duke. Recuerdo que tuve que disimular mi asombro: siempre me imaginé que los abogados trabajaban en oficinas elegantes, y esta no era nada por el estilo. El edificio estaba entre una bodega y una tienda de neumáticos que estaba pintada en el color amarillo más chillón que se pueda imaginar. La oficina de Ariel hubiera tenido una magnífica vista del Orange Bowl si no fuera por las gruesas rejillas negras que tapaban la ventana. En aquella época Ariel estaba viviendo en un garaje convertido en apartamento que quedaba a una cuadra del bufete. Una vez, lo fui a visitar ahí, y de verdad pensé en denunciar al casero ante los inspectores de salubridad pública.

Por un par de años, la mayoría de la clientela de Ariel era gente del barrio. Lo visitaban para contarle cómo habían sido heridos, o cómo habían quedado incapacitados en el trabajo debido a caídas, quemaduras, electrocuciones, y a accidentes vehiculares; todos tipos de litigios o desgracias por el estilo. Ariel los ayudaba con sus casos de compensación obrera y cobraba un porcentaje de la demanda. Debido a que trabajaba constante y metódicamente, su clientela aumentó hasta tal punto que se convirtió en un personaje del barrio en quien se podía confiar.

Como el mejor estudiante de su clase, Ariel hubiera podido trabajar en cualquiera de los mejores bufetes de Miami. Pero sus instintos lo llevaron a otro lugar donde adquiría práctica con la gente que conocía y que más lo necesitaban. Mucha gente—incluso yo—lo criticó. Pero entonces, *el caso* entró en su oficina. Ariel les mostró a todos los que lo criticaron que tenía razón, y así los calló para siempre.

Observé el cuarto de Martí. Estaba decorado con muñequitos de Disney y los mejores muebles infantiles que se podían comprar. Nada de esto hubiera sido posible si no hubiera sido por ese día del mes de agosto cuando la señora Matos entró en el bufete, y describió a Ariel fisicamente, diciendo que él era el abogado con quien quería hablar.

Una vez que Ariel apareció, se sentó delante de él y le explicó que tenía un caso de daños personales en el que estaba envuelto su hijo. La oficina de Ariel quedaba en la ruta que tomaba la señora Matos todos los días en camino a su trabajo de costurera en una tintorería; muchas veces, cuando regresaba a casa a pie tarde en la noche, veía a Ariel trabajando en su escritorio a través de las rejillas de seguridad de la ventana. Por eso, pensó que alguien que trabajaba tan duro como Ariel haría una buena labor a favor de su hijo. Sus instintos no pudieron haber sido mejores.

Un camión que era propiedad de una de las mayores compañías privadas de construcción en el condado de Dade se subió repentinamente sobre la acera de la calle Flagler—una de las más transitadas de Miami—y atropelló al hijo de la señora Matos. Alfredo Matos estaba casado, con cinco hijos, y el accidente lo dejó paralítico para siempre de la cabeza a los pies. Esto hubiera quedado como un accidente trágico e inevitable si no hubiera sido por el hecho de que el chofer del camión estaba bebido, según lo determina la ley, y, además, ya tenía tres delitos en su expediente. La compañía de construcción conocía el historial del chofer, pero no lo habían despedido debido a que su cuñado era el agente despachador de la oficina central. Alfredo Matos había sido un baluarte de su barrio, contador de su parroquia, y junto a su mujer Esmeralda, un voluntario activo.

Ariel persiguió el caso como un perro le va atrás a un hueso, y al final, el jurado falló a favor de la mayor cantidad posible como recompensa por la pérdida que sufrió la familia Matos. La indemnización fue la mayor jamás concedida por un jurado del condado de Dade en un caso de daños personales. Un año más tarde, la indemnización fue confirmada tras una apelación. Con el treinta por ciento de la recuperación que le correspondía a Ariel, no tenía que trabajar más nunca. A los veintisiete años de edad, se podía haber jubilado en ese mismo momento.

La remuneración normal que le correspondía al abogado era del cuarenta por ciento, pero Ariel no quiso aceptar tanto dinero: le pareció que un monto más bajo sería más justo, ya que el dinero le hacía más falta a la familia Matos que a él. Imagínese, un abogado que rehúse cobrar la totalidad de lo que le correspondía. Ese gesto de parte Ariel le ganó más fama que el mismo caso. Después de eso, el teléfono de Ariel no dejaba de sonar. A veces he pensado en qué motivó a Ariel, ya que nunca había sido altruista. Había nacido pobre y fue criado como pobre, y por lo tanto, para él cada dólar valía mucho, y no resultaba algo normal ser tan generoso con una pobre madre, pero cualquiera que fueran sus intenciones, sus acciones lo propulsaron al frente del mundo de la jurisprudencia miamense. Ariel tenía la capacidad de ser impávido y calculador en lo que se refería a lograr una meta, y era un experto en el análisis de gastos y ganancias, las cuales eran características que yo no compartía. Pero yo tenía que reconocer que a mí me criaron en el seno de una familia acaudalada, y por lo tanto, nunca me tocó vivir lo que le tocó a él.

Martí se movió en la cama, ya que sintió mi presencia. Con cuidado, lo tapé bien con la sábana y salí del cuarto sin hacer ruido. Me detuve en el pasillo por un rato a mirar las fotografías enmarcadas que cubrían hasta casi la última pulgada de la pared. Extendí la mano y toqué algunas de mis preferidas.

La fotografía más antigua era la de mis padres en Miami, tomada a principios de 1960: el año en que salieron de Cuba. Se fueron deprisa, sin tiempo para llevarse ninguna foto, y por eso ahí comenzaba la historia visual de mi familia. Ese vacío tuvo que habernos afectado muy fuertemente, ya que desde entonces nos hemos tomado—sin parar—miles y miles de fotos. A veces yo pensaba que tomábamos tantas fotos porque no teníamos nada con qué comprobar que de verdad habíamos tenido una vida completa y exitosa en Cuba. Entonces, pa'l carajo, íbamos a tener pruebas de que sí la tuvimos aquí en los Estados Unidos. A mis dos hermanos y a mí nos encantaba tomar fotografías, y por eso teníamos un historial gráfico de la familia Santos. Las paredes, los escritorios, y los armarios de mi casa estaban repletos de fotografías enmarcadas. Iba a llegar el día cuando no me iba a quedar más espacio para exhibirlas.

Regresé al estudio de la casa par ver si Ariel estaba concentrado viendo la televisión. En el momento que me oyó entrar, apagó el televisor y se puso de pie.

"¿El niño está bien?" me preguntó, caminando hacia mí. "Pasé al cuarto a darle una vuelta poco antes de que regresaras."

"Está durmiendo," le contesté. "Es tan dulce e inocente."

Ariel me abrazó.

"Te extrañé esta noche," me dijo en su voz grave. "Jacinta me preparó una bandeja. Comí delante del televisor."

Me besó debajo de la oreja, en uno de los lugares donde siento más sensación. Sabía dónde tocarme.

"Te ves sexy vestida así de negro," dijo suavemente, y entonces me besó en la boca. "Ajo. Toda vestida de negro, de regreso de un velorio y oliendo a ajo. Me siento como si tuviera una mujer siciliana. Qué sexy."

Empezó a trabajarme la otra oreja. Pronto estábamos en el dormitorio. A pesar de todas nuestras diferencias, en este campo sí coincidíamos. Y eso era lo que importaba.

# [ 4 ]

"Margarita, mi amor, sé que has estado evitando el tema, pero aquí estoy a tu disposición, por si quieres hablar."

Ariel dobló el *Miami Herald* con cuidado y lo puso encima de la mesa.

"Se te está acabando el tiempo," añadió. "Tienes que dejarles saber lo que vas a hacer."

Estábamos en la terraza detrás de nuestra casa después de haber desayunado, mirando las aguas de la bahía de Biscayne. Todavía sentía los efectos de haber hecho el amor la noche anterior, y por eso me sentía descansada y lánguida. Pero ahora Ariel me estaba forzando a ver una realidad a la cual no quería enfrentarme.

Tuve que reprimir las ganas de quejarme. Era una mañana preciosa. Entonces, ¿por qué debiera permitir que me sometieran a ninguna presión? Eran las ocho de la mañana, no se sentía ninguna humedad y había una ligera brisa que hacía olvidar el calor horroroso que vendría más tarde.

Esa mañana, Ariel lucía muy bien. Todavía tenía el pelo húmedo de la ducha, y el rostro le brillaba después de haberse dado una buena afeitada. No tenía la hermosura de un personaje de cuento de hadas, ya que tenía las facciones toscas y mal colocadas. Tenía tipo de hombre fuerte, y cuando se ponía jeans y pulóveres, parecía un bravucón callejero. Lo de bravucón no era fingido; si no lo hubiera sido, no estaría donde estaba. Y también tengo que reconocer que tenía un cierto tipo de carisma indefinido, que surgió después de la recuperación del caso de los Matos. Esto es prueba de que el dinero es un afrodisiaco, y que en grandes cantidades, es un orgasmo.

Esa mañana tenía puesta una camisa blanca, los pantalones oscuros de un traje, y había tirado el saco y la corbata encima de una silla de la mesa que estaba desocupada. A partir de este momento, le tomaría sólo un minuto irse para la oficina. Unos meses antes, yo también estaba vestida en un traje, lista para enfrentarme al mundo. Sin embargo, esa mañana, todavía tenía puesto mi negligé y bata de casa.

De donde yo estaba sentada en la terraza se podían ver todos los barcos de pesca de recreo y comerciales zarpando hacia su suerte en el Atlántico. Por alguna razón, los envidiaba. Agarré los binoculares que estaban en la mesa y enfoqué a unos veleros anclados en las aguas tranquilas de la ensenada más cercana a la casa. La gente que vive allá afuera, en esos botes parece nunca pisar tierra firme. A veces se desaparecen por unos días y reaparecen un día por la mañana como si nunca se hubieran ido. Uno de estos hombres que vivía allá afuera se parecía a Robinson Crusoe, con el pelo y la barba blanqueadas por el sol. Solía vestir sólo un taparrabo, y siempre tenía una cerveza en la mano. En otro bote vivían dos mujeres corpulentas y machonas, con el pelo corto y peinado de tal forma que parecían tenerlo erizado. Estas amantes expresaban la lujuria que sentían en privado, ya que las olas que generaban cuando regresaban a su camarote era una señal de lo que hacían.

Vivíamos en North Bay Road, una calle que da a la bahía de Biscayne, un poco más arriba de South Beach. Es una calle larga, tortuosa, con árboles a ambos lados, y favorita de los ricos y famosos. Las casas estaban apartadas de las aceras para así tratar de preservar la intimidad del hogar de los ojos entrometidos.

Compramos nuestra casa de siete mil pies cuadrados el año en que nos casamos. El dueño había sido un cantante de salsa puertorriqueño que no había logrado, en cinco años, tener éxito con ningún disco. La casa estaba hecha al estilo colonial español, y con salones enormes. Los vecinos nos contaron que el cantante daba fiestas alocadas y memorables en la casa. Al principio, la casa era demasiado grande para nosotros—una pareja sin hijos—pero la compramos por la terraza que tenía en el traspatio. ¿Quién no quisiera tomar el café de la mañana disfrutando las brisas del mar y observando las olas de la bahía, acariciadas por el sol?

Viví toda mi vida en Coral Gables, y, en realidad, nunca pensé vivir en Miami Beach, pero Ariel estaba decidido a formar su hogar allí. Y lo que quería más que nada era una de las casas de North Bay Road. Cuando era niño entregaba el *Miami Herald* a domicilio, y su ruta lo llevaba a esa zona todos los días al amanecer. Él se prometió que algún día sería dueño de una de esas casas. Me puse a llorar cuando me contó su sueño infantil, y por eso enseguida le dije que sí me mudaría allá. Lo único que nos dolía era que la madre de Ariel no vivió lo suficiente para ver cuán espectacular fue el éxito de su hijo.

Martí estaba jugando encima de una alfombrita que estaba al lado de la mesa, y de vez en cuando tomaba pequeños sorbos de zumo de su vaso de plástico, feliz y contento, e ignorando el panorama que lo rodeaba. Tenía la misma capacidad que tenía su padre de fijar su atención en una sola cosa y excluir todo lo demás: Estaba concentrado en un rompecabezas de madera mientras Jacinta recogía la mesa.

Ariel no me estaba forzando a discutir, pero yo podía sentir que me miraba mientras yo estaba contemplando la bahía. Le costó mucho trabajo aprender que no valía la pena obligarme a discutir algo cuando yo no quería hacerlo. Sin embargo, lo conocía lo suficiente bien como para saber que si no tenía cuidado, me podía manipular hasta el punto de tenerme donde quisiera. Tenía la capacidad de manejarme de una manera tan sutil que no me daba cuenta de lo que me estaba haciendo sino hasta cuando ya era demasiado tarde. En este momento tenía que proseguir con cautela, ya que sabía lo que quería.

"Yo sé que les tengo que dejar saber mis intenciones," le dije, por fin. "Yo lo sé."

Según las reglas de mi bufete, los permisos para ausentarse pueden prolongarse hasta un año, pero sería injusto si continuara postergando hablar con ellos acerca de mis planes. Yo era la única abogada del bufete que se especializaba en los asuntos de inmigración, y por eso era consciente de que habían consignado parte de mi trabajo a otros bufetes. Hasta ese momento, mis socios me habían mostrado su apoyo, pero yo sabía que pronto cambiarían de opinión. El negocio se tenía que respetar, y la buena voluntad personal sólo me serviría por un rato.

El bufete Weber, Miranda, Blanco, Silverman y Asociados era el único en que había ejercido la abogacía. Me contrataron como asociada por un verano después de terminar mi primer año de estudios en Duke, y luego me contrataron otra vez para el siguiente verano. Después de graduarme, me ofrecieron un puesto, pero dependía de si aprobaba o no el examen que me permitiría recibirme de abogada. Por falta de otra licenciada que podía hacer el trabajo, me pusieron a trabajar como abogada especializada en asuntos de inmigración. Durante el segundo verano que trabajé allí, el bufete fue contratado en un caso de litigio comercial con un componente significativo que trataba con la inmigración; es decir, no era un componente fundamental del caso, pero que sí requería que fuera investigado punto por punto. Le dieron este componente del caso al abogado a quien me asignaron, y por eso me pusieron a trabajar en él. Esto ocurrió mi primer día de trabajo ese verano, y de verdad que quería mostrarles lo que valía. Por lo tanto, me dediqué totalmente a la tarea.

Cuando concluí con mis investigaciones, le entregué a mi jefe un informe que se podía presentar ante la Corte Suprema de Justicia. El campo de la inmigración me interesaba, y eso me favoreció, ya que cuando empecé a trabajar a tiempo completo, me asignaron todos los casos de ese tipo. Tuve que haber hecho un buen trabajo, ya que cinco años después de graduarme me hicieron socia mayoritaria, la primera mujer del bufete que haya logrado dicho puesto.

La mayoría de mis compañeros de estudio en Duke fueron a trabajar en los bufetes grandes de Nueva York, pero yo regresé a Miami. Había estado fuera de Miami por siete años—incluyendo los cuatro años universitarios que pasé en la Universidad de Pennsilvania, en

Filadelfia—y me parecía que estaba perdiendo mi cubanía. Había muy pocos estudiantes cubanos en la Universidad de Pennsilvania, y no había ninguno en la Facultad de Derecho de Duke, entonces, mis infusiones de cubanidad me llegaban en paquetes de comida cubana que mi tata me mandaba, y en las cajas de suministros que traía de Miami cuando iba allá de vacaciones. Yo tenía un apartamento que quedaba fuera del recinto universitario, y por lo tanto, allí daba fiestas y servía comida cubana, pero siempre supe que no iba a estar lejos de Miami para siempre.

Yo daba unas fiestas buenísimas. Comida, música, y tragos basados en ron: mojitos, Cuba libres, y daiquirís de mango. En aquella época, era una cubana profesional, con un afiche enmarcado de José Martí en la sala, y una bandera cubana al lado de mi cama que tapaba la pared del techo hasta el piso. Tenía libros cubanos regados por dondequiera, y habitualmente se oía un CD de Gloria Estefan en el fondo. Cuando hacía ejercicios en el gimnasio, me ponía un pulóver que decía: "Soy todo esto, y cubana también."

Durante la época en que era estudiante, sólo salía con americanos, no porque quería, sino porque eran los únicos que conocía en las clases, o por medio de la hermanad de mujeres estudiantes de la cual yo era socia. El único romance serio que tuve fue con Luther Simmonds, durante el segundo año que estudié en Duke.

Antes pensaba que era mi compañero del alma. Me confesó que sentía lo mismo por mí.

Durante el invierno del último año de nuestros estudios en Duke, empezamos a hablar de casarnos, y conversamos acerca de los diferentes lugares donde podíamos vivir y ejercer la carrera. Pero luego algo pasó que aún no entiendo. Los lazos que había entre nosotros se deshicieron dentro de las raras brumas de la conveniencia. Después que nos graduamos, Luther se fue a trabajar a un bufete importante de Nueva York que se dedicaba a casos civiles, donde le ofrecieron un puesto por el cual le pagarían tan bien que no lo podía rechazar. Ya que en aquel entonces yo no quería vivir en Nueva York, regresé a mi bufete en Miami. Las cuentas de teléfono que nos llegaban eran inmensas. Al principio, hablábamos de cómo íbamos a hacer las cosas, y luego pasaba un día, y no nos hablábamos. Una semana después, el día sin hablar se convirtió en dos. Los dos estábamos tan ocupados que pasaron casi seis meses ante de que nos pudiéramos volver a ver.

Debido a mi relación con Luther, yo no había pensado en salir con Ariel, pero pronto me invitó a comer, y acepté la oferta. Y eso fue lo que pasó. Todavía pensaba en Luther. Parte de mi corazón siempre será suyo, sobre todo en la madrugada antes del amanecer: el momento en que siempre la pasábamos mejor.

Pero con lo que no es para uno, no hay quien pueda.

He trabajado duro toda mi vida. Cuando estudiaba, tomaba los cursos más difíciles, y me dedicaba exclusivamente a lo que estaba haciendo. Mis padres lo habían perdido todo después de la revolución en Cuba, donde eran propietarios y administradores de una cadena—a escala nacional—de farmacias. Les repetían una y otra vez a sus hijos: La educación es lo único que no les pueden quitar.

Pero luego me di cuenta de la realidad, ya que en realidad sus consejos, iban dirigidos a mis hermanos, y no a mí. Mi familia se quedó asombrada cuando le informé de mi decisión, ya que pensaban que me iba a volver un espantajo o una profesional amargada, y que por lo tanto, jamás me casaría. Mi destino sería el de una solterona, una vieja arrugada, frustrada y sola. Pero más importante para ellos era la posibilidad de que no les diera nietos. Me dijeron que ninguna mujer en la familia jamás había hecho el trabajo de un hombre. ¡Coño, pero la verdad era que antes que yo, ninguna mujer en mi familia ni se había graduado de la universidad, ni mucho menos había recibido un título profesional! Entre los cubanos de las clases pujantes de Miami, la universidad era como un salón de espera donde las muchachas que provenían de buenas familias pasaban un par de años antes de presentarse frente al altar.

Mis primas se habían dedicado a estudiar cómo casarse bien. Tengo que reconocer el hecho de que trabajaban más de lo necesario, y que aparecieron nombradas en las listas de honor académicas. Muchas de las muchachas cubanas de mi clase social llegaban a graduarse de la universidad, e incluso, conseguían trabajo, pero nada serio que las envejeciera y cansara. Se sobrentendía que lo dejarían todo y criarían a sus hijos tan pronto los novios estuvieran lo debidamente establecidos para casarse y comprar una casa. No sentían la misma represión de la década de los años cincuenta, pero la realidad era que no dejábamos a La Habana muy atrás.

Casi se sentía una pena colectiva por las mujeres cubanas exitosas, ya que se suponía que el éxito sólo llegaba a costa de una buena vida personal. Y una buena vida personal siempre, siempre, significaba un marido e hijos; el único camino verdadero a la felicidad y la satisfacción. Se pensaba que la única razón que tenía una mujer para trabajar era la necesidad económica. Creo que una de las razones por la que me siento tan apegada a Vivian y a Anabel es porque ellas también se rebelaron contra el destino que les esperaba por su condición de nacimiento.

Y ahora tenía que decidir qué iba a hacer con el resto de mi vida. ¡Coño, yo había trabajado tan duro para llegar a donde estaba! A los treinta y cinco años de edad, yo era socia mayoritaria de un bufete próspero con varias oficinas situadas en diferentes lugares del país. Sin embargo, también era esposa y madre, con un niño pequeño en casa y mi marido hablando de tener otro pronto.

Si regresaba al trabajo, significaría largas horas y mucha tensión, pero sería todo para mí; mi satisfacción por haber jugado un papel importante en las vidas de mis clientes, de mi oficina, y de mi propio mundo. La gente con quien trabajaba me caía bien, eran mis amigos. Me gustaba reunirme con los clientes, y también me gustaba la labor intelectual que se requería para analizar sus casos y trazar una estrategia. Gozaba la euforia que sentía cuando trabajaba bien en un caso, y me regodeaba saber que había hecho una buena labor. Me encantaba saber que tenía fama de ser una abogada minuciosa y perspicaz.

Habían pasado diez meses desde que me dieron mi permiso para ausentarme. Me encantaba el tiempo que pasaba con Ariel y Martí, pero de verdad que extrañaba la oficina. Como diez veces al día le daba una mirada al reloj, y pensaba en qué estaría haciendo si estuviera en mi escritorio, y no en casa.

Me pagaban muy bien en el trabajo, pero de verdad que no nos hacía falta mi salario, ya que Ariel trabajaba y teníamos las inversiones que habíamos hecho después del caso de la familia Matos. Ariel me lo recordaba tanto que casi se volvía su lema. A veces hubiera querido que no fuera verdad, ya que se me hubiera hecho más fácil el proceso de tomar una decisión.

No se equivoque conmigo; Yo sé que muchas mujeres cambiarían de lugar conmigo de un tiro. Recuerdo todas las mujeres que están criando a sus hijos solas y sin dinero, o lo que resulta peor aún, tener que luchar con un marido hijo de puta y borracho. Quería respirar profundo y reconocer todas las bendiciones que me han sido concedidas, pero mi carácter no me lo permitía. Tenía que pensar obsesivamente en este dilema hasta llegar a una conclusión.

Era como si una voz siguiera repitiéndome: *"Date por vencida, deja el trabajo, ten más hijos."* ¿Pero qué significaría eso? ¿Que desde un principio nunca tomé mi vida profesional en serio? Todo el tiempo, esfuerzo, y dinero que invirtió el bufete en mi sería por gusto, y yo sabía bien lo que eso significaría para la próxima joven abogada latina. Por bueno o malo que fuera, yo era una figura entre los que se desenvuelven en la jurisprudencia. Y la gente me estaba observando.

Yo quería a Martí más que a nada en este mundo. Daba gracias por poder observar sus cambios diarios, por ir a nadar con él, por enseñarle buenos modales, y por ayudarlo a abrirse caminos en este mundo. Y con respecto a Ariel, fue un cambio agradable para los dos estar en casa a la misma vez por la noche. Creo que he pasado más tiempo con él en los últimos diez meses que en los ochos años de matrimonio.

Mi familia no me podía ayudar en este problema. No valía la pena para nada pedirle que me aconsejaran, ya que yo sabía lo que pensaban por adelantado: *"El lugar de una mujer es en su casa, con su marido y sus hijos."* Mamá ya estaba haciendo bulla de que a Martí le hacía falta un hermanito o hermanita. Ésta es la misma que al principio se opuso totalmente a mi relación con Ariel. Él provenía de un barrio malo, que en Miami significa que vivía al otro lado del viaducto. Pero mientras más lo iban conociendo, más se encariñaban con él.

Y vamos a ser francos, la recuperación del caso de la familia Matos no les vino mal. Los cubanos son prácticos, y le tienen mucho respeto al dinero y al éxito, y mientras Ariel triunfaba más, mejor les caía.

Cuando todavía trabajaba en el bufete, Mamá me dijo que me estaba buscando un lío con Ariel, ya que aunque era una persona magnífica, aun así era el tipo de hombre que quería tener a la mujer a su disposición a todas horas. Si no estaba en casa esperándolo cuando llegara, tarde o temprano se buscaría a otra mujer que sí estuviera allí. "Te lo garantizo," me dijo. "Tarde o temprano, te va pasar."

Gracias, Mamá.

Antes de irme, Mamá me empezó a decir lo cansada y acabada que me veía, y que estaba perdiendo la belleza. Pronto Ariel iba a perder interés conmigo, y se iba a juntar con una mujer más joven, fresca, y dulce, y como yo insistiera en tener mi propia vida, estaba jugando con el fuego. No. No iba a pedirle ningún consejo a mi madre.

Vivian y Anabel—que Dios las bendiga—me dijeron que mi familia hablaba mucha mierda, y que estaban atormentándome con remordimientos para que yo sacrificara todo lo que me costó tanto trabajo alcanzar. Por eso me dijeron que claro que podía tenerlo todo. Puedes ser una buena esposa y madre, y a la misma vez, ser una profesional exitosa y triunfante.

La única persona metida en este lío que aún no había dado su opinión concreta era el mismo Ariel, pero lo que pensaba estaba bien claro. Mi persona y mis logros lo llenaban de orgullo, pero él pensaba que ya yo había comprobado que podía hacer lo que me había prometido a mí misma, y que ya era hora de que me dedicara a mi familia. Lo que quería era que yo llegara a la misma conclusión que él sin que nadie me presionara. Tenía que tener en mente que él me quería, y que confiaba en que yo haría lo mejor para nuestra familia.

Aun así, y a pesar de todas sus muestras de confianza en mí, no me abandonaban las sospechas de que tenía una segunda intención. Él sabía que yo era más independiente cuando estaba trabajando, y que también tenía responsabilidades e intereses que lo excluían. Según él, mis logros y el hecho de que los había alcanzado sola lo alegraban, pero como cubano, sentía que tener una mujer que trabajaba fuera de la casa lo disminuía frente a sus contemporáneos. Asimismo, si él estaba trabajando y ganando dinero—pero yo no—tendría yo que contar con él para el sostén económico y emocional; una situación que me parecía que él quería, y que le hacía falta hacerla realidad. Me dije a mí misma que no fuera tan malpensada, y que Ariel era un hombre bueno que quería lo mejor para mí. Sin embargo, de vez en cuando me asaltaban estas sospechas.

Y allí estaba él, sentado y esperando que yo dijera algo. Movió la cabeza e hizo una mueca.

"Se ve que no quieres hablar del asunto," dijo. "Lo que sí espero es que estés pensando en qué hacer."

"Gracias," le contesté. "Te lo agradezco mucho que me entiendas tan bien. Te lo juro que estoy pensando en qué hacer. De verdad, te lo juro."

Ariel se puso de pie, se estiró, y agarró el saco y la corbata.

"Me tengo que ir, porque si no, me voy a quedar trabado en el tráfico."

En Miami, salir cinco minutos tarde puede hacer una gran diferencia en cuánto demora uno para llegar a cualquier lugar. Se inclinó para darme un beso, y después se agachó para darle un beso a Martí en la cabeza, aunque éste casi no se dio cuenta, ya que estaba absorto en su rompecabezas.

Me fijé en Ariel mientras se iba, y después volví a observar el mar. Me estaba fijando en una sombra oscura en el agua, pensando que era un manatí, cuando sonó el teléfono. Enojada por la interrupción, agarré el auricular que estaba en la mesita.

"¿Sí?" dije.

"¿Daisy?"

Era una voz masculina. Una voz que conocía. Por poco y se me cae el auricular. Sólo una persona en la vida me ha llamado Daisy, la traducción al inglés del nombre Margarita.

"¿Luther?"

# [ 5 ]

Una cubana esperando a un americano; eso sí que es algo nuevo. Estaba fijándome en mi reloj, sentada en una mesa del traspatio de Nemo's, uno de mis restaurantes favoritos de South Beach.

Habían pasado nueve años desde la última vez que vi a Luther Simmonds, pero de alguna manera, cuando hablé con él por teléfono y quedamos en reunirnos para almorzar unas horas más tarde, me pareció totalmente normal. Quizá debiera haber oído sonar las alarmas, pero no fue así. Lo que pensé más fue en cómo me vería. Después de todo, había dado a luz a un niño desde la última vez que lo vi, y aunque hacía ejercicios—sin faltar—en el gimnasio, sí estaba consciente de que mi cuerpo no estaba igual que antes. Ay, dichosa vanidad, te llamas Margarita.

Luther y yo habíamos quedado en encontrarnos a la una, y era la una y cuarto. Recordé que Luther era el prototipo perfecto de la irritante propensión americana de ser una persona puntual. Empecé a preguntarme si algo malo había pasado, y me daba rabia pensar que no le habla dado el número de mi celular.

Le eché una mirada rápida a mis alrededores para asegurarme de que Luther no estuviera cerca, abrí la cartera, y saqué mi espejo pequeño enchapado de plata. Estudié mi reflejo, tratando así de imaginarme qué sería lo que iba a ver Luther cuando llegara.

A los treinta y cinco, no me considero ni vieja ni joven, aunque sabía que me veía unos cuantos años más joven que mi edad. Quizá sea algo genético. A mí siempre me ha parecido que las latinas—con su color de piel más oscura—pueden disimular mejor los estragos del tiempo. Cuando era adolescente no dejaba de quejarme de mi cutis grasiento, pero ahora lo veo como una bendición, ya que no tengo casi ninguna arruga. Maldecía a mi madre en voz baja cuando no dejaba que me tostara bajo el caliente sol tropical con mis amistades, pero ahora me alegro que no me dejara hacerlo. Y sí, estoy dispuesta a darle la razón cuando la tiene.

Luther iba a encontrarse con una mujer con el pelo carmelito oscuro hasta los hombros, y un poco más rizado que en Durham, debido a la humedad del sur de la Florida. Lo tenía un poco más oscuro que en el pasado, pero eso no iba a sorprender a Luther, ya que yo había estado experimentando con el color de mi pelo desde antes de estar en Duke, y cambiaba de tonos lo más posible sin llegar al punto en que se me cayera el pelo. Los ojos los tenía iguales: de color azul claro, casi gris. Ahora sabía más del maquillaje, y cómo hacer resaltar mis mejores facciones, y por eso me concentraba en resaltar el tono gris de mis ojos.

Siempre me había vestido de una manera bastante conservadora, y todavía lo hacía, aunque ahora—por supuesto—usaba mejores trajes. Mientras mejor sea la calidad de la ropa, mejor queda, entonces por eso esperaba que Luther no notara que las caderas se me habían anchado un poco. Para vestirme para este almuerzo, saqué, revisé, y me probé casi todo lo que tenía en el clóset. Llegó el momento en que parecía como si el huracán Andrew hubiera pasado por mi dormitorio. Me demoré una hora entera en colgarlo todo de nuevo. Al fin decidí ponerme un vestido de hilo color caqui de Yves Saint Laurent que me quedaba perfecto, a pesar de tener un par de años. Le hice combinación con sandalias abiertas negras de piel de serpiente y una cartera Chanel. Me pareció que pasaría la inspección, pero por si acaso, me senté en un asiento de espaldas al sol. Para la edad que tengo, me podía ver bien, pero no había razón para atrever a exponerme al sol brutal del mediodía.

Puse el espejo en la cartera. ¿Por qué tanta preparación? ¿Por qué preocuparme tanto por lo que él fuera a pensar?

Y más al grano, ¿por qué me estaba reuniendo con un antiguo amor? No le había dicho a Ariel que iba almorzar con Luther. Ariel confiaba en mí, y con razón, ya que nunca le había dado motivo para pensar lo contrario. Pero yo sabía que no le iba a gustar si le contaba lo que iba a hacer a la hora del almuerzo.

Y eso significaba que le estaba ocultando algo a mi marido.

La conversación con Luther fue muy corta. Después de los cómo estás, me dijo que estaba trabajando en un caso en Miami, y si era posible, que quería reunirse conmigo. Me dijo que cuando llamó al bufete, se enteró de que me habían dado un permiso para ausentarme. Ya que sabía que el bufete no iba a darle mi número de teléfono en casa—y que, además, teníamos un número privado—Luther llamó a la Facultad de Derecho de Duke para buscarme. Sentí placer cuando me enteré de todo el trabajo que pasó.

No sabía casi nada de la vida de Luther, ni si estaba casado, o divorciado. Después de habernos separado, habíamos dejado de comunicarnos, aunque de vez en cuando sabía algunas cosas de él por medio de amistades mutuas. Poco a poco, hasta esas amistades habían ido desapareciendo. A veces me comunicaba por medio del correo electrónico de un antiguo compañero de clases, pero la verdad es que no estaba al tanto de sus vidas. Yo era la única miamense en mi clase de graduada, y por eso no tenía contacto con nadie que me tuviera al tanto de los últimos chismes.

Por primera vez me puse a pensar en cómo se vería Luther. Los años tenían que haber dejado su marca sobre su hermosura. En el diccionario, bajo la categoría de WASP, o "blanco, anglosajón, y protestante," podían haber puesto su fotografía. Siempre andaba con un aire de confianza en sí mismo que a veces lo hacía parecer pesado, y normalmente se comportaba como si perteneciera al lugar en donde estuviera, algo que no debería sorprender, ya que sus antepasados fueron peregrinos puritanos que llegaron a este país en el *Mayflower*. Caminaba con la elegancia natural del deportista: suave y fluido, como si se deslizara al compás de un ritmo interno. Medía seis pies dos pulgadas de estatura, era delgado, pero musculoso y fuerte, y de pelo castaño claro—o casi rubio—que siempre llevaba un poco largo. Tenía los ojos azules, y también era pecoso, y solía llevar una barba de dos días antes de que estuviera de moda. Se ponía gafas con armazón de carey que lo hacían lucir como un intelectual, pero de forma sensual, como si llevara por dentro un amor candente.

En Duke, Luther siempre se vestía muy informal: en jeans, pulóveres, y zapatos tenis. Cuando tenía que mejorar su apariencia, sacaba un saco azul marino que vio sus mejores días durante los primeros años de la administración Reagan. Pero no importaba cómo Luther se vistiera, ya que siempre daba la impresión de estar bien vestido mientras que los demás estaban mal vestidos, cualquiera que fuera la ocasión. Ahora que estaba trabajando en un bufete importante de Nueva York, tendría que vestirse de traje todos los días. Luther le tenía terror a los trajes. Me imaginaba lo difícil que le sería cambiar su modo de vestir.

Otra vez miré mi reloj. La una y media. Había estado sentado en la mesa media hora. El camarero había dejado de llenarme el vaso de agua. Por lo menos no me sentía mal por estar ocupando una de las codiciadas mesas que están afuera, ya que el restaurante estaba casi vacío. Pero esto no es ninguna sorpresa; los miamenses saben que es mejor sentarse adentro, en el aire acondicionado. A los turistas les encanta sentarse afuera, pero había muy pocos de ellos en julio. Quizá esto tuviera algo que ver con el calor, la humedad, y la temporada de ciclones.

Me decidí a pedir el almuerzo. Pa'l carajo. Si me iban a embarcar, por lo menos almorzaría antes de irme. Pero en ese mismo momento, me corrió un escalofrío por la espalda. Un hombre se apareció de la nada y estaba de pie, frente a mí, al otro la de la mesa. Me tomé diez minutos en darme cuenta de que era Luther.

"¡Daisy! ¡Qué bueno verte!"

Luther le dio la vuelta la mesa, y me dio un beso en la mejilla. Noté como sus ojos me estaban revisando. Hubo una época en la que conocía mi cuerpo entero. Por la manera en que me estaba mirando, me daba cuenta de que—en su mente—estaba revisando sus viejos apuntes.

"¡Ay, sí! ¡Qué bueno verte Luther!"

"Discúlpame que llegué tan tarde," me dijo. "Pero se me fue la salida de la I-95, y tuve que dar la vuelta para salir de la carretera. Espero que no estés muy enojada conmigo por haberte hecho esperar tanto tiempo."

Y con la confianza en sí mismo que yo recordaba tan bien, agarró la silla que estaba a mi lado, y se sentó. Él sabía que nunca podía enojarme con él, y no había ninguna razón por cambiar ahora.

"No, está bien," dije en voz baja.

Me quedé asombrada de cómo Luther había cambiado. No lo esperaba así. Para nada.

Estaba claro que Luther había aprendido algo de sus compañeros de trabajo en ese prepotente bufete neoyorquino que cobraba demasiado. Me supongo que si los abogados les van a cobrar quinientos dólares la hora—o más—a los clientes, entonces se tienen que vestir como si se lo merecieran. Y al ver a Luther, uno se tenía que preguntar si cobraba más de mil dólares la hora.

A pesar del calor y de la humedad, sin hablar de la hora que pasó en el tráfico de Miami, Luther se veía fresco y limpio. Bueno, siempre fue así. En Duke, salía de la biblioteca después de una tanda maratónica de estudio, y se veía como acabado de salir de la ducha. Esto era todo lo contrario a mí; después de estar con los libros por un par de horas, me veía tan acabada que mis amistades me preguntaban si quería que me llevaran al hospital.

Ya no tenía gafas. Supongo que ahora usaba lentes de contacto. Al fin se había cortado un poco el pelo, y la barba despeinada había desaparecido. Los jeans y los zapatos tenis habían sido reemplazos por un traje de popelina color canela, con un corte precioso, y una camisa azul que acentuaba el tono de sus ojos. Esta fue la primera vez que recuerdo a Luther con una corbata. Se veía . . . más que bien.

El camarero se apareció en la mesa cuando se dio cuenta que yo no mentía cuando le dije que estaba esperando a un amigo. Cuando se percató del aire de prosperidad definida que tenía Luther, el camarero se volvió muy atento, y le dio el menú y la impresionante carta de vinos. Me fijé en las manos de Luther durante el proceso. No tenía anillo de matrimonio.

"Daisy, ¿te sigue gustando el vino tinto?" me preguntó Luther.

Pidió una botella del mejor Barolo en la carta de vinos. Yo sabía cuánto cobraban por los vinos en Nemo's, y por lo tanto la elección de Luther me impresionó. Estaba claro que no íbamos a tomar té helado.

Ya resuelto eso, no nos quedaba más remedio que inspeccionarnos mutuamente. Traté de no perder el ánimo bajo su mirada, ya que quería que Luther pensara que las cosas me habían ido tan bien a mí durante la última década como a él.

"Daisy, te ves más linda que nunca," dijo Luther, cariñosamente. "La vida te ha tratado bien. ¿No es cierto?"

Sentí que la cara y el cuello se me encendían. ¡Ay, Dios mío, me estaba poniendo colorada! En ese momento—gracias a Dios—se apareció el camarero con la botella de Barolo y dos vasos. Luther le dejó saber al camarero—con un gesto despectivo de la mano—que no quería participar en el ritual insípido de inspeccionar el corcho y probar el vino, ya que él tenía la situación bajo control. Me di cuenta de que el camarero se olía una buena propina si nos servía bien. Nos dijo que nos iba a dar tiempo para que pensáramos en qué íbamos a comer, y se fue.

"Luther, tú también te ves muy bien," le dije.

Tocamos los vasos ligeramente y tomamos el vino a pequeños sorbos. Casi enseguida sentí un calor que me atravesó el cuerpo. Por un momento fugaz me vi sentada en un restaurante tomando vino al mediodía con un ex amante, mi antiguo compañero del alma. Tenía que tener cuidado, ya que tomar vino con el estómago vacío—a esa hora del día, en pleno verano—cuando más calor hace, era una manera segura de terminar borracha.

"Gracias, Daisy, por decirme eso," Luther parecía que de verdad se sentía contento con mi elogio. "Perdóname la frescura, ¿pero por qué pediste un permiso para ausentarte del bufete?"

No quería contarle de Ariel ni de Martí, ni de las razones por las cuales pedí un permiso para ausentarme. De verdad que no quería hacerlo. Es que no quería que mi vida real se entrometiera allí, sentada al lado de Luther, y tomando vino a sorbitos. Casi había terminado de tomar el primer vaso, pero sabía que me tenía que poner de pie y marcharme. Aun así, no podía hacerlo. Es que sentía como si fuera algo natural estar allí con él.

"Es que estaba trabajando demasiado," contesté. "Me hacía falta un tiempo libre. Me hacía falta espaciarme un poco."

Ya era hora de desviar la conversación, y hablar de él.

"¿Y tú?" pregunté. "¿Qué haces en Miami?"

"El bufete donde trabajo tiene un caso enorme de litigio comercial," dijo Luther. "Hay como doce empresas involucradas en el caso, y una de ellas tiene nexos en Miami. Entonces aquí estoy."

"Sí, aquí estás," le dije.

No podía leerle la mente, aunque antes siempre lo hacía. De alguna manera, Luther se había puesto más duro, menos sensible. Era un aspecto atractivo que le iba bien con su antigua confianza en sí mismo.

Luther me miró a los ojos. No tenía gafas como en antaño. Sólo estaban sus ojos y los míos separados por unos pocos pies de distancia.

"De hecho, cualquiera de los otros tres abogados que están trabajando en el caso pudieron haber venido," dijo. "Pero yo insistí en venir."

Ahora sí que estaba bien claro que debería irme de allí. Algo más fuerte que el vino tinto me estaba afectando.

Pero al contrario, agarré el menú.

"¿Qué quieres pedir?" le pregunté, en un tono cariñoso.

# [ 6 ]

"Chica, estás jugando con candela, y tú lo sabes bien."

Vivian tartamudeaba de lo enojada que estaba. "¿¡Qué coño estabas haciendo!? ¿¡Cómo te vas a juntar así con tu ex amante!? ¿¡Estás loca!?"

Antes de que pudiera contestar, Anabel levantó un dedo para interrumpir:

"¿No se lo contaste a Ariel, no?" preguntó, como la persona práctica que siempre ha sido.

Vivian, Anabel, y yo, estábamos sentadas cada una muy cerca de la otra, en una mesa pequeña en el Starbucks de Coral Gables, al lado de CocoWalk. Eran las once de la mañana del siguiente día a mi almuerzo con Luther. Las llamé y les expliqué que tenía que verlas con una sola palabra: *Luther.* No sería el tipo de conversación que se podía tener en conferencia por altoparlantes. No sé qué fue lo que más las asustó: mi reunión con Luther, o que propuse que nos reuniéramos en Starbucks. Ellas sabían que yo era de la opinión de que ningún cubano con dignidad jamás tomaría—por su propia voluntad—el líquido aguado que Starbucks llama café, y es servido en vasitos de cartón.

Estábamos sentadas en una de las mesas dentro de la cafetería, lejos del mostrador, ya que yo quería la mayor intimidad posible. Escogí a Starbucks porque no me parecía que allí veríamos a nadie conocido, y por si las moscas, quería asegurarme con toda certeza que nadie nos oyera.

Sí es cierto que Miami tiene una población de tres millones de habitantes, pero en muchos aspectos sigue siendo un pueblo chiquito. Lo último que me faltaba era que me oyeran los chismosos.

Cuando llamé a mis amigas, Vivian me dijo que tenía que estar presente en una audiencia ante la corte en el *Downtown* a la una, y Anabel me dijo que a las doce y media tenía que recoger a los trillizos del jardín infantil donde los dejaba, el cual quedaba a unas cuadras de donde quería reunirme con ellas. Sí es cierto que Starbucks estaba en pleno territorio enemigo, pero en lo que se refería a la geografía, nos convenía. También tenía un parqueo cerca. No hay manera en que se pueda exagerar la importancia que tiene el parqueo en la vida cotidiana miamense. Yo conozco a gente, sobre todo en Miami Beach, que no sale con nadie que no tenga un lugar donde parquear otorgado por el ayuntamiento. Si no fuera así, sería demasiada molestia salir con alguien, ya que se pagan demasiado por las multas y los remolques.

Anabel me había estado oyendo, calladita, pero ahora se puso las gafas. Eso significaba que la cosa se puso seria. Anabel se ponía las gafas delante de la gente sólo cuando era una situación de vida o muerte.

"Margarita, ¿tú has pensado bien en las consecuencias de haber visto a Luther?" me preguntó Anabel en voz suave. Por el tono de su voz, me di cuenta de que estaba tratando de darme el beneficio de la duda.

"Me agarró de sorpresa," le expliqué. "Pero cuando me invitó a almorzar, me pareció algo natural reunirme con él."

Miré a mis dos amigas, y de repente me sentí completamente avergonzada, ya que sabía que me esperaban insultos y críticas, los cuales me merecía. Estaba consciente de que Vivian y Anabel me perdonarían, pero sólo hasta cierto punto. Una de las razones por las cuales nuestra amistad había durado tanto tiempo era porque siempre habíamos sido capaces de ser brutal y mutuamente honestas entre nosotras.

"Te lo juro, era como si estuviera esperando que me llamara," añadí.

Vivian no podía más. Dio un suspiro de asco.

"Tú eres muy débil, Margarita," dijo ella. "Tienes una vida maravillosa, un marido y un hijo. Y ahora este gringo, que no se ha comunicado contigo en diez años, te llama, y tú sales corriendo a verlo. Te llama una sola vez, y te quitas los panties."

"Es que tú eres muy puta, Margarita," dijo Anabel, con toda franqueza, ya que estaba de acuerdo con Vivian.

"Yo *no* me he acostado con él," les recordé muy seriamente. No iba a permitir que me crucificaran por delitos que no había cometido.

"Todavía no," dijeron Vivian y Anabel a la misma vez.

Las tres nos miramos, y a pesar de la gravedad de la situación, reímos a carcajadas. Lo cierto era que nos conocíamos demasiado bien. Me suponía que la razón por la cual ninguna de las tres jamás habíamos recibido tratamiento psicoterapéutico era porque nos teníamos a nosotras mismas. Bueno, se debía a eso y a la desconfianza innata de los cubanos que los hace pensar dos veces antes de pedirle auxilio a un desconocido, ya que somos demasiados arrogantes, y, por lo tanto, no reconocemos nuestras debilidades. Dios sabe que por el camino nos hizo falta alguna ayuda.

La risa apaciguó la tensión, y por eso me sentí menos a la defensiva.

"Chicas, no jodan, ayúdenme con esto," les dije. "Necesito hablar y resolver."

Enseguida Vivian me empezó a interrogar:

"Entonces almorzaron y nada pasó, ¿no es cierto?"

"Fue todo muy inocente," le contesté. "Me contó del caso que tiene. Es un caso de litigio comercial con. . . ."

"Señora, sólo necesito saber los hechos," interrumpió Anabel. Ni Vivian ni yo le comentamos que su imitación de Joe Friday le quedó bastante mal. Sonaba como un Ricky Ricardo endrogado. Pero si seguía con esto, se lo íbamos a decir.

"¿Y qué de su vida personal? ¿De qué hablaron?"

"De verdad que no hablamos de asuntos personales," contesté.

Mi respuesta no las convenció. Tanto Vivian como Anabel hicieron una mueca y movieron sus sillas más cerca a la mía, para así observar mis reacciones y medir la veracidad de mis respuestas.

"Os lo juro," insistí. "De verdad que no hablamos de nada personal. Si no fuera así, os lo diría."

Vivian se calló por un momento, y pensó en que método iba a usar conmigo.

"¿Cómo te sentiste cuando estabas con él? ¿Sentiste algo?"

"Sí, lo encontré atractivo," dije. "Recuerden que en una época yo pensé en casarme con él."

Tomé un buche de mi café tibio, y por poco tengo arcadas. Casi no se puede tomar cuando está ardiendo, y frío es un asco.

"De verdad que ahora se ve mejor que nunca."

Entonces empecé a describir a Luther lo mejor que pude. Supongo que hablé demasiado, porque Vivian empezó a asentir con la cabeza y a reírse por lo bajo.

"Chica, es que estás caliente," dijo ella. "Tienes a ese gringo metido por dentro."

"Bueno, no deber ser tan malo," dijo Anabel, "si todavía está dispuesto a hablar contigo después del desastre de Elián."

Anabel hizo ese comentario a voz baja. Los exiliados cubanos aún sentían que los americanos los veían como parias. Nosotros éramos fanáticos derechistas y locos que hicieron lo posible por prevenir que ese niño se reuniera con su padre. El episodio entero fue sumamente doloroso y conmovedor. Esa criatura de seis años de edad vio a su madre ahogarse, y luego cómo los tiburones la devoraron en el estrecho de la Florida, después de que la lancha destartalada que usaron para huir de Cuba, zozobró. Antes de morirse, su desesperada madre puso al niño dentro de un neumático con esperanzas de que se salvara. El día de Thanksgiving, dos pescadores lo recogieron y lo trajeron a los Estados Unidos. Nadie se perdió el simbolismo de este rescate, sobre todo Fidel Castro. Después de lo ocurrido—que pareció ser un milagro—Fidel exigió que el niño fuera inmediatamente devuelto a Cuba. El incidente se convirtió en un escándalo noticioso.

Elián tenía parientes en los Estados Unidos: el tío abuelo, su mujer, y su hija. Se hicieron responsables del niño y le dieron un hogar. Una vez que la prensa se olvidara del caso, la historia de Elián hubiera sido como miles de otras, de no ser por la participación personal de Castro en el asunto. Pronto, el lío que se formó se había convertido en noticia de primera plana, y fue entonces cuando empezaron las demandas, los alegatos, y los fallos judiciales.

Los exiliados cubanos eran vistos de manera diferente a otros inmigrantes en los Estados Unidos, incluso antes de que llegara Elián. Ya sea para bueno o para malo, nosotros gozábamos de un estatus migratorio especial, y por lo tanto, nos salvábamos de muchas de las restricciones que les imponían a otros grupos en lo referente a la residencia permanente. Como resultado de esto, siempre había resentimiento en contra de los cubanos. Durante el problema de Elián y después, la opinión pública vilipendió y atacó a los cubanos de una manera que nos dejó asombrados. No todos los exiliados cubanos estaban de acuerdo con que el niño debiera quedarse en los Estados Unidos y separado de su padre, pero éstos eran la gran minoría. No importaba lo que pensaran las personas individualmente, ya que nos pintaron a todos con una misma brocha.

La realidad es que el público americano jamás entendió de verdad lo que decían los exiliados cubanos. No querían oír que un millón y medio de cubanos habían salido de la Isla, y que habían abandonado todo lo que conocían y querían por culpa de la persecución política. Para la mayoría de los exiliados, sería una infamia que devolvieran a un niño que logró escaparse de Cuba. Su vida cambiaría de manera fundamental, y no sólo porque no tendría más acceso a Disney World o a Toys "R" Us, como lo había presentado la prensa.

Según la ley cubana, la patria potestad no le pertenece a la familia, sino al estado, y por lo tanto, le corresponde al gobierno tomar las decisiones finales sobre el bienestar de los menores. Lo que quisieran hacer los padres con sus hijos, es algo secundario. Cuando llegara a la adolescencia, sería sacado de su casa y enviado a trabajar en el campo. Allí viviría en campamentos y en dormitorios mixtos, donde las enfermedades venéreas eran muy comunes, y la cantidad de embarazos llegaba al cielo. A la edad de siete años, la libreta de abastecimiento le reduciría su consumo calórico; ya no tendría derecho a más leche, ni a carne de res, ni proteínas, aunque ya estuviera acostumbrado a estos alimentos. Y por supuesto, su primera tarea al regresar a Cuba sería denunciar públicamente a su madre como una traidora. Eso era requisito para todos los que regresaban. Sin embargo, la prensa no hablaba de estas realidades, y sólo veía el caso como el de un padre a quien no le permitían reunirse con su hijo.

El tío abuelo de Elián era mecánico, su mujer era costurera en una fábrica, y su hija trabajaba en un banco. Era gente poco sofisticada que no tenía conocimiento ninguno de la prensa. Cometieron un gran error cuando seleccionaron a un político como vocero de la familia, quien les hizo daño con las decisiones que tomó en su nombre. Nadie ganó en la familia de Elián González. El niño tuvo que regresar a vivir bajo el régimen castrista, y el exilio cubano fue calumniado. Miami estaba totalmente polarizada. Americanos y cubanos que habían sido amigos, vecinos, y socios de negocios, se dejaron de hablar. Algunos suponían que las divisiones siempre existieron, pero que la calamidad de Elián las hicieron resaltar.

Los cubanos habían gozado de una buena imagen como ciudadanos trabajadores y buenos, y créame, esa fue una imagen que nos costó mucho proyectar. Pero todo se evaporó en cuestión de unos pocos meses, lo cual fue una experiencia devastadora. Yo sé de profundas relaciones personales que se vinieron abajo debido a las discusiones rencorosas sobre Elián.

"¿Qué haría Ariel si se enterara que te reuniste con Luther?" me preguntó Vivian.

"No le caería nada bien," le dije. "Pero Ariel siempre me ha dejado hacer casi todo lo que he querido."

"Margarita, puede ser que Ariel sea liberado y todo eso, pero chica, eso no le quita lo de hombre cubano," señaló Anabel. "Puede ser que se haya entrenado a tener una mente abierta—o que tú lo hayas entrenado, no sé—pero lo que es genético no se puede cambiar."

"Tú sabes, lo que me molesta es que no me siento como si le estuviera siendo infiel a Ariel."

Para asegurarme que mis amigas no me fueran a malinterpretar, enseguida añadí:

"Es decir, no he hecho nada malo, ni tengo nada que esconder. Yo he almorzado con muchos hombres a través de mi vida, y nunca ha pasado nada."

Me di cuenta por medio de las expresiones que tenían Anabel y Vivian en las caras que me estaba quejando demasiado.

"Margarita, acuérdate que estás hablando con nosotras. No tienes que justificar tus acciones," dijo Anabel.

Fijó la vista en mí, y sus ojos detrás de esos lentes de fondo de botella me recordaron a un pez dentro de una pecera.

"Pero ninguno de esos hombres habían sido tus amantes durante tres años, ¿sí o no? Ni tampoco ninguno de ellos te había estremecido hasta los dedos de los pies, ¿no es cierto?"

Anabel siempre me podía clavar. Sería ciega, pero nada se le escapaba.

"¿Cuánto tiempo va a estar Luther en Miami?" me preguntó Vivian. "¿Te dijo cuánto iba a demorar el caso?"

Vivian sacó su celular para ver si le habían dejado algún recado. Nos quedaba poco tiempo.

"Entre dos y tres meses," le dije.

Vivian y Anabel se miraron, sacudieron la cabeza, e hicieron un gesto con los ojos. Anabel miró a su reloj y empezó a recoger sus cosas.

"Entonces, ¿en qué quedaron?"

En ese momento sonó mi celular. Lo agarré para apagarlo. Pensaba que lo había puesto para que recibiera recados y no para que sonara, ya que no quería que me interrumpieran mientras estaba con mis amigas, pero parece que se me había olvidado hacerlo.

Miré la pantalla del celular y vi el número de teléfono de la persona que me llamaba. Por los primeros tres números pude darme cuenta de que me llamaban del *Downtown*. Sentí el corazón palpitándome más rápido.

Qué coño. Lo voy a contestar.

"¿Daisy?"

En ese momento, cuando oí la voz de Luther, quise voltearme para que mis amigas no me oyeran y así hablar en privado, pero no pudo ser. Se dieron cuenta de quién estaba en la línea. Tanto Vivian como Anabel señalaron a sus relojes con un código secreto que nos habíamos inventado hacia veinte años, y que quería decir: "Pronto algo va a pasar, chica."

Cuando oí a Luther, y sintiendo lo que sentía, tuve que reconocer que mis amigas tenían razón. Después de todo, ellas me conocían mejor que nadie.

# [ 7 ]

Después que dejé a Vivian y a Anabel, fui derecho a casa de mis padres en Coral Gables. Aunque había estado ahí hacía sólo unos días, según la manera cubana de pensar, había pasado una eternidad, lo cual sería un mal comportamiento de mi parte que provocaría problemas serios, y que también—de una forma u otra—me costaría caro.

Le había dicho a mi madre que iba a llegar alrededor de la hora del almuerzo, lo cual causó una digresión de diez minutos de duración en la conversación sobre lo que yo quería almorzar ese día. Yo sabía que Mamá suponía que iría con Martí, y que se desilusionaría si me aparecía sola. Normalmente hubiera traído a mi hijo—si sólo para usarlo como una barrera entre mi madre y yo—pero no me pareció apropiado hablar de la situación con Luther en Starbucks delante de él, aunque no hubiera entendido ni pío de lo que se hablaba. Pensar en tener un romance con un antiguo novio no significaba que no me quedaba ninguna moral. Y en lo que se refería a lo práctico, era imposible tener una conversación seria con un niño de tres años corriendo por dondequiera.

La verdad era que me repugnaba la idea de tener que enseñarle a Martí lo que era Starbucks. Podía haber nacido en los Estados Unidos, pero la sangre que le corría por las venas era totalmente cubana.

A esa hora, no había mucho tráfico entre Coconut Grove y Coral Gables, y por eso hice el viaje en menos de quince minutos. La casa de Mamá y Papá estaba en el norte de Coral Gables, cerca del hotel Biltmore. Mis padres habían comprado la casa a mediados de la década de los sesenta, poco antes de yo nacer, ya que no les alcanzaba el espacio ni a ellos ni a mis hermanos mayores en el lugar que habían alquilado durante el tumulto y la incertidumbre que les tocó vivir después que salieron de Cuba. Nuestras vidas estaban tan arraigadas a esa casa de Coral Gables que sería imposible pensar que habían vivido en otro lugar que no fuera ese.

Mis padres estaban entre los pocos cubanos que tuvieron la suerte de no llegar a los Estados Unidos sin un centavo o como indigentes después de abandonar la Isla. Dejaron la mayoría de su dinero en Cuba, pero sí tenían algunas inversiones fuera del país, sobre todo en la bolsa de valores americana. Igual como solía ser entre las familias cubanas de nuestra clase social, teníamos nexos antiguos y fuertes con los Estados Unidos.

La familia de mi padre siempre estuvo muy en favor de los americanos; mi abuelo paterno estudió en Yale, y mi padre estudió en la Universidad de Virginia. Todos los hombres de mi familia habían sacado sus títulos de MBA en la Universidad de Columbia en Nueva York. Los habían enviado no sólo a estudiar en los Estados Unidos, pero quizá resultara más importante que habían ido a aprender del mundo de negocios americano y para hacer amistades americanas. No obstante, sin importar cuánto quisieran y respetaran a los Estados Unidos, siempre estaban conscientes de que Cuba era su patria. De eso no había duda alguna.

La familia Santos, como muchas otras familias de las clases altas cubanas, tenían dinero invertido en la bolsa de valores americana, lo cual estaba fuera del alcance de la codicia de Castro cuando éste empezó a confiscar la propiedad privada en la Isla. Con este dinero, mis padres empezaron—de la nada—su negocio otra vez después de huir de su patria. Los americanos no le habían dejado saber al régimen castrista cuánto dinero tenían los cubanos en los Estados Unidos, y por eso algunos cubanos pudieron quedarse con por lo menos parte de su dinero. Aunque me parece increíble, los bancos canadienses cooperaron con el régimen castrista. Le dieron a Castro acceso a sus archivos, y por eso, aquellos cubanos que tuvieron la desgracia de haber confiado en los bancos canadienses vieron sus depósitos confiscados junto con lo que habían dejado en Cuba.

En la época cuando Castro inició el robo completo de la empresa libre, mi familia tenía la cadena de farmacias más grande de Cuba. La empresa Laboratorios Santos fue fundada hace más de un siglo por mi tatarabuelo, don Emiliano Santos, en 1868, el mismo año del primer grito de independencia contra España. Hasta 1960, cuando fuimos forzados a irnos de Cuba, las farmacias seguían en la familia, y en ellas trabajaban todos los descendientes varones de don Emiliano, incluyendo a mi padre y sus tres hermanos. Y aunque la familia Santos tenía algún dinero en los Estados Unidos, la gran mayoría de sus bienes se quedaron en Cuba. Mi familia era dueña de todos los terrenos sobre los que estaban construidas las farmacias; es decir, mi familia tenía bienes raíces de primera categoría a todo lo largo de la Isla. Lo último que supimos era que una cadena hotelera española había construido unos hoteles en los terrenos que teníamos en la playa de Varadero.

Después de llegar a Miami en avión, pasaron un par de años hasta que mi padre y sus hermanos aceptaron la triste realidad: que en un futuro cercano, Castro no se iba para ningún lado. Muchos cubanos llegaron a este país con la ilusión de que el exilio sólo duraría unos cuantos meses, y que lo más que duraría quizá fuera un par de años. Por supuesto, ellos suponían que la gente se enteraría de las atrocidades e injusticias que estaba cometiendo el régimen castrista, y que por lo tanto, sería forzado a abandonar el poder. Esta forma errónea de pensar demoró la realización de planes para hacer de los Estados Unidos su nueva patria, e incluso, muchas familias gastaron todo su dinero sin hacer planes para el futuro. Si sólo hubieran sabido lo que les esperaba.

El fracaso de Bahía de Cochinos acabó con todas las esperanzas que tenían los exiliados de regresar pronto. Muchos exiliados no sólo perdieron parientes en esa infeliz operación militar, sino que—y más importante para ellos—se dieron cuenta de la dura realidad de que no podían contar con los Estados Unidos para que los ayudara a regresar a su patria. Fue una lección muy triste. Muchos de los exiliados creyeron que los Estados Unidos había ayudado a Castro a apoderarse del país, y por lo tanto, tenía el deber y la obligación de salir de él. Pronto se dieron cuenta de que la historia no prosigue por el camino de la justicia.

Bahía de Cochinos fue el momento decisivo para la familia Santos. En lugar de concentrarse en cómo reclamar lo que les habían quitado en Cuba, mi padre y mis tíos decidieron reflexionar en cómo triunfar en Miami. El negocio de las farmacias era lo único que conocían, y por eso decidieron abrirse camino en ese campo. Una semana después de Bahía de Cochinos, Laboratorios Santos volvió a nacer, pero esta vez en los Estados Unidos. Papá y sus hermanos vendieron todas sus acciones en la bolsa de valores, y alquilaron un edificio en La Pequeña Habana, y con el último dinero en efectivo que les quedaba, compraron mercancía para llenar los estantes. Invirtieron hasta el último centavo que tenían en esa primera farmacia, y estaban muy conscientes que el fracaso no era una opción.

Tuvieron la suerte de haberse ganado la confianza de los mayoristas americanos de los cuales compraban en Cuba, y por eso éstos les permitieron comprar la mercancía a crédito y a buen precio. Papá pronto se dio cuenta del beneficio de haber pagado—durante décadas—sus cuentas a tiempo. Él y sus hermanos trabajaron duro, y se adaptaron al nuevo mercado. Se suponía que con el empeoramiento de la situación en Cuba, llegaría una nueva ola de exiliados que necesitarían comprar productos farmacéuticos. Le venderían a este grupo, que aunque en ese momento no tenía un centavo, llegaría a formar una clientela fiel. Les extendieron crédito a sus coterráneos, y tarde o temprano, no hubo un solo cliente que no liquidara el saldo completo de lo que debía.

Muchos padres salían de la Farmacia Santos con medicina para un niño enfermo que el farmacéutico le había recetado. Ese tipo de compasión no se olvidaba fácilmente. Incluso, hoy en día, cuarenta años después, los mismos clientes compran en la Farmacia Santos, con la única diferencia de que ahora pagan con sus tarjetas de platino de American Express. Nadie se muere de hambre con la naturaleza trabajadora del cubano.

Al negocio le fue tan bien, que mi familia abrió una segunda farmacia antes de que la primera cumpliera un año. Y en menos de diez años, se abrieron algunas más. Ya Papá y mis tíos se han jubilado y no trabajan tiempo completo, pero todavía tienen una oficina en el edificio original, y pasan por allí por lo menos una vez por semana. El negocio ahora está en manos de mis primos, quienes aún mantienen la tradición familiar de incrementar las ganancias. Y como resultado, los Santos son una de las familias exiliadas más acaudaladas.

Últimamente, mis hermanos y mis primos han contratado a un boticario para que desarrolle nuestra propia línea de productos farmacéuticos, y según las primeras indicaciones, parece que vamos a expandir el negocio una vez más. Ya teníamos un cibersitio bilingüe—uno de los primeros del país—a través del cual los clientes podían pedir productos que son entregados a domicilio en veinticuatro horas.

Yo trataba de no dar nuestro éxito por sentado. Después de todo, yo nací en los Estados Unidos, y por lo tanto, no podía ni imaginarme todo lo que perdieron cuando salieron de Cuba. No había fotografías que me pudieran dar un retrato mental de la vida que tuvieron antes, y por eso yo contaba con los recuerdos que mis padres nos relataban cuando les daba por describir cómo eran sus vidas antes del exilio. De alguna manera, mis padres dejaron enterrado el corazón en la Isla. Aunque de naturaleza Mamá y Papá eran conversadores, casi nunca nos hablaban—ni a mis hermanos ni a mí—de Cuba. Para ellos era muy doloroso, aún cuarenta años después. El pasar del tiempo empaña la memoria, y lo lleva a uno a la exageración, pero de lo poco que sabía, me imaginaba una existencia dorada en una tierra hermosísima, que vio nacer a muchas generaciones de mi familia. Sentía la pérdida de un país cuyo suelo jamás había pisado.

La casa de mis padres estaba en North Greenway Drive, una sección elegante de Coral Gables. Tenía dos plantas, estaba pintada en un color rosado claro, y fue diseñada al estilo colonial español, con muchos balcones y adornos de hierro fornido. En la catástrofe que ocasionó el huracán Andrew en 1992, se perdió la mayoría de los árboles viejos que le daban sombra a la casa, ya que la fuerza del viento los arrancó de sus raíces. Papá y Mamá sembraron árboles nuevos, pero no se podían comparar a la majestuosidad de los antiguos. Por el contrario, era un recuerdo cruel de cuando el cielo arremetió—hace diez años, en la madrugada de un día a finales de agosto—contra el sur de la Florida.

Esperé que cambiara la luz en la intersección de LeJeune Road, para girar a la izquierda y así pasar el último trecho hasta la casa de mis padres. En estos momentos—como si el cerebro me funcionara como un reloj—me di cuenta de cómo había cambiado mi vida desde que me casé con Ariel y me mudé a Miami Beach. La vida que llevé en Coral Gables ahora me parecía que había estado viciada por la conformidad y la usanza. Desde que me mudé a Miami Beach, me sentía más libre y más cómoda conmigo misma. Cuando tomé el viaducto que va a Miami Beach y atravesé las aguas de la bahía de Biscayne, dejé atrás algo más que la ciudad de Miami. Solté el aspecto más limitado y tradicional de mi carácter. Me sentía liberada, y eso me gustaba cada vez más.

Y en ese momento pensé en Luther. La persona que yo había sido anteriormente jamás lo hubiera hecho.

Pasé dos terceras partes de mi vida en Coral Gables, pero ahora cuando regreso, me siento como si estuviera haciéndole la visita a alguien en un lugar que conozco muy poco. No sentía ningún vínculo con las calles elegantes bordeadas de árboles, ni con las casas de mis amistades donde se llevaron a cabo tantos sucesos de mi vida, ni con los parques donde pasé muchas de las tardes soleadas de mi infancia. Ahora no soy nada más que una espectadora en un lugar que una vez fue mi mundo entero.

Pero esta falta de vínculos casi me asustaba. Si podía sentirme así acerca del lugar donde había nacido y donde me habían criado, entonces también podría deshacerme de otros componentes de mi vida. Podía ser posible que hubiera otra persona nueva dentro de mí, esperando ser liberada, y que tuviera la capacidad de abandonar los lugares y la gente que formaban la vida que conocía.

Pero lo más probable era que estuviera pensando demasiado.

Yo no era una persona sin sentimientos. Al contrario, sentía demasiado. La aparición de Luther en mi vida me había mostrado que mi equilibrio era más delicado de lo que yo me imaginaba. Me sentí bien cuando me acordé del almuerzo que compartimos en Nemo's la tarde del día anterior. Cuando nos despedimos, le prometí a Luther que nos veríamos otra vez. Fue una despedida tranquila y civilizada, pero en el trasfondo, fue una despedida escandalosa.

El almuerzo en Nemo's duró casi tres horas. Y Luther, quien cobraba por la hora, no podía darse el lujo de gastar tanto tiempo. Asimismo, yo me había inventado un cuento que explicaría dónde me había metido: iba a decir algo de haber ido de compras con una amiga en Sawgrass Mills, un centro comercial en Fort Lauderdale que vende mercancía a precios módicos, y que era bien conocido por lo lejos que quedaba y por tener muy malas conexiones celulares. Gracias a Dios que Ariel estaba ocupado con un caso que iba a juicio aproximadamente dentro de una semana, y por eso casi ni hablamos la noche anterior.

Nunca le había mentido a Ariel. El cuento ese de Sawgrass Mills estaba bien, pero el remordimiento que sentía al no contarle de mi reunión con Luther, me estaba matando. Nada pasó entre nosotros, pero estaba consciente que de alguna forma yo había permitido la posibilidad de que algo sí pasara. Si Ariel no sabía nada de que Luther estaba en Miami, no tendría por qué sospechar nada.

Casi me llevo la luz roja cuando me di cuenta de lo que estaba pensando: me estaba portando como una adúltera. Pero sin tener ningún sexo sabroso.

El chillido de los neumáticos me hizo volver a la realidad. Frené cuando vi la luz roja, y un Mercedes-Benz—al suponer que me la iba a llevar—pisó los frenos para no darme por atrás. Era una reacción normal de su parte, ya que en Miami los semáforos son más bien adornos. Sólo los viejos y los turistas canadienses y europeos les prestan atención.

Gesticulando por medio del retrovisor, le rogué al chofer del Mercedes-Benz que me perdonara. Era un latino de veintipico años de edad, y con cadenas doradas colgadas del cuello. Sólo encogió los hombros, e hizo una mueca de asco, como queriendo decir que una vieja como yo no debería de estar conduciendo. Me supongo que para él sería un insulto a su hombría tener que esperar en la luz roja.

Miré para atrás y vi el asiento de Martí. Casi acabo de tener un accidente por estar pensando en Luther. Así es como había cambiado mi vida.

Luther quería que nos viéramos otra vez. Cenar con él sería imposible, ya que no se podía aparecer en la puerta a recogerme. Ni tampoco parecía que habría más almuerzos de tres horas de duración. La última vez que hablé con Luther, estaba sentada en una mesa con Vivian y Anabel, y por lo tanto, nuestra próxima reunión quedó en el aire.

Doblé la última esquina y entré en North Greenway Drive sin provocar ningún accidente—jamás se debe pensar en los problemas de la vida mientras se navega por el tráfico de Miami—y proseguí por toda esa cuadra larga, hasta llegar a casa de mis padres. Ninguno de los hijos ya vivíamos ahí. Mi hermano Sergio y yo estábamos casados. Mi hermano mayor, Emiliano—Mickey—a los cuarenta años, todavía era soltero y vivía en un apartamento en la avenida Brickell. Pero mis padres nunca se mudaron a una casa más pequeña, y dejaron nuestros cuartos como si todavía viviéramos allí. Subir a los altos era como retroceder en el tiempo; era como entrar en un tipo de museo de nuestra infancia.

Cuando apagué el motor y salí del carro, me di cuenta que si todavía fuera soltera y viviera en casa, no habría ningún inconveniente moral en que Luther viniera a recogerme para salir. El único problema sería cómo explicarle a Mamá y a Papá que estaba saliendo con un americano.

# [ 8 ]

Mamá me recibió con una sonrisa cuando levantó la vista y me vio entrando en la sala. Entonces, se fijó bien en mí.

"¿Dónde está Martí?" preguntó.

De buenas a primeras le contesté: "No lo traje," y sumisamente le di un beso en la mejilla.

"Lo dejé en casa."

Mi madre se puso tiesa, y se le quitó la sonrisa de la cara.

"¿Y por qué? ¿Está enfermo?" y se apartó de mí, mirándome de arriba abajo, como si estuviera buscando mentiras.

Traté de no retroceder ante esos ojos que parecen rayos láser. Seré una mujer hecha y derecha de treinta y cinco años, pero mi madre sabe cómo hacerme sentir como si fuera una niña que ha cometido un delito grave. Me hacía sentir remordimiento por pensar en lo que todavía no se me había ocurrido.

Mi madre me había hecho el cuento de uno de nuestros antepasados en Cuba a principios de siglo. Su padre le daba diez azotes con una correa todas las mañanas antes de desayunar. Según el padre, el muchacho no había hecho nada malo, pero durante el curso del día, sí cometería alguna falta. Su razonamiento era que por eso sería mejor castigarlo al principio del día. Eso jamás se me olvidó.

Mi madre y yo somos de la misma estatura, y por lo tanto, ella podía fijar su vista en mis ojos. Me veía desde un ángulo perfecto para hacerme sentir como si estuviera inspeccionándome el alma. Los ojos de todas las madres de mis amistades habían empeorado, pero no los de Mamá. Al contrario, tiene la vista mejor que nunca. No me debería sorprender.

No era en realidad hermosa, ni tampoco podía ser considerada bonita, pero Mercedes Silva de Santos era una mujer elegante que sí sabía cómo lucir atractiva. Tenía sesenta y ocho años, pero lucía mucho más joven. Incluso con las tres cirugías plásticas que se había hecho, las liposucciones, los turnos constantes para que le dieran inyecciones de bótox, y otras pequeñas cirugías, su aspecto joven se debía más a su voluntad de hierro que a las intervenciones quirúrgicas. Mi madre fue una de las primeras seguidoras de la filosofía "mi cuerpo es mi templo."

Me supongo que le sería difícil lucir desaliñada con su ropa de etiqueta y joyas preciosas, sin hablar de los masajes, los tratamientos faciales, la peluquería todas las semanas, y clases particulares de fisiocultura. Mamá le sacaba provecho a todas estas cosas. Era un símbolo de la batalla en contra de los estragos de la vejez.

Claro está que yo era la peor pesadilla de mi madre. Tengo que reconocer que ella trató lo más que pudo conmigo, pero para mí, la vanidad nunca ha sido una prioridad. Yo conocía los mostradores de cosméticos y las peluquerías muy bien, pero jamás había definido mi identidad por medio de mi apariencia. Mi madre supone que yo me volví una vagabunda americana, una militante en la lucha por la igualdad de los sexos que no se cuida para hacer una declaración política pública. Ésta es una de las pocas cosas en las que mi madre se equivoca conmigo.

Además, yo no era ningún espantajo. Incluso era socia del club Saks Fifth Avenue First Club, al cual sólo puede pertenecer la gente que se ha gastado una enorme cantidad de dinero en esa tienda. Yo rezaba ante el altar del departamento de calzado en Saks, e incluso pensé en poner en mi testamento que me velaran allí, y que pusieran la caja en la sección de los zapatos de tacones. ¿Y qué de malo tiene eso? Comparado al alcoholismo, al tabaquismo, y a la toxicomanía, tener una pequeña obsesión con las tiendas no tiene nada de malo.

¡Qué triste! Estoy un minuto en la presencia de mi madre y ya me estoy defendiendo dentro de mi misma cabeza.

El lema de mi madre podía haber sido "Me veo bien, por lo tanto, existo." Me demoré varias décadas en acostumbrarme a su vanidad, y resistir la tentación de burlarme de su superficialidad. Vivian y Anabel eran enciclopedias ambulantes sobre el tema de Mercedes Silva de Santos, ya que hace décadas han estado oyéndome quejarme de ella. Me aconsejaban y me apoyaban, pero más importante para mí era que siempre me daban la razón cuando me peleaba o discutía con Mamá. Les estaba eternamente agradecida, porque si no hubiera sido por ellas, me hubiera gastado centenares de miles de dólares en sicoterapia.

Mamá se vistió para mi visita como si esperara a la reina de Inglaterra que venía a casa a tomar el té. Tenía puesto un traje de hilo amarillo de Escada, una blusa con un estampado de flores, y zapatos de tacones color crema. Su pelo castaño oscuro tenía rayitos suaves, los cuales le daban un resplandor dorado. Su cutis blanco como la porcelana—su mejor atributo—lo resaltaba con el polvo claro que se había puesto en los pómulos, y el cual también la hacía lucir como si hubiera acabado de llegar de oler las flores de algún jardín idílico de rosas.

Cualquiera que fuera la ocasión, yo estaba consciente de que estaba mal vestida, ya que tenía puestos mis pantalones Capri del Gap, un pulóver blanco, alpargatas adornadas con rayitas, y el bolso que les hacía juego. Tenía el pelo amarrado, y no tenía puesto nada de maquillaje. Parecía una estudiante—demasiado vieja—escapada de un internado. Mientras estaba allí de pie, tratando de ver cómo iba a explicarle la ausencia de Martí, la mente se me llenó con un pensamiento que me distrajo: los pantalones me quedaban demasiados apretados. Los ojos de Mamá se le achicaron mientras me revisaba de arriba abajo. No dijo nada, pero no pude escarparme de su fallo final.

"Es que no vine derecho de la casa," le expliqué. "Paré en Starbucks en Coconut Grove, para conversar con Vivian y Anabel. No quería llevarlo allí."

Poco a poco, Mamá procesó lo que le acababa de decir. Lentamente, asintió con la cabeza.

"Tienes razón," dijo ella. "Los niños cubanos no deben ir a Starbucks."

Suspiré. Por lo menos había algo en que podíamos estar de acuerdo.

"Te lo traigo pronto," le dije. "Te lo juro."

Gracias a Dios que no tuvo ninguna reacción cuando mencioné a Vivian y a Anabel. A Mamá nunca le cayeron bien, incluso cuando éramos niñas. Ahora que éramos mujeres hechas y derechas, Mamá pensaba que me estaban lavando el cerebro con lo que ella llamaba "esas ideas de la liberación de la mujer." Le había dicho bien claro que no se metiera con mis amigas, pero Mamá no podía resistir meter una pullita de vez en cuando.

Mamá se deslizó hacia el sofá para tres personas que estaba al lado de la ventana, se sentó, y me hizo una señal con la cabeza para que me sentara al otro extremo. El cojín que estaba entre nosotras quedaría como la tierra de nadie. No éramos una familia cariñosa.

Mamá era una persona complicada. Incluso cuando era niña, me asombraba. Podía ser mezquina, vengativa, y muy difícil, hasta con sus hijos. Pero si alguno de nosotros teníamos un problema, ella estaba lista para protegernos y ayudarnos. A ella nunca le gustó pasarse tiempo en la cocina conversando mientras tomábamos leche y comíamos galleticas. Según ella, ser buena madre significaba que nosotros no nos estuviéramos muriendo de hambre, y que tuviéramos ropa. Y con esto resuelto, nos podíamos abrir nuestros propios caminos en la vida. Era casi como si supusiera que mostrar fuertes sentimientos maternos es una señal de debilidad, y por lo tanto tenía que poner una disciplina de hierro en marcha para así sobrellevar sus inclinaciones naturales. Quizá esto se debía al hecho de haber abandonado su patria y haber tenido que tomar el rumbo del exilio, o quizá era así de naturaleza. En su mundo, los sentimientos eran un defecto de carácter, que en fin de cuentas, le costarían demasiado. Mis hermanos y yo éramos conscientes que nunca sabríamos de dónde provenía su frialdad. El único consejo que me dio acerca de mi vida emocional era que no llorara, ya que me estiraría la piel frágil debajo de los ojos, y por lo tanto, me arrugaría, y, por supuesto, también haría que se me corriera el rímel de los ojos.

La empleada, Yolanda, se apareció de la nada, con una pequeña bandeja plateada en la cual me traía un vaso de té helado. Iba vestida con un uniforme tan blanco que dejaba ciego a cualquiera, y tan almidonado que daba corrientazos cuando se movía. No importaba cuál época del año fuera, se ponía medias blancas de enfermera y zapatillas de bailarina. Tenia el pelo en una trenza, y las uñas cortas y sin pintar. Un ropero cerca de la cocina estaba lleno de uniformes blancos entre los tamaños número dos y el número veinte; todos recuerdos de las antiguas empleadas domésticas.

Le di las gracias a Yolanda en voz baja, mientras mi madre observaba con ojos de águila cómo la criada ponía el vaso y una servilleta blanca bien planchadita en la mesa frente a mí. Mamá no le dijo nada. Según mi madre, así es como deberían ser las cosas. Yolanda era la última en una larga lista de criadas que trabajaron para la casa. En el principio, las criadas siempre eran cubanas recién exiliadas, pero con el pasar del tiempo, éstas fueron reemplazadas por centroamericanas: salvadoreñas, nicaragüenses, y hondureñas, en su mayoría. Siempre estaba al tanto de cuáles eran los países que estaban pasando por problemas económicos y políticos por las nacionalidades de las mujeres que buscaban empleo doméstico.

Ninguno de nosotros se podía postular para un puesto político, ya que ninguna de estas mujeres tenían los documentos de inmigración apropiados. Mis padres creían que pedirles los papeles antes de contratarlas era un horror casi tan malo como cobrarles los impuestos del seguro social del salario. Mis padres preferían pagarle una multa al Departamento de Inmigración y Naturalización antes que meterse en las vidas de sus empleados. Y, además, ninguna de estas mujeres se iba a jubilar en los Estados Unidos. Sus planes siempre fueron de trabajar en los Estados Unidos, ahorrar su dinero, y regresar a sus países para comprarse una casa. Jamás verían un centavo de su dinero depositado en el seguro social, y por lo tanto, no había razón para cobrarles el impuesto del mismo.

Mis padres nunca se aprovecharon del estatus ilegal de sus empleadas, ni tampoco—de ninguna manera—las explotaban. De hecho, les pagaban mejor que en otras casas de Miami. No importaba cuán difícil y exigente fuera Mamá, ella se acordaba de lo difícil que era vivir en un país extraño. Ayudaba a las empleadas con las cuentas que les llegaban inesperadamente, y pagaba las matrículas de las escuelas de sus hijos. Entendía lo difícil que era para ellas buscar trabajo sin documentos, con poca educación formal, y sabiendo muy poco inglés. Les pagaba en efectivo, sin hacerles preguntas, ni decirles nada. Según mis padres, el gobierno no tenía por qué estar metiéndose en los íntimos asuntos hogareños, y que estas mujeres podían decidir por ellas mismas cómo mejor gastar su dinero.

Tomé un sorbito del té helado. Mamá me miraba con expectativa.

Nuestra casa había sido decorada por un profesional, y se notaba, aunque según mi parecer, no de una manera muy halagadora. Cuando primero compraron la casa, mis padres no tenían mucho dinero, y por eso Mamá la amuebló sola. En aquella época, se veía lo más bien, cómoda y acogedora. Pero después, cada vez que mejoraba la situación económica de mi familia, mi madre la volvía a amueblar, pero con un presupuesto mayor. Mis hermanos y yo le pusimos a esos cambios "los planes quinquenales de Mamá."

El último decorador que trabajó en la casa era descendiente de los grandes de España, muy elegante y con muchas conexiones. Y claro estaba que le hizo demasiados cambios a la casa. El sofá de la sala era del estilo del diván que aparece en la pintura *La maja desnuda* de Goya, en la que se ve a una mujer desnuda y el esclavo nubio que la atiende. No quiero ni pensar en qué tiene que ver este panorama con la imagen que tenía mi madre de sí misma.

Todos los muebles en esa sala estaban tapizados en un brocado plateado, con borlas flecadas que colgaban de todas las esquinas de los almohadones, los cuales estaban artísticamente colocados para dar una falsa impresión de comodidad. Los adornos de las ventanas deben haber acaparado por los menos una semana entera de producción en una fábrica sevillana. Los gusanos de seda tuvieron que haber trabajado horas extras para los sofás. Me parece que el decorador estaba tomando *ecstasy* cuando hizo las decoraciones. Y, además, mi madre tuvo que haberle dado el visto bueno a los planes bajo la influencia de un calmante.

Cuando estaban arreglando la sala, mi madre se sentía tan orgullosa que no quiso que nadie la viera hasta que estuviera terminada. Durante el último día de los arreglos, los asistentes del decorador trabajaron doce horas para que todo quedara bien. Entonces, Mamá nos invitó a todos a ver lo que había hecho. Mis hermanos y yo todavía nos erizamos cuando nos acordamos de las enormes resacas que padecimos esa noche, ya que la única manera en que pudimos aguantarnos las lenguas fue tomando durante toda la inauguración.

Habían convertido el lugar en Madrid del Este. Bueno, no queríamos ser nosotros los que le recordáramos a Mamá que nuestros antepasados dieron sus vidas en la lucha por la liberación de Cuba del dominio español. La casa parecía un palacio hecho para una infanta española, y por eso nos dejó a mis hermanos y a mí con un trauma hacia todo lo español. Olvídese de los restaurantes españoles y de las películas de Almodóvar. Por seis meses, ni siquiera se me ocurrió tomar una copa de rioja.

Durante el año siguiente me acostumbré a la nueva decoración, aun así, siempre estaba atacada de los nervios cuando traía a Martí con sus manos sucias de un niño de tres años.

Siempre vi a mi madre como una mujer de buen gusto, pero este último intento de decoración decía muy claro que fue hecho por "un refugiado a quien le fue muy bien."

"Tu padre está en la oficina," dijo Mamá. "Por eso no va a poder almorzar con nosotras."

"Bueno, yo. . . ."

Me interrumpió: "Mejor así, por que ya que no trajiste a Martí, sólo eres tú."

¡Díos mío! Mamá y yo, almorzando solas. ¿Cómo íbamos a sobrevivir esta experiencia?

Terminamos el gazpacho—el primer plato—y estábamos esperando a que nos sirvieran el segundo plato, cuando de lejos oí la melodía de *Cascabeles*. Yo había programado el celular para que tocara esa música cuando entraran las llamadas, entonces significaba que el sonido venía de mi bolso que había dejado en la sala contigua. A Mamá no le gustaban los celulares, y por eso instaba que los apagáramos en su casa. Yo solía obedecerla, pero ese día se me olvidó, ya que tenía muchas otras cosas en la mente.

Le di una mirada rápida a Mamá, implorándole a Dios que no oyera nada. Gracias a Él, estaba muy metida en el cuento largo e intrincado de cómo el cirujano le había echado a perder la última cirugía plástica a mi tía Norma. La mejor manera de distraer a Mamá era preguntarle acerca de unos de nuestros parientes, ya que ella podía pasar horas contando chismes. Estaba contenta porque suponía que a mí me interesaban sus cuentos, y yo también estaba contenta por no tener que oír sus consejos gratuitos sobre cómo vivir mi vida. Hace mucho tiempo que aprendí que la mejor defensiva era tener una buena ofensiva, y por eso, preguntarle acerca de unas de mis tías, me garantizaba que yo no me convertiría en el tema de conversación.

Miré alrededor del comedor, como si el sonido de *Cascabeles*, fuera a desaparecer si yo no le hacía caso. No era mi canción favorita—de ninguna forma—pero no conozco a más nadie que la use. Además, me pareció que haría a mi celular resaltar entre los millones más que hay en Miami. ¿En que otro lugar se oye *Cascabeles* en el mes de julio?

Nuestro almuerzo fue al estilo español—¿qué más iba a ser?—y servido en un comedor donde Sancho Panza hubiera estado totalmente a disposición del Quijote. La mesa era enorme; lo suficiente grande como para acomodar a doce invitados, y con sillas de madera incomodísimas forradas en brocado rojo. Las paredes, pintadas de color mostaza, tenían un estampado de tinta negra que daban la falsa impresión de pergamino, y el cual se suponía que daba una impresión de elegancia y sofisticación. Pero a mí siempre me sugería a una multitud de insectos subiendo hasta el techo. Las puertas francesas que abrían al traspatio estaban forradas de terciopelo negro, y la luz procedía de una inmensa araña de luces que estaba colgada encima de la mesa, y que se mecía como la espada de Damocles cuando se prendía el aire acondicionado. Colocaron un enorme espejo dorado encima del chinero de madera. Mamá dice que es de la época de Colón e Isabel la Católica, pero a mí me parece que el decorador lo sacó de un prostíbulo. De todas formas, el caso es que comer en ese comedor me hacía sentir como si tuviera en frente al Santo Oficio. Casi nunca me libraba de que la comida me cayera mal.

*Cascabeles* empezó a sonar otra vez en el momento en que entró Yolanda con el plato principal. Por alguna razón, mi madre no lo oyó, o estaba tan contenta de tener un público cautivo oyéndola destruir a tía Norma, que se hizo la que no oía nada, y esperaba que yo hiciera lo mismo.

Esperé que Mamá pausara un momento en su descripción del cuello de tía Norma—cuya piel, vale señalar, se parece al pellejo de un pollo—y la interrumpí antes de que empezara a hablar de los muy apretados músculos que tiene mi tía alrededor de la boca.

"Lo siento mucho," le dije. "Pero tengo que ir al baño antes de que empecemos con el próximo plato."

Apunté discretamente al vaso vacío de té helado que estaba delante de mí para así explicar mi falta de modales. Estaba prohibido levantarse de la mesa de Mamá mientras se estaba comiendo.

Mi madre respiró vigorosamente para así dejarme saber cuánto la había disgustado, y sacudió la cabeza suavemente de lado a lado mientras alcanzaba la campanita plateada encima de la mesa. Como era de esperarse, Yolanda apareció unos segundos más tarde.

"Por favor, espera unos minutos a que Margarita regrese para traer el plato principal," le dijo.

Yolanda asintió con la cabeza.

No le hice caso a la expresión de disgusto que tenía mi madre en la cara, y brinqué de la silla, agarré mi bolso, y salí corriendo para el baño. El celular seguía sonando, y tan pronto cerré la puerta, apreté el botón para contestarlo. Me parecía que era una llamada importante, y mis instintos estuvieron acertados.

"Daisy," dijo Luther.

"Luther," le dije, tratando de mantener la voz calmada. Me sentía el corazón en los oídos.

"¿Puedas hablar?" me preguntó.

"Sólo un minuto."

Traté de no pensar en Mamá, sentada en la mesa, echando humo, y mirando su reloj cada quince segundos.

"Yo sé que se suponía que debía esperar a que tú me llamaras," dijo Luther.

Hizo una pausa. Me di cuenta de que esto no le era nada fácil, y por eso esperé a que prosiguiera.

"Bueno, es que necesito hablar contigo lo antes posible."

"Estamos hablando ahora," le dije.

"Tú sabes a lo que me refiero. En persona."

No pensé en las consecuencias de lo que Luther decía, ni tampoco en la gravedad del tono de su voz. Al contrario, pensé en cómo me iba a reunir con él.

"Estoy almorzando en casa de mi madre," le dije. "Estaré lista en más o menos una hora."

Luther pensó por un momento.

"Si no me equivoco en mis conocimientos de la geografía de Miami, para llegar a Miami Beach desde Coral Gables, se tiene que pasar por Coconut Grove. ¿No es cierto?"

"Correcto."

"Todavía estoy en la oficina del *Downtown,*" dijo Luther. "Pero me puedo escapar y juntarme contigo en algún lugar de Coconut Grove. ¿Te parece bien?"

Sentí una cierta incertidumbre en la voz de Luther que nunca había oído.

"Bueno, ¿qué te parece si lo hacemos en el Dinner Key Marina, frente al hotel Grand Bay?" le sugerí.

No sabía qué pasaba ni qué estaba haciendo. Estaba siguiendo una lógica que no entendía.

"Allí hay unos banquillos donde podemos hablar. Es un lugar bastante discreto."

En ese momento, le iba a dar las indicaciones a Luther de cómo llegar, pero me interrumpió.

"Yo busco el lugar," me dijo. "Nos vemos en una hora."

Colgó antes de despedirnos. Bajé el asiento del inodoro y me senté. Cuando me di cuenta de lo que acababa de pasar, entré en un estado de pánico. No sabía en qué me había metido. Hubiera querido estar mejor vestida, haberme lavado la cabeza, y haberme maquillado por la mañana. Quizá Mamá tenía razón: las mujeres siempre deben lucir como acabadas de salir de las páginas de la revista *W*.

Bueno, sólo puedo con un problema a la vez. Tenía que regresar a la mesa y terminar con el almuerzo antes de que Mamá mandara a Yolanda a buscarme. El problema más grande que tenía en ese momento era cómo iba a comer.

# [ 9 ]

Como por instinto, le sugerí a Luther que nos reuniéramos en el Dinner Key Marina, ya que me hacia falta estar cerca del agua para lo que yo sabía, iba a resultar un encuentro importante. A mí me gusta tomar todas las decisiones importantes cerca del agua. En esto, soy muy cubana. Prefiero el mar, pero si estoy en aprietos, un lago me basta. Somos producto de una isla. El agua rodea nuestros pensamientos y almas, nos da vida, y nos protege.

Pero también había otras razones para reunirnos ahí. La marina nos facilitaba la privacidad, y, además, era muy improbable que ahí me fuera a encontrar con algún conocido en la tarde de un día de trabajo. Y por ser un lugar público, nada físico transcurriría entre nosotros. No que yo estuviera planeando nada, pero tener un disuasivo me parecía una buena idea.

Después de hablar con Luther, apagué el teléfono y dejé correr el agua del lavabo, y para completar el panorama, descargué el inodoro. No había nada de malo en encubrir mis pasos. Y fue entonces—con el celular en mi bolso—que salí del baño de invitados.

Estaba perdida en mis pensamientos y preocupada con la reunión que se llevaría a cabo en una hora, y por lo tanto regresé despacio al comedor. Le tenía terror a regresar a la mesa, ya que sabía que Mamá iba a estar enojada por haberle interrumpido el almuerzo. Era un pecado mortal dejarla ahí, sentada sola, en la mesa. Lo más probable era que no dijera nada, pero su actitud dejaría saber todo lo que quería hacerme saber. Yo ya le había virado el moño al no haber traído a Martí, y cuando me levanté de la mesa, sellé mi destino.

El momento en que Mamá me vio entrar al comedor, sonó la campanita plateada para llamar a Yolanda. Podía ser que estuviera soñando, pero me sentí como si la temperatura hubiera bajado veinte grados desde que me fui.

"Margarita regresó," le dijo Mamá a la empleada mientras yo me sentaba tranquilamente en la silla. "Sigamos con el almuerzo, por favor."

"Una vez más, te pido perdón," le dije. "Perdóname, por favor."

Yo sabía que ese tipo de guataquería complacería a mi madre, aunque sólo un poco.

Yolanda regresó con una enorme bandeja plateada sobre la cual había dos porciones de pescado servidas majestuosamente sobre una base de perejil, y rodeadas de arroz blanco y petit pois. Esperé a que Mamá se sirviera, y después me serví yo.

Mi madre probó el mero, y puso el tenedor en el plato.

"Está demasiado seco," dijo, muy desilusionada.

Yo entendía claramente las implicaciones de su pronunciamiento. Si no me hubiera levantado de la mesa para ir al baño, hubieran servido el pescado en el momento indicado, y no se hubiera secado durante los varios minutos de más que pasó en el horno. La sutileza no era el aspecto más fuerte del carácter de mi madre, pero cobrársela a los demás si lo era.

Probé el mero. Para mí estaba bien, pero no valía la pena buscarme una discusión. A través de los años, he aprendido que no vale la pena llevarle la contraria a mi madre. Y como sabía que tenía que irme en menos de una hora, no quería empezar un altercado prolongado sobre el desgraciado pescado.

Al contrario, empecé a hablar de otro tema que sabía que le iba a interesar a Mamá: mi otra tía. Tía Verónica y su liposucción. Sabía que me estaba dando por vencida, pero estaba apretada de tiempo. ¿Y quién era yo para hablar de principios, si me las estaba inventado para escaparme de la casa y reunirme con un antiguo novio?

Limpié el plato, comí flan de postre, y terminé el almuerzo con un café, aunque temía que éste me fuera echar a perder el aliento para cuando viera a Luther. Esperaba que la lata de Altoids que tenía en el bolso resolvería ese problema.

Tan pronto terminamos de almorzar, me despedí de Mamá, le di un beso, y murmuré algo acerca de que tenía que hacer unas diligencias antes de regresar a casa. Salí corriendo para el carro, sin darle la oportunidad de que dijera nada acerca de mis horribles modales. Si me hubiera quedado más tiempo, habría recibido un tremendo discurso.

Pero si de verdad reflexionara, reconocería que mi Mamá se portó muy bien ese día. Tuvo que haberle dolido mucho presenciar, en silencio, lo que para ella tenían que ser mis metidas de pata en lo que se refiere a los modales. Era esperar demasiado que se estuviera tranquilizando con los años, pero puede ser que lenta y paulatinamente estuviera avanzando en esa dirección.

El carácter de Mamá—el cual no siempre ha sido fácil de tratar para toda la familia—empeoró mucho hace tres años cuando, sin querer, se enteró de que mi padre estaba en una aventura amorosa con una cubana llamada Ofelia Carrera, una contadora de las Farmacias Santos. Si mi padre fuera mujeriego, se entendería lo que hizo, e incluso, se le podía perdonar. Entre los cubanos, es casi de esperar que los hombres les sean infieles a sus mujeres en algún momento. Repito, no es algo que se debiera perdonar, pero los cubanos lo atribuyen al apetito del género masculino. Pero lo de mi padre no fue sólo una aventura de una noche. Papá estuvo muy envuelto con una sola mujer por mucho tiempo, y por eso la familia entera se disgustó mucho.

Y la tapa fue la manera sórdida en que la aventura amorosa salió a relucir. A Papá le dio un ataque cardiaco mientras estaba visitando a Ofelia en su apartamento, el cual nos enteramos más tarde, fue comprado por él. Cuando se dio cuenta de lo malo que estaba Papá,

Ofelia llamó a mi hermano Mickey para informarle que los paramédicos estaban en camino al apartamento, que Papá estaba recostado y que se le estaba dificultando la respiración. Le dijo a Mickey que no sabía si Papá se iba a salvar, y que la familia se debería preparar para lo peor. Había también un problema práctico: al no ser pariente de mi padre, Ofelia no tenía derecho a discutir con los médicos acerca de su tratamiento. Papá necesitaba de uno de nosotros lo más pronto posible.

Hasta que recibimos esa llamada, mis hermanos y Mamá pensábamos que Ofelia—cuando pensábamos en ella, lo que no era mucho—era la contadora competente y bastante bonita de la oficina de Papá. Contrariamente a los demás que trabajaban en las oficinas ejecutivas, Ofelia solía ser callada y muy privada en cuanto a su vida personal. Ahora entendíamos por qué.

Después del susto inicial de recibir una llamada de Ofelia, y cuando nos enteramos de la noticia, Mickey se puso a pensar y se dio cuenta de lo que estaba pasando: Papá no tenía por qué estar en el apartamento de Ofelia para hablar de la contabilidad. Mickey colgó el teléfono y salió corriendo para el apartamento de Ofelia, el cual quedaba a sólo una milla de distancia del suyo. En ese momento, ya estaba convencido de que su padre estaba metido en una aventura amorosa. Lo que sí no sabía era si Papá iba a vivir lo suficiente para poder confrontarlo con esta realidad.

Mickey llegó en el momento en que los paramédicos estaban levantando a Papá de la cama de matrimonio extragrande del dormitorio de Ofelia para acostarlo en una camilla. Se lo llevaban al Mercy Hospital, ya que era el que estaba más cerca del apartamento de Ofelia. Mickey les dijo a los paramédicos quién era, y éstos le informaron que estaba muy delicado. Papá casi no estaba consciente cuando cerraron las puertas de la ambulancia de un tirón. Mickey se detuvo delante del apartamento de Ofelia, mientras la sangre se le enfriaba al oír las sirenas que se perdían en la distancia.

Pasaron unas noches, y cuando Papá ya estaba fuera de peligro, Mickey nos invitó a Sergio y a mí a tomaranos unas copas en un bar en

Coconut Grove después que saliéramos del hospital. Ahí fue donde nos informó de todos los pormenores de lo ocurrido. Nos contó cómo Ofelia se quedó sentada en una silla en una esquina de su dormitorio, sin hablar, vestida sólo con un albornoz deshilachado, mientras observaba lo que le hacían los paramédicos a Papá. Aunque estuviera en su casa, sabía que había sido relegada al márgen de la vida de Papá. Puede ser que Miami sea un lugar libertino, pero aún no había llegado al nivel de ser un lugar donde las queridas son vistas a la par de los consanguíneos. Mickey no es una persona muy sensible, pero no obstante, nos contó que la expresión que tenía Ofelia en la cara le partió el corazón cuando la dejó ahí con la promesa vacía de que la iba a llamar más tarde. Estaba consciente de que se le habían acabado sus días con Papá.

Tan pronto se metió en el carro para seguir la ambulancia al Mercy Hospital, Mickey prendió su celular y pudo establecer una conferencia con Sergio y conmigo. No sé qué me asombró más: que Papá hubiera sufrido un ataque cardiaco, o que le ocurriera en la cama de su amante, como si fuera un personaje de telenovela. Yo sabía que no era nada raro que los hombres les fueran infieles a las mujeres, sobre todo los hombres cubanos, pero no pensé que Papá fuera así. Me di cuenta de que jamás le presté mucha atención al matrimonio de mis padres. Me suponía que si todavía estaban juntos después de todo lo que pasaron era porque estaban enamorados. Tuvieron tres hijos; es decir, tuvieron que haber tenido algún tipo de vida sexual. Me di cuenta de que su matrimonio—como el de todo el mundo—era un misterio. Nadie sabe toda la verdad, salvo los dos que forman la pareja.

Enseguida, Sergio y yo fuimos al hospital, donde encontramos a Mickey al frente de la sala de emergencia. Me dio un ataque cuando pensé en qué hacer con Mamá. Por supuesto que teníamos que decírselo, pero no sabíamos qué decirle. Nos dimos cuenta de que era posible que Mamá supiera de Ofelia, o que por los menos sospechara que Papá tenía una querida. Después de todo, ella era una mujer casada con un hombre cubano.

Sufrimos por media hora mientras esperábamos a que llegara. Después—ya sea bueno o malo—decidimos inventar un cuento de cómo Papá se enfermó cuando fue a casa de Ofelia a entregarle unos documentos que necesitaba para el trabajo. No podíamos contarle a Mamá todos los detalles desagradables. Pero cuando llegó, nos libramos de tener que mentirle. Mamá se identificó en la entrada antes de que nos viera, y ahí fue donde una enfermera de emergencia le entregó el informe de los paramédicos. Ahí estaba todo: Ofelia y la cama. Mamá no necesitaba saber nada más.

Mamá nunca habló del ataque cardiaco de Papá ni conmigo ni con mis hermanos, salvo en lo que se refería a su salud física. Mickey, Sergio, y yo hablamos del tema por un tiempo, pero pronto nos aburrimos de él. Según ellos, no era nada tan interesante que Papá tuviera una querida. Ellos eran hombres cubanos, y por lo tanto, no era necesario dar explicaciones más detalladas.

Por mi parte, me pareció que podía entender a Mamá un poco mejor. Ojalá que lo hubiera sabido antes, ya que así hubiera comprendido mejor las cosas. La opinión que tenía de Papá no cambió mucho, porque la verdad, nunca lo conocí muy bien. Los hombres cubanos, sobre todo los de su generación, no solían meterse mucho en las vidas de sus hijos, y sobre todo, en las de sus hijas. Por lo menos pude verlo como una persona compleja, con necesidades y deseos humanos, y no sólo como la máxima autoridad de la casa, el que mantenía el hogar, y el que tomaba las decisiones.

En aquella época, yo tenía treinta y dos años, y aún no había empezado a estudiar la verdad detrás de la vida de mis padres. Después del ataque cardiaco de Papá, me di cuenta de que todo lo que yo pensaba acerca del matrimonio era sólo un reflejo de la relación de mis padres. No serían los ejemplos perfectos a seguir, pero eran los únicos que conocía. Le pedía a Dios que fueran felices, aunque muchas veces me parecía que no lo eran.

Y ahora estaba en el carro, yendo a ver a Luther. En ese momento vi la cara de mi madre en la sala de emergencias, pálida, leyendo el informe de los paramédicos con una expresión ecuánime en la cara.

Ella era una dama a toda costa, aún ante la hecatombe. Ni siquiera yo podía decir lo que ella estaba sintiendo en ese momento.

No era un recuerdo que quería ni que necesitaba tener en la mente; no en el momento en que estaba a sólo unos minutos de juntarme con un antiguo amor, el mismo que me había dicho que era urgente que habláramos enseguida.

# [ 10 ]

En esta ocasión, el americano tuvo que esperar a la cubana.

Luther estaba sentado en el medio de un banquillo azul de tres personas—entre los muelles número seis y número siete—frente a la reja de hierro fornido por donde se pasa para entrar a los muelles. Estaba tan concentrado mirando el mar, que no se dio cuenta de mi llegada. Como sabía que era casi imposible parquear legalmente en el Dinner Key Marina, y como no quería dejar a Luther esperándome más, metí el Escalade en un espacio vacío que estaba debajo de un letrero grande y oficial que leía: "Sólo se permiten estacionar automóviles con la calcomanía de permiso de la marina." El letrero me intimidó, ya que parecía que los infractores serían castigados con la pena de muerte o con la mutilación. Aun así, me las jugué, y dejé mi carro, sin la dichosa calcomanía.

Dinner Key es un istmo adyacente a Coconut Grove, y es donde está situado el ayuntamiento de Miami. Es un edificio de dos plantas, blanco, con detalles azules, al estilo del *art deco,* que se volvió famoso durante el desastre de Elián González. Los miamenses enfurecidos le tiraron plátanos y frutas a la puerta del alcalde de Miami cuando éste rehusó reconocer una orden gubernamental que le exigía su cooperación en sacar al niño de la casa de sus parientes antes de que fuera devuelto a Cuba. Los proyectiles frutales simbolizaban el odio del público, el cual opinaba que el alcalde estaba haciendo que Miami pareciera una república bananera. Este no fue un momento magnífico en la historia de Miami; pero bueno, en lo que se refiere a la tragedia de Elián González, nunca hubo momentos magníficos. Desde entonces, no he podido ir al Dinner Key Marina sin pensar en toda esa bochornosa tragedia.

En ese momento, no podía hacer nada para arreglarme un poco, y por eso sólo me eché un poquito de Chanel No. 5. Decidí pensar como los franceses, y pedirle a Dios que el perfume tapara todos los problemas del mundo. Después que salí del carro, Luther se viró cuando oyó la puerta cerrar.

"¡Daisy!" me gritó.

Estaba vestido con un traje color caqui muy parecido al que tenía puesto el día anterior, y por eso se veía un poco fuera de lugar en un lugar tan informal. La temperatura estaba a casi cien grados en el calor vespertino, pero Luther se veía bien y fresco con su traje y corbata. Yo no entendía cómo podía. Se puso de pie y me saludó. Me agarró el brazo y me llevó al banquillo donde me había estado esperando. Esperó que yo eligiera dónde sentarme antes de acomodar su cuerpo larguirucho al lado del mío.

"Daisy, esto es muy lindo aquí," dijo Luther.

Empezaba a hacer viento, y el aire comenzó a darnos vueltas.

"¿Todavía usas Chanel No. 5? Siempre me acuerda de ti."

Me puse colorada, ya que me había echado demasiado perfume. Me pregunté si era de eso que íbamos a hablar, allí en ese calor sofocante. Sentía el estómago un poco nervioso, y también estaba muy consciente de la proximidad física que había entre Luther y yo.

"¿Siempre hay tantos botes atracados aquí?" preguntó Luther, mientras señalaba a los muelles delante de nosotros, y cuyas gradas estaban todas ocupadas. No recordaba a Luther como alguien a quien le interesaran muchos los botes. Bueno, Durham, Carolina del Norte, no es ninguna meca de las actividades marinas.

No podía creer que estábamos allí hablando de mi perfume y de los botes. Entonces comprendí lo que estaba pasando: Luther estaba tan nervioso como yo, y no tenía el valor de decirme de que quería hablar. Si eso era verdad, me iban a dar vómitos. Luther tenía la sangre fría. Incluso, Luther era más frío y firme que el americano corriente.

Decidí seguirle la corriente. Con la facha que tenía yo, no me sentía que tenía autoridad.

"Aquí siempre hay muchos botes," le dije. "Hasta hay gente que vive en ellos."

Luther asintió con la cabeza como si fuera un sabio de la antigüedad, como si esta información insignificante le aclarara muchas dudas.

"Debe ser bien sabroso," dijo.

"¿Qué?"

"Tú sabes, poder vivir así."

Miramos los pelícanos posados en los marcadores del canal en la orilla de la marina, cacareando y arreglándose las plumas con los picos. A veces estiraban las alas para así lanzarse en picado encima de un desventurado pez que había cometido el error de nadar demasiado cerca de la superficie del agua. De verdad que me asombraba que esas bestias torpes pudieran volar—ya que tenían unos picos enormes de los cuales colgaban bolsas inmensas—y que cuando lo hacían, planeaban elegantemente a ras del agua, con las impresionantes envergaduras de sus alas totalmente abiertas.

Le eché un vistazo rápido a mi reloj, y me di cuenta de que llevábamos quince minutos allí sentados. Parecía que me iba a tocar a mí empezar la conversación. Yo era la madre de un niño de tres años de edad, y después de todo, no podía estarme desapareciendo en plena tarde, dos días seguidos, sin inventar algún cuento.

"Luther, me dijiste que era muy importante que nos juntáramos hoy," le empecé a decir, lo más suavemente posible.

Se viró hacia mí, y me miró asombrado. De pronto, empezó a comportarse como si prefiriera que le sacaran la raíz de un diente antes de tener que decirme lo que me quería decir.

"Efectivamente. Eso fue lo que te dije," hizo una pausa y respiró fuerte. "Tengo que confesarte algo, Daisy. No vine a Miami por lo del caso."

"¿Entonces?"

"Sí es verdad que estoy trabajando en un caso aquí," dijo Luther, rápido.

"Bueno, ¿y?" le dije, mientras asimilaba lo que oía.

Otra vez, Luther respiró fuerte, y yo podía ver cómo se estaba tranquilizando para decir lo que venía.

"Es que para este caso he venido a Miami más de doce veces en los últimos cinco años. Hace años que vengo a Miami, pero nunca me he comunicado contigo."

"¿Y hasta ahora me llamas?" le pregunté. "Eso me parece raro."

La expresión de la cara se le avergonzó: "Oye, no quiero que vayas a pensar que te estoy siguiendo, ni nada por el estilo."

"Luther, yo no he dicho eso."

Parece que lo tranquilizé.

"Yo sé que no dijiste eso," dijo en voz baja. "Pero hay algo más que no te he contado. Antes, cuando tú trabajabas en el bufete, yo te podía ver a ti sin que tú me vieras a mí."

"¿Me estabas . . . vigilando?"

"Aguanta Daisy. Esto es muy difícil para mí."

Luther miró el agua. Ya había dicho tanto, que me dolía verlo pasar trabajo.

"Nada más me tienes que decir qué es," le dije.

"Te observaba cuando entrabas y salías del edificio donde estaba tu oficina," dijo Luther, con una mueca de dolor.

No sabía si sentirme insultada o halagada. Yo conocía a Luther demasiado bien para pensar que había algo raro o desagradable detrás de lo que me decía. Aun así, me quedé tan asombrada que no pude reaccionar.

"Luther, explícame bien," le dije. "No entiendo. ¿Por qué . . . por qué me estabas vigilando?"

Vi cómo Luther se hablaba a sí mismo, ya que eso es lo que hacen los abogados para preparar los datos de sus argumentos. El carácter de Luther no solía mostrar su vulnerabilidad, aunque en los últimos cinco minutos había visto más de él que en todo el tiempo en que salí con él.

"Escucha bien. Después de que nos separamos, seguí al tanto de ti y de lo que estabas haciendo."

Luther me miró a los ojos, y después viró la cara.

"Yo sé que hubo razones prácticas y sólidas para nuestra separación. Créeme, me las repetí y me las repetí no sé cuántas veces. Pero no me convencían. No te podía sacar de mi cabeza. Salí con muchas mujeres, y me enredé con algunas de ellas. Pero eras tú, Daisy, con la que siempre he querido estar durante todo este tiempo."

Luther me agarró la mano cariñosamente. Yo sólo lo miraba, ya que mi mano casi no la sentía como mía. Me sentía incómoda de estar sentada allí con los brazos extendidos, y con las palmas de nuestras manos húmedas y llenas de sudor. Mi enorme anillo de matrimonio, hecho de brillantes, estaba hincando tanto mi piel como la suya. Quizá el anillo devolvió a Luther a la realidad, ya que repentinamente me soltó la mano.

"A eso de un año después de que nos separamos, me dieron un caso y me mandaron acá," dijo Luther. "Como habíamos acordado que no nos íbamos a comunicar, yo no sabía qué pensabas de mí. Y por eso empezé a preguntar por ti. Se me partió el corazón cuando me enteré de que estabas comprometida para casarte con un abogado cubano, y por eso no me comuniqué contigo."

Seguí sentada allí, asombrada, y pensando en cómo transcurrió todo esto sin que me enterara.

"La próxima vez que regresé, supe que ya te habías casado con él."

Pude oír el dolor en la voz de Luther. Pensé que había proseguido con su vida después que nos separamos. Había algo en mí que me decía que los blancos, protestantes, y anglosajones no eran muy sentimentales, y por lo tanto, Luther había empezado una vida totalmente nueva sin mí. Miré a Luther y pensé: Si no hubiera estado comprometida con Ariel cuando Luther vino por primera vez a Miami, y si se hubiera comunicado conmigo, ¿cuán diferentes habrían sido nuestras vidas? ¿Y si me hubiera llamado cuando estaba comprometida con Ariel, pero antes de que nos casaramos?

Luther movió la cabeza de un lado a otro, y rió en voz baja, con una mirada de admiración que me confundió.

"Daisy, tengo que reconocer que tú sí cumples con tu palabra," Luther fijó la vista en la distancia. "Tú dijiste que una de las razones por las cuales querías quedarte en Miami era para integrarte al exilio. Dijiste que querías ser y sentirte más cubana, después de pasarte siete años en las universidades de Pennsilvania y de Duke. Bueno, alcanzaste tu meta. Y estoy consciente de que no la hubieras alcanzado conmigo a tu lado."

Ahora era mi turno de agarrarle a él la mano, pero con la mano que no tenía anillos.

"Luther, no sé qué decirte," le dije e hice una pausa. "Es decir, me has sorprendido con esto. Con todo esto."

Volteé mi cuerpo para mirarlo de frente.

"Pero hay algo que no entiendo," le dije. "Después de seis años, después de estar mirándome de lejos, ¿por qué te has comunicado conmigo ahora?"

El calor empezaba a castigar, y en el sol fuerte de la tarde podía ver cómo la cara de Luther se le cubría con una capita de sudor. Si yo tenía mucho calor, vestida en mi pulóver de algodón, entonces él debería de estar asándose en su traje. Y por supuesto, esta conversación no lo podía hacer sentir más cómodo.

"Yo sé que esto te va a sonar como una estupidez," dijo Luther. "Pero tú no has trabajado por casi un año. Y desde que te dieron el permiso para ausentarte, no he tenido la oportunidad de verte."

Luther sacó un pañuelo y se secó la cara: "Perdóname, pero hace tanto calor que no puedo más."

Los americanos—y sobre todo los norteños—no se acostumbran muy bien al opresivo clima veraniego de Miami. Incluso, yo estaba sintiendo un chorrito de sudor que me corría por la espalda. Me alegré que tenía puesta una camisa blanca, así no se podían ver ningunas manchas de sudor. Yo creía, con firmeza, en no dejar que nadie me viera sudar.

Estábamos sentados a la banqueta en los extremos de ese banquillo pintado de azul oscuro. Lo más probable era que Luther y yo pareciéramos dos desconocidos que se sentaban a mirar el panorama de la marina. Éramos los únicos que estábamos allí, y nuestra única compañía eran dos gatos sarnosos que estaban disfrutando de una siesta debajo de un camión rojo al otro lado de la calle. Hasta los pelícanos se retiraban bajo cualquier techo que encontraran durante las horas más calientes del día.

Sin embargo, Luther y yo, dos graduados de las mejores universidades de este país, no éramos tan inteligentes como ellos. Elegíamos sudar los asuntos más importantes de nuestras vidas bajo el ardiente sol veraniego del sur de la Florida.

"Es que no pensaba que había otra forma de verte, sino llamarte," dijo Luther. "Y me estaba empezando a sentir como un idiota total. Por las mañanas, te esperaba en la cafetería al frente de tu edificio sólo para verte parquear el carro y entrar."

Traté de imaginarme lo que Luther había acabado de decir. Me era difícil imaginármelo suspirando en la soledad, un personaje triste, observándome desde lejos. Pero por el tono de su voz, sabía que lo que me decía era verdad.

"¿Tú me esperabas en la cafetería y me mirabas desde al frente del parqueo?"

Me imaginé la cafetería, un timbiriche de unos cubanos. Yo sabía que me podía ver clarito desde una de las mesas al lado de ventanilla.

"Gracias a Dios que eres tan puntual," me dijo con una risita. "Siempre estás en tu oficina antes de la ocho y media. Porque si fuera lo contrario, nunca te hubiera visto."

Parecía que Luther se estaba tranquilizando un poco, como si mientras más hablara de sus acciones, más cómodo se sintiera.

"Traté de verte salir un par de veces, pero era imposible. Porque

Daisy, de verdad que estabas trabajando hasta muy tarde. Yo pensaba que nadie fuera de Nueva York trabajaba tan duro."

"Luther, tú tienes que entender que todo esto me es difícil de procesar."

"Yo sé, Daisy. Yo sé que es mucho."

No quería asustar a Luther, y por eso no reaccioné de una manera demasiado negativa. Aun así, me hacía falta que él entendiera que esto me había caído como una bomba. Parece que Luther estaba concentrando tanto tiempo y energía en lo que pensaba de mí, que se le olvidó que no sabía en qué estaba pensando yo. Todos esos días en la oficina, todas esas noches con Ariel y Martí.

"No tenía ni idea de que estabas pensando en mí durante todos esos años desde que nos separamos," le dije. "Y me estabas mirando desde la cafetería sin jamás decirme nada . . . ¿Tienes alguna idea de cómo suena eso?"

"Suena como una locura," dijo Luther con firmeza. "Yo lo sé. Pero Daisy, es que ya tenía que ser franco contigo. Yo quiero que tú sepas que esta declaración no viene de la nada. He estado pensando en ti por años."

"¿Declaración?" le pregunté. "¿Qué declaración?"

La nuez de la garganta de Luther saltó. Ahora sí que estaba sudando.

"Daisy, cometí un gran error cuando terminamos con nuestra relación. Cuando nos graduamos de Duke, tú estabas tan convencida de que querías regresar acá que nunca pensaste en ninguna otra opción. Nunca conversaste con ninguno de los que venían a reclutar abogados nuevos de los bufetes que no fueran de Miami."

"Pero tú estabas tan metido con Nueva York como estaba yo con Miami" le señalé.

"Yo sé," dijo Luther lentamente, midiendo cada palabra que pronunciaba. "Cuando pienso en el pasado, me doy cuenta que estaba enamorado de ti desde el primer día en que te conocí. Pero como siempre estabas regresando a Miami, me aguanté."

"Pero nunca hablamos en serio de eso," dije.

"¿Qué iba a hacer? ¿Mudarme aquí contigo?" preguntó. "¿Y dónde me dejaría eso a mí? ¿Persiguiéndote a tí? ¿Un gringo esclavo de tu bollo?"

"¡Luther!"

Sus sentimientos me asombraron más que las palabras que utilizó. Este hombre jamás me había mostrado ni siquiera una indicación del aspecto apasionado de su carácter. Se soltaba sólo cuando estaba en la cama conmigo. Siempre estaba tranquilo, quieto, y compuesto. Me confundía. Y me ilusionaba un poco.

"Perdóname, Daisy, pero eso es lo que yo sentía. Tú eres producto de una cultura machista. Los hombres están supuestos a mandar a las mujeres, y no lo contrario. Yo estaba consciente de que jamás me respetarías si te seguía hasta Miami. Ni tampoco tendría yo nexos con nadie. No sé hablar español. Yo sabía que sólo sería una carga para ti si te seguía hasta acá."

De verdad que no había nada más que decir. Luther tenía razón. En ese momento oímos el sonido fuerte y potente de un motor de barco que arrancaba. Unos minutos después vimos a un hombre salir de la cubierta de un bote que había atracado dentro del área encerrada del muelle número siete. Ese bote me había llamado la atención cuando llegué, ya que me impresionó la perfección con la cual lo mantenían.

Vimos cómo una mujer se reunió con él en el muelle, y luego, los dos prepararon el bote de cincuenta pies de eslora para dar un paseo por la bahía. Ella se encargó de las sogas de la proa, mientras el hombre deshizo los nudos de las sogas de la popa, y después las tiró encima del muelle. Entró en el puente de mando de un brinco, y zarpó con cautela, mientras ella se aseguraba que los parachoques pintados de rojo y blanco les dieran a los pilotes de madera y no al casco del bote.

Luther y yo no decíamos nada mientras observábamos al bote zarpar hacia el canal que lo llevaría a la bahía. Pensaba en dónde la pareja iría a parar durante la parte más calurosa del día. Lo más probable, su bote sería uno de los únicos que estarían en la bahía de Biscayne en este calor y bajo este sol. Quizá estaban robándose unos momentos, disfrutando del mar cuando podían.

"Bueno, aquí estamos," dije, para romper el silencio. "Y tú me has contado todo esto. Pero Luther, ¿qué ha cambiado?"

En un español perfecto, Luther me contestó: "Todo ha cambiado, Daisy. Yo cambiaría el mundo entero por ti, si eso es lo que tengo que hacer. Haría cualquier cosa por ti."

[ 11 ]

Habíamos acabado de terminar el plato principal, y estábamos esperando a que Jacinta se llevara los platos para así comernos el postre.

"Margarita, ¿qué te pasa?" me preguntó Ariel. "Te ves muy distraída."

Ya habíamos acostado a Martí, y por eso estábamos cenando solos. Últimamente, Ariel había estado regresando del trabajo más temprano para jugar con Martí antes de que le tocara irse a la cama. Esta vez Ariel había llegado más temprano que todos los otros días, animado, y con planes de jugar con su hijo en la piscina. Ya que estaba consciente de las horas locas que trabaja Ariel, cualquier otro día hubiera estado contenta de verlo en casa más temprano. Pero ese día regresé sólo media hora antes que él, y por lo tanto, no tuve tiempo de procesar lo que me había ocurrido.

"Estoy bien," le dije, sin mirarlo en los ojos. "Me siento un poco cansada."

Ariel echó la cabeza para un lado—su porte de resolver problemas—y fijó la vista en mí. Tuve que utilizar todo el autodominio que me quedaba para poder sentarme allí, tranquilamente, mientras me analizaba. Me sentí tan transparente como el celofán. Pensé en cómo me sentiría si de verdad le hubiera sido infiel a Ariel, en lugar de sólo haber oído a Luther hablar del tema.

"Yo sé qué te pasa," dijo Ariel triunfante, pero tranquilamente.

La sangre se me enfrió.

"Hoy fuiste a ver a tu madre, ¿no es cierto?"

Tan pronto me di cuenta de lo que dijo, tuvo que suprimir un suspiro de alivio. Si Ariel se sospechara que había estado con otro hombre—incluso para sólo hablar con él—lo más probable sería que no quedara sentada allí en una sola pieza. Es cierto que Ariel era un hombre instruido y liberal, pero por dentro no dejaba de ser un cubano. Y a los hombres cubanos no les agrada nada que otros hombres le hagan sugerencias a sus mujeres del tipo de las que Luther me había hecho esa tarde.

Gracias a Dios que no le tuve que mentir a Ariel.

"Sí," le dije. "Almorcé con Mamá."

Ya que parecía estar satisfecho de que Mamá fuera responsable por mi mal humor, Ariel regresó al tema de un caso de daños personales que no sabía si aceptar o no. Él sabía como Mamá solía afectarme, y también estaba consciente de que no debería hablar de los detalles de lo ocurrido.

Jacinta se apareció unos minutos más tarde con el postre: flan de coco, el que más me gusta, y el cual suelo devorar de un tiro. No había comido mucho del plato principal—pollo en una salsa de vino blanco—y por eso me comí el flan con el gusto de una reclusa en el corredor de la muerte.

Todavía hacía calor, pero había refrescado lo suficiente como para cenar en la terraza. Me acordé de cómo me ardió el sol vespertino en los ojos y en la nuca. Desde la mesa teníamos una vista perfecta de Miami al otro lado de la bahía de Biscayne: los edificios altos del *Downtown* iluminados en múltiples colores; los puentes que unían a Miami Beach con la tierra firme delineados con luces de neón; las luces de la ciudad reflejadas en el agua. Nunca me podía cansar de dicho panorama.

Tan pronto Ariel terminó de comer su flan, empezó a hablar de un cliente que había ido a hablar con él en la oficina. Le mostré todas las señas de que lo estaba escuchando, pero mis ojos seguían mirando las luces que brillaban en la distancia, como si al enfocarme en el litoral a través del agua, pudiera descifrar lo que Luther estaba haciendo en ese momento. Eran sólo cuatro millas de distancia entre Miami Beach y Miami por el viaducto, pero en ese instante lo sentía como si estuviera a un continente de distancia.

Ariel estaba tan concentrado en lo que me estaba contando que no se dio cuenta de que yo no le estaba haciendo caso. O, ya que pensaba que me tenía descifrada, no intentó comentar nada más. Yo sabía que mientras fijaba mis ojos en los de Ariel, y asentía con la cabeza de vez en cuando, yo podía pensar en lo que quisiera mientras él hablaba. No era una estrategia que desarrollé adrede, sino que fue algo que se desarrolló transcurriendo el tiempo. Físicamente, estaba sentada en la terraza, tomando el café a sorbitos, oyendo el cuento de Ariel. Pero en la mente, estaba en el banquillo del parque con Luther. Hubiera dado cualquier cosa por retirarme de la vida por unas horas, sólo para pensar un poco. No entendía cómo era que una reunión de una hora con mi ex amante podía amenazar mi matrimonio de ocho años. Nunca me imaginé que estas cosas fueran tan ligeras, tan delicadas.

Pero parece que sí lo eran.

Yo nunca le había sido infiel a Ariel, ni tampoco había tenido la tentación de serlo. Nuestro matrimonio era sólido y seguro, pero ahora pensaba que mi fidelidad era sólo el resultado de que la persona perfecta nunca llegó a entrar en mi vida. Luther se aparece, me declara su amor, y me hace pensar si efectivamente él siempre había sido el hombre perfecto para mí. Él sabía que yo estaba casada, y que tenía un hijo, y aun así, se había comunicado conmigo. Y le hice caso.

Mientras miraba a los ojos de Ariel, la mente no me dejaba de funcionar. De pronto me enojé conmigo misma y sentí asco por la manera como estaba pensando. Pero entonces, y por medio de un poder más allá de mi control, a la luz de las velas, las facciones conocidas de Ariel empezaron a convertirse en las de Luther. Sacudí la cabeza para sacarme esos pensamientos de la mente, y para concentrarme en dónde estaba.

"Ariel, mi amor, ¿verdad que está rico acá fuera?" le dije, mientras me ponía de pie. "Creo que me voy a servir un poco de Courvoisier. ¿Quieres un poco?"

Leí en algún lugar que la gente que le es infiel a su consorte suelen recompensarlos con un comportamiento mejor que lo normal. Me preguntaba si ya estaba cayendo en ese patrón. No seas tonta, pensé para mí. Jacinta ya había terminado con su turno de trabajo, y por lo tanto, nos tocaba a nosotros servirnos. Eso era todo.

La cara de Ariel se iluminó de la alegría que sintió, y me sonrió con tanto cariño que no lo podía mirar.

Mientras iba hacia el estudio, me reprochaba por haber pensado en tener una aventura amorosa con Luther. Recordé que casi nunca pensé en él antes de que se comunicara conmigo. Estaba feliz y casada con el hombre que yo quería, y que me quería a mí, y vivía en una casa preciosa. Era socia de uno de los mejores bufetes.

Un ex amante que no había visto en casi diez años me estaba haciendo sentir como una pepilla alborotada.

Abrí el bar y saqué dos vasos gruesos de cristal tallado. Los llené de coñac mientras miraba la sabrosura color ámbar arremolinándose dentro de los vasos. Yo sabía que la bebida me daría un pequeño dolor de cabeza la mañana siguiente, pero quería dormir bien esa noche. Ariel y yo nos tomamos una botella entera de vino blanco en la comida, pero parece que me había puesto más nerviosa en lugar de tranquilizarme. Tenía que pensar en muchas cosas, pero no cuando los recuerdos de Luther todavía estaban tan presentes en mi mente.

"Gracias," dijo Ariel, cuando le di el vaso en la mano.

Me senté, e incliné el vaso hacia él: "¡Salud!"

Hacía tiempo que no descansábamos juntos en la terraza, disfrutando un cóctel en la tranquilidad. Si no fuera porque Luther había vuelto a entrar en mi vida, estaría tranquila conmigo misma y con el mundo entero.

Mientras tomaba el coñac a sorbitos, sentía que la garganta me quemaba y que los ojos se me aguaban. Me fijé en cómo las olas de la bahía de Biscayne besaban el muro a sólo unos pies de donde estábamos sentados. Pensé si Luther estaba allá fuera, mirando la misma agua, tratando de ver cuáles de las luces procedían de mi casa. Me acordé que cuando era niña, miraba el agua, y pensaba en dónde había estado cada gota antes de llegar aquí. Antes pensaba en lugares lejanos como la China, pero ahora estaba pensando en Coconut Grove.

El corazón me empezó a latir más rápido, y no sólo por culpa del coñac. Era por culpa de Luther. Cuando pensaba en él, me derretía. Me acordé de la tarde, sentados en el banquillo, cuando empezó a hablar en un español perfecto y sin acento ninguno. Me dejó asombrada. Yo he recibido muchos regalos de los hombres a través de mi vida, pero jamás ningún hombre ha aprendido un idioma para complacerme a mí. Aunque era brillante, yo sabía que a Luther le costaba trabajo aprender los idiomas. Al aprender español, Luther me estaba declarando su amor, y también me estaba mostrando que lo que sentía por mí no sólo era un capricho pasajero.

Era una pérdida de tiempo pensar en Luther. Y, además, había una sola manera de informarme sobre lo que me esperaba en el futuro: era hora de ir a ver a Violeta.

# [ 12 ]

La mañana siguiente, después de que Ariel se fuera para la oficina, hice una llamada urgente. Como siempre, Violeta me informó que en ese mismo momento estaba esperando mi llamada.

Violeta Luz era una vidente con quien yo había consultado durante los últimos tres años. Vivian me la presentó; la misma Vivian que no creía en nada que no se podía ver, ni tocar, ni probar, ni legitimar mediante acta notarial. Aunque era muy porfiada, Vivian creía firmemente en buscar consuelo espiritual en lo que se refería a las cosas importantes de la vida. Aún cuando éramos niñas, Vivian siempre jugaba con la bola de billar mágica número ocho, hasta estar satisfecha con lo que le decía. Cuando maduró, se dio cuenta que se podía manipular la bola número ocho, y por lo tanto, no se podía contar con ella como adivinadora. Eso fue cuando empezó con las tablas de espiritismo, y se obsesionó tanto con ellas, que Anabel y yo terminamos tirando la flecha plástica que tenía la tabla en la bahía de Biscayne. Un par de años más tarde, Vivian ya estaba metida con el tarot y la quiromancia.

Antes de que descubriera a Violeta, Vivian había consultado unas cuantas veces con unas mellizas cubanas que trabajaban desde su casa de Hialeah. Le adivinaban el futuro con caracoles que tiraban como dados. Las mellizas le caían bien a Vivian, pero siempre había mucha gente en la casa, y se desencantó al tener que esperar tanto para verlas. No le parecía bien que los consejos místicos se despacharan en producción de cadena. Y a ella no le gustaba esperar por nada.

Después de las mellizas, Vivian consultó, dos veces, a un babalao en Hialeah. Acertaba bien y daba buenos consejos, pero el panorama en que trabajaba la espantaba un poco. A Vivian no le costaba trabajo ignorar no sólo las imágenes de tamaño natural de San Lázaro y Santa Bárbara que estaban bien colocadas en las esquinas de un salón oscuro, sino que también podía hacerles caso omiso a las plumas, a los collares, y a la otra parafernalia rara. Cuando fue a verlo por primera vez, vio un chivo comiendo hierba en el traspatio, pero la segunda vez que fue, el chivo había desaparecido. Vivian sólo podía pensar en el reciente caso que llegó hasta la Corte Suprema de Justicia, en el cual un babalao le había puesto una demanda al Estado de la Florida, ya que éste quería prohibirle el sacrificio de animales. Según el babalao, la santería era una religión establecida, y el sacrificio de animales jugaba un papel fundamental en la misma.

El babalao ganó el caso. Para Vivian, era totalmente diferente leer sobre el caso en los periódicos que verlo en acción. La única forma en que Vivian quería ver a un animal muerto era forrado en plástico en la carnicería del supermercado Publix. La desaparición del chivo entre las dos consultas, verdaderamente que le aguó el entusiasmo que sentía por este babalao que se había convertido en su consejero espiritual. Además, también le disgustaba el hecho de que el babalao tenía una tienda detrás de la casa donde vendía la mercancía que auxiliaban a los espíritus en sus trabajos. Vivian quería resistir la tentación de sacar su tarjeta dorada de la American Express para comprar una muñequita de vudú que representara una abogado contrario en un caso.

Sólo Dios sabe por qué, pero hubo un momento en el que Vivian decidió darle una última oportunidad a la santería. Esta religión estaba en pleno apogeo en Cuba, con multitud de fieles tanto en Miami como en la Isla. Ella esperaba que su experiencia con el babalao que tenía el chivo hubiera sido una anomalía. Como era de esperarse, lo del santero que tenía el chivo no fue nada comparado a lo que le esperaba.

Vivian estaba hablando con un cliente—un hombre que estaba recluso en el corredor de la muerte por haber asesinado y mutilado a los parientes de su mujer porque le escondieron el control remoto del televisor—quien le recomendó, de todo corazón, que fuera a ver a un palero, los babalaos más fuertes. Más tarde Vivian se daría cuenta de que debía tener más cuidado en cuanto a quién le pide consejos, pero el recluso le juró que el babalao era muy bueno. A primera vista, la grave situación de este hombre no parecía ser muy buena, pero necesitó tres diferentes juicios con jurados para al fin hallarlo culpable. El juez que presidió el primer juicio—que tenía cuarenta años y corría en maratones—cayó muerto, y por lo tanto, se declaró juicio nulo. En el segundo juicio, dos jurados se intoxicaron luego de almorzar en la cafetería de la corte. Y por poco el tercero también resulta nulo, cuando le dio una apendicitis aguda al fiscal principal. Sin embargo, este abogado era fuerte, y faltó sólo dos días. Tenía tantas ganas de que inculparan a su cliente, que el fiscal estaba dispuesto a presentar su caso desde una camilla. Aun así, el cliente de Vivian se salvó por dos años mientras duraron los aplazamientos, por lo cual le estaba agradecido al palero.

El cliente le dijo a Vivian que fuera a la casa del palero durante la luna llena, ya que ésta marca la temporada más favorable para los orichas de la santería. El babalao vivía en un barrio normal de clase media en South Miami. El único indicio de lo que hacía era el olor penetrante de incienso que había en la casa, el cual era *tan* fuerte que se olía desde la calle.

El palero era mulato, tipo de bravucón, de veintipico de años, vestido de pies a cabeza en blanco, y con collares multicolores en el cuello, en las muñecas, y en los tobillos. Le dijo a Vivian que se sentara con los ojos cerrados en un asiento en el medio de la oscuridad de la sala. Vivian no se sentía cómoda ni con el babalao ni con la situación, pero hizo lo que le dijo, ya que nadie la había forzado a ir allí. Trató de situarse, porque pensaba que tenía que concentrarse para lo que le venía. Pasó un momento y sintió un golpe y un fuerte dolor en la cabeza, y después un líquido caliente que se deslizaba hacia abajo. Levantó la mano, se tocó la cabeza, y sintió algo tibio que tenía encima del pelo. Se horrorizó cuando se dio cuenta que era una paloma blanca que seguía sangrando del pescuezo completamente degollado. Vivian estaba bañada en sangre, y el palero se había desaparecido.

Con toda su fuerza, Vivian tiró la paloma blanca para otro lado de la sala, y casi se vomita cuando vio el arco de sangre que seguía al ave en su vuelo por el aire. Entonces fue que saltó y se echó a correr lo más rápido que pudo. Lo que más le dolió fue que el palero no le devolviera los ochocientos dólares que le pagó—en efectivo y por adelantado—por el rito. Muchos años han pasado, y aún tiembla cuando se acuerda de lo que pasó, aunque incluso ella se tiene que reír del hecho de que en Miami la gente bañada en sangre puede estar en un carro y pasar por el lado de un policía sin que éste se dé cuenta.

Vivian experimentó con otros medios, tales como el regreso a vidas pasadas y el espiritismo, pero siempre nos hacía a Anabel y a mí jurar que lo mantendríamos en secreto, ya que ella no quería que nadie en el campo de la jurisprudencia miamense se enterara. Fue entonces cuando supo de Violeta, una mujer con tipo de abuela que se mecía en su sillón de madera mientras conversaba con el mundo de los espíritus. Lo que de verdad convenció a Vivian de que Violeta era sincera fue el hecho de que esta espiritista no cobraba por las consultas. Tenía un jarrón colocado discretamente al lado de la puerta de entrada, donde los clientes pagaban lo que mejor les parecía.

Yo sé que todo esto suena raro. Al principio, yo tampoco lo creía, pero Vivian me cansó con todos los pequeños detalles de lo que Violeta le había adivinado. Todavía no me convencía por completo, ya que yo estaba consciente de que la mayoría de las cosas supernaturales y síquicas eran mentiras diseñadas parar robarles el dinero a los estúpidos. Con el pasar del tiempo, Vivian me contaba más y más de lo que Violeta le había adivinado: en el trabajo, en su familia, y en su vida amorosa. Asimismo, Violeta daba buenos consejos, y era lista. Y como decía Vivian, consultar a Violeta era mucho más barato que ir a un siquiatra.

Hace tres años, para su cumpleaños, Vivian me sorprendió cuando me dijo que no quería que le comprara un regalo, sino que fuera con ella a ver a Violeta. Vivian me insistió que si no hacía nada por mí, que más nunca hablaría del tema. Como ya yo había pasado años oyendo los cuentos de Violeta, la posibilidad de su silencio me ilusionaba más que la misma visita con Violeta.

Resultó ser que Violeta no recibía a cualquiera, y por eso me la tuvieron que presentar por teléfono antes de que me permitiera verla. Mientras íbamos en el carro a la casa de Violeta en La Pequeña Habana, para la consulta del cumpleaños, no dejaba de pensar en que debiéramos triturar nuestros carnés del Colegio de Abogados de la Florida. O, por lo menos, deberíamos reclamarles a las facultades de derecho donde estudiamos que nos devolvieran el dinero que les pagamos, debido a que estaba claro que no aprendimos mucho. Como abogadas que ejercíamos en derecho, a nosotras nos habían enseñado a trabajar con la realidad y la lógica, y ahora íbamos a consultar a una vidente para que nos contara sobre nuestras vidas. Yo sabía que hasta el cubano más práctico y porfiado lleva una buena cantidad de superstición por dentro, y que también le tiene mucho respeto a cualquiera que diga poder adivinar el futuro. Pensé que yo era la excepción a esa regla, hasta que conocí a Violeta.

Enseguida me convenció. Entramos, y Vivian le dijo que me llamaba Margarita y que era amiga suya. Y eso fue todo lo que hizo falta. Desde ese momento en adelante, Violeta se puso a hablar—de una manera muy convincente—de mi niñez, de mi familia, y de las preocupaciones que tenía acerca de mi carrera. Era como si me conociera desde mucho tiempo antes de verla. Puede ser que al principio su apariencia me diera una mala impresión, ya que la imagen que tenía en la mente de un vidente no era la de una mujer de sesenta y pico de años, con una permanente demasiado rizada, y vestida con un juego de pantalones color lavanda y zapatos tenis blancos. Pero tenía una mirada cariñosa y tierna, y una voz hipnotizante. Pronto la veía más como consejera espiritual que como vidente, más como una amiga sabia y de confianza que como una adivinadora.

Violeta vivía en una casa de tres cuartos en un barrio de clase media de Hialeah. No había nada en ella, ni en su casa, que anunciara su profesión. Las sesiones se llevaban a cabo en un cuarto adornado con azulejos y bañado de la luz del sol al fondo de la casa. Estaba decorado con los objetos normales, como por ejemplo, los santos de la santería, jarros llenos de agua, monedas, manzanas, y muchas velas encendidas por dondequiera. Había un par de imágenes de la Virgen, y un óleo inmenso—el cual era imposible no notar—de un cacique americano colgado en medio de la pared detrás del lugar donde siempre se sentaba Violeta. Todavía no tenía el valor de preguntarle quién era, ni tampoco por qué gozaba de una posición tan destacada. Durante las sesiones, Violeta se mecía en su sillón a tres o cuatro pies de distancia de mí, con los ojos cerrados, mientras buscaba visiones. Abría los ojos sólo cuando tenía algo que decir, o si me tenía que hacer una pregunta para así entender mejor lo que veía.

Mientras conducía por el viaducto que me llevaba de Miami Beach a mi próxima consulta con Violeta, me sentí muy agradecida de que la policía aumentara el límite de velocidad de cuarenta a cincuenta millas por hora en esa carretera. Tenía que ver a Violeta lo antes posible, y si la policía me detenía por exceso de velocidad, me echaría a perder el buen humor. Además, el Courvoisier de la noche anterior no me había hecho ningún efecto. En lugar de quedarme dormida profundamente, me desvelé, y me desperté con una resaca.

Gracias a Dios, Ariel no me recomendó su remedio infalible: hacer el amor sin cesar hasta que el cansancio nos diera sueño. Me imagino que él pensaba que seguía disgustada por el almuerzo que tuve con mi madre, y que seguramente ella había recalcado que dejara mi trabajo y que tuviera otro niño. Por supuesto, él estaba totalmente de acuerdo con Mamá, pero también sabía que no iba a ganar nada con hablar de un tema tan sensible entre madre e hija. Ariel era inteligente e intuitivo. Pero sí que estaba muy equivocado con lo que me estaba molestando la noche anterior.

Estaba loca por ver a Violeta. Necesitaba sus consejos espirituales, sin hablar de la serenidad y normalidad que yo sentía después de hacerle la visita. En las últimas veinticuatro horas, la vida que yo pensaba que estaba viviendo, se había vuelto un torbellino. Quería saber por qué.

Y esperaba poder soportar la respuesta.

# [ 13 ]

"¡Margarita! ¡Mi amor!" gritó Violeta tan pronto abrí la puerta del carro.

Estaba de pie en el portal de la casa.

"¡Bienvenida!" me dijo, mientras caminaba lentamente hacia mí.

Ya que la vidente no conducía, ni tampoco tenía carro, siempre había dónde parquear enfrente de su casa. Eso me salvaba de tener que darle la vuelta a la manzana en búsqueda de un espacio lo suficientemente grande como para acomodar mi gigantesco carro. Me di cuenta de que Violeta había estado trabajando en el jardín, ya que cargaba una cesta de mimbre llena de rosas rosadas, rojas, y blancas. En la otra mano tenía unas tijeras grandísimas que lucían muy amenazadoras.

Cerré el Escalade, apreté el botón en el llavero que pone la alarma en función, y corrí rápidamente hacia ella para darle un beso. Violeta se fijó largo rato en mí, y sacudió la cabeza.

"Mi'ja, te ves muy preocupada. Me alegro que hayas venido."

Con mucho cuidado, puso las tijeras en la cesta con las rosas, y entramos juntas en la casa.

"Ven."

La seguí sumisamente, y entramos en la casa, donde enseguida me sentí más tranquila. Violeta me podía tranquilizar en un instante. También sabía que le podía decir cualquier cosa sin que me juzgara. No tenía a muchas personas en mi vida de las cuales podía decir eso.

Violeta me llevó al cuarto en el fondo de la casa, y se detuvo sólo para dejar su bolsa llena de flores en la mesa que estaba al lado de la puerta. Cuando entramos en el cuarto, cerró la puerta y se acomodó en su sillón. Dejé la cartera donde siempre la pongo: en la mesita al lado de la puerta. Me senté y tranquilamente esperé a que hablara. La primera vez que la consulté, yo había puesto la cartera en el piso, y como a Violeta le parece que trae mala suerte, enseguida la movió de lugar.

El sillón chillaba mientras se mecía en él. Yo sabía que podía demorarse en hablar. A veces se demoraba más de lo normal. Estaba que me reventaba de la impaciencia, y me parecía que Violeta se estaba demorando una eternidad para hablar. Me fijé en todo lo que había en el cuarto, ya que sabía que no podía hacer nada que adelantara el proceso. Si me movía demasiado, sabía que me esperaba un discurso acerca de la paciencia.

Al fin, Violeta dejó de mecer el sillón y abrió los ojos.

"Margarita, tú estas muy preocupada," me dijo. "Pero las preocupaciones que me traes hoy no son las mismas de siempre."

Las dos sabíamos de qué hablaba: de mi trabajo, de las presiones de Ariel y de mi familia, y de la gran decisión que me estaba agobiando la vida. Volvió a cerrar los ojos, pero de repente los volvió a abrir.

"Veo a Ariel volando por encima de ti," dijo, pero esta vez hizo una mueca triste. "Pero él no es el único que está allí. Ariel se está desapareciendo. Hay otro hombre en tu entorno."

"Por eso estoy aquí," le dije, con un tono de desesperación. "Estoy aquí por el otro hombre."

Violeta se veía confundida.

"Margarita, tú has venido a verme muchas veces sin jamás haber hablado nada de este otro hombre. Y yo nunca lo he visto."

Por primera vez, Violeta se veía bien enojada. A ella no le gustaba que ni yo, ni los espíritus, le hiciéramos hacer el papel de ridícula.

"Es por que este hombre—se llama Luther—jugó un papel importante en mi vida, hace mucho años,"—le expliqué, como pidiendo disculpas, ya que no quería provocar la ira de Violeta, ni la de los espíritus.

Noté que enseguida, Violeta supo quién era Luther. Pero a la vez, ella nunca me había advertido que iba a reaparecer en mi vida. Había visto a Violeta sólo dos semanas antes de que mi ex amante llegara a Miami.

Una vez, durante una de las primeras sesiones, Violeta me había advertido que le tuviera cuidado a un trigueño salvadoreño que se llamaba Melchor, quien me iba a traer muchos problemas en el bufete. Me quedé asombrada cuando un hombre, que correspondía a su descripción, resultó ser un técnico de computación que puso un virus en nuestra red de computadoras, y por lo tanto, borró casi todos los archivos. Por poco me desmayo cuando el administrador de la oficina me contó quien había sido el causante de tantos estragos en el bufete. No le dije nada a mis socios acerca de lo que Violeta me había contado, ya que podían haberse imaginado que yo tenía nexos especiales con el mundo espiritual, pero también me hubieran quitado el nombre y el apellido del membrete.

Me molestaba que Violeta no me hubiera advertido acerca de Luther. Según él, hacía años que me estaba vigilando. Entonces, ¿por qué no lo había visto Violeta?

Mi vida estaba a punto de irse a pique. Ahora me daba cuenta de cuánto contaba yo con el apoyo, los consejos, y la visión de Violeta. De repente, me sentí sin el apoyo de nadie. ¡Dios mío! Yo sabía que nadie era infalible, pero de alguna forma pensaba que Violeta casi lo era.

Cerró los ojos: "Es un hombre bueno, este Luther. Te quiere mucho."

Abrió los ojos, y se fijó bien en mí.

"Y tú también lo quieres."

"Pero estoy casada con Ariel," le dije, mientras oía el desespero en mi voz. "Y lo quiero a él también."

"Sí, yo te entiendo, Margarita," dijo Violeta. "Pero llegará el momento cuando tendrás que escoger."

Se mecía lenta y tranquilamente. Me acordé de todas las veces que cargué a Martí entre mis brazos hasta que se dormía. A todos los cubanos les gusta mecerse en los sillones. Quizá sea porque nos trae recuerdos de los movimientos repetitivos y mecedores del mar, y del movimiento de las olas cuando besan el litoral.

"¿Qué debo hacer?" le pregunté. "Por favor, aconséjame."

Yo sabía que no me iba a decir qué hacer, ya que nunca lo hacía. Sin embargo, sí me dejaba saber cuáles eran mis opciones, y cuáles de ellas me podían hacer daño.

Por un momento Violeta no habló, mientras miraba solamente en la distancia. Después asintió con la cabeza, como si alguien le hubiera dicho algo.

"Esta es una decisión que sólo tú puedes tomar, Margarita," dijo ella.

Le daba golpecitos a los lados del sillón mientras se mecía.

"Cuéntame de este hombre. ¿Cómo es tan importante que te pone en este estado?"

¿Cómo puedo explicar quién es Luther?

Me acordé de lo que sentí cuando lo vi el primer día de clases en Duke. Eran las ocho de la mañana—demasiado temprano—cuando los estudiantes de derecho de primer año se reunieron para la presentación que daba inicio a la orientación. Para despertarme, me tomé todo el café que había colado en la cafetera de seis tazas que había traído de Miami. El corazón me estaba latiendo tan fuerte que lo sentía en los oídos, una señal de que había tomado demasiada cafeína. En ese momento me pareció una buena idea, pero cuando llegué a la universidad, me sentía como si efectivamente hubiera tomado demasiado café. Fui a pie desde el parqueo hasta la facultad de derecho, pensando en si alguna vez había oído hablar de alguien que sufriera una sobredosis de café cubano.

Todos nos congregamos en el vestíbulo principal antes de que nos separaran en dos grupos. La clase del primer año era pequeña, con sólo doscientos hombres y mujeres, y por eso no resultaba difícil echarle una mirada al grupo y ver con quién me iba a asociar por lo próximos tres años.

Noté a Luther enseguida. Estaba en una esquina, y por la forma en que estaba parado allí, daba a entender que se sentía totalmente tranquilo, mientras sus ojos azules lo captaban todo. Hacía una mueca inquisitiva, casi burlona. Era la única persona que de verdad parecía como si estuviera en su casa.

Nos dieron a todos calcomanías de identificación para ponernos en la ropa que decían nuestros nombres y apellidos, y el nombre de la universidad donde habíamos estudiado. Logré llegar hasta donde estaba él, vi su nombre y que había estudiado en la Universidad de Dartmouth. Me desilusioné cuando no nos pusieron en el mismo grupo, pero por la tarde, después que almorzamos, terminamos en el mismo grupo de veinte personas que hizo una excursión por el recinto universitario.

No quería que Luther supiera que sólo con verlo me temblaban las rodillas, y por eso adopté una estrategia que siempre me funcionó: me portaba totalmente fría cuando estaba con él. Teníamos tres clases juntos, sin embargo, durante esas primeras semanas, casi ni reconocí que existía. Pero durante todo ese tiempo, mi atracción por él seguía en aumento. No me había sentido tan enamorada de nadie desde que cursé mi segundo año de estudios en la Universidad de Pennsilvania, y me había enamorado de Mariano Arango. Pero eso era de entender, ya que Mariano era un jugador de polo argentino. Pero me tomó un buen tiempo darme cuenta de lo engreído que era. Al contrario de éste, Luther era americano, el blanco, anglosajón, y protestante ideal. Y parecía que no sabía que yo existiera. La cosa no parecía que iba en el camino del romance.

Mi amiga Lola estaba en un grupo de estudios con Luther, y me pidió que me uniera a ellos. Le dije que no, ya que sabía que me iban a suspender de la facultad de derecho si trataba de estudiar cerca de él. La situación había llegado al punto del absurdo. Ya se me hacía difícil estar en el mismo salón de clases con él. No era nada fácil oír a un profesor viejo hablar de las leyes de los contratos, mientras yo trataba de mirar a través del salón en donde estaba Luther.

Pasó un mes. Pero un día, me quedé asombrada totalmente cuando Luther me llamó y me invitó a cenar con él. No tenía forma de explicarle a Violeta el nerviosismo y la aprensión que sentí antes de que saliéramos juntos. El día anterior, me vino la regla antes de tiempo. Todo parecía que iba a ser un desastre, ya que sabía que me iban a salir granos en la cara y que el cuerpo se me iba a hinchar. Entonces me tuve que tranquilizar cuando me acordé que ya no estaba en el séptimo grado, y que los hombres no sabían cuándo les tocaba la regla a las mujeres, y que, además, ellos sabían que la regla existía, y que no se sentían asqueados. Me sentía tan ansiosa, que incluso me tomé un diurético para que los tobillos no se me hincharan. Si se hubiera enterado de lo que hice, Mamá estaría orgullosa de mí.

Nosotras, las estudiantes de derecho, estábamos supuestas a estar por encima de tonterías como la apariencia, pero a mi parecer, la mujer siempre debe ser mujer, aunque sea jueza de la Corte Suprema de Justicia. Aún ahora, años después, el corazón me late más rápido cuando recuerdo a Luther en la puerta de mi apartamento esa noche, con su camisa azul que hacía que la mirada de sus ojos azules resaltara dirigiéndola hacia mí, como el color de un lago invernal que refleja el cielo. Parecía ser un hombre que se sentía totalmente cómodo consigo mismo, y que se presentaba ante el mundo tal como él era. Los demás podían escoger si les gustaba o no. A él le daba igual.

En retrospectiva, fue probablemente una bendición que tuviera la regla cuando salimos juntos por primera vez, porque si no, me hubiera metido con él en la cama después del postre. Respiraba aceleradamente en el carro tan sólo por estar tan cerca de él, y cuando llegamos al restaurante, necesitaba que me resucitaran. Maldije el hecho de que mi condición femenina me había puesto inservible, pero me acordé que Dios sabe lo que hace. Una vez que uno es católico, nunca deja de serlo.

No le conté todos estos detalles a Violeta. No quería que fuera a pensar que yo no era la mujer sensible y segura que ella creía que yo era. Pero ahora, cuando cierro los ojos, veo el reguero que dejé en mi dormitorio antes de juntarnos. Una hora antes que Luther me recogiera, saqué todo lo que tenía, me lo probé, y con mucho cuidado examiné cada vestido antes de tirarlo en un montón que no cesaba de crecer. Al fin, decidí que nada de lo que tenía servía, y por eso me metí en el carro e hice un viaje relámpago a una de las boutiques de moda en Chapel Hill. Yo era una mujer con una misión: buscaba el vestido perfecto digno de un hombre buen mozo, y nada ni nadie iba a meterse en mi camino. Le pedía a Dios que las destrezas videntes de Violeta no le permitieran darse cuenta de cómo me comporté ese día.

Me forcé a regresar al presente, y a la descripción mínima del papel que una vez jugó Luther en mi vida.

"Me quita el hipo," sencillamente le dije.

No hacía falta más explicaciones. Cualquiera que hable español sabe lo que significa eso.

Violeta asintió con la cabeza: "Y ahora han pasado muchos años y ha vuelto a entrar en tu vida. ¿Cómo te afecta eso ahora?"

No tuve que pensar antes de contestarle: "Igual."

Violeta se mecía con los ojos cerrados.

"¿Y Ariel? Dime lo que sientes por él ahora."

Violeta sabía todo sobre Ariel, cómo nos conocimos, y los detalles de nuestra vida juntos. Pero ella no me estaba preguntando del pasado. Lo que quería saber era cómo la reaparición de Luther en mi vida estaba afectando mi relación con mi marido, ya que estaba claro que sí me la había afectado.

Nada de lo que yo le contaba a Violeta estaba protegido por la ley de la confidencialidad—hasta en la Florida libertina e informal, las consultas con los videntes no son consideradas confidenciales—pero yo sabía que le podía contar cualquier cosa en total confianza y que ella no se lo repetiría a nadie.

Hablé de Luther sin pensar, pero ahora tenía que reflejar un poco antes de contestarle la pregunta a Violeta. Podía ver que se había dado cuenta de mi vacilación, ya que empezó a mecerse más lentamente. Violeta le veía un significado a todo, e interpretaba la menor reacción como si fuera una gran revelación.

"No me quita el hipo," le dije, tristemente.

Violeta siguió meciéndose.

# [ 14 ]

Después que me despedí de Violeta, me fui al carro y miré mi reloj. Había pasado casi dos horas con la vidente; en definitiva, era un récord. Estaba muerta de cansancio, como si me hubieran sacado toda la fuerza del cuerpo. Normalmente, me sentía refrescada y rejuvenecida después de ver a Violeta, como después de dormir bien. Sin embargo, en ese momento me sentía desorientada y mareada. Me acordaba de cómo a veces me sentía al mediodía—sin nada en el estómago—durante una misa mayor, cuando me tenía que sentar por horas en una iglesia donde hacía mucho calor, donde no había oxígeno, y donde había demasiada gente.

Ya en el carro, y con el aire acondicionado andando, saqué mi celular para ver si me habían dejado algún recado. Aunque me sentía como si estuviera paralizada por todo lo que le conté a Violeta, revisar los recados que me han dejado en el celular era un ritual que hacía sin pensar. En la pantallita del celular vi que Vivian me había llamado tres veces. Normalmente, tres llamadas perdidas me darían terror, pero era algo de esperar de Vivian, ya que su carácter no le permitía prestarle atención a lo que hacía. Todavía estaba sufriendo a causa de mi sesión con Violeta, y por lo tanto, no estaba lista para lidiar con las locuras de Vivian. Si hubiera sido algo realmente urgente, habría doce llamadas perdidas en lugar de sólo tres.

No quería que Violeta me viera inmovilizada en el carro parqueado delante de su casa, y por eso arranqué el motor y salí hacia la 826, el Palmetto Expressway, la primera parte de mi jornada de regreso a casa. Antes de montarme en la rampa de entrada, situé el carro cerca del contén. De verdad que no me sentía lo suficientemente estable como para conducir, y como Dios sabía, ya había demasiados conductores locos en Miami sin necesidad de que yo fuera otro más.

Aunque el aire acondicionado estaba encendido a toda fuerza, yo estaba sudando. Tenía los nervios de punta, y tenía que calmarme. Por eso hice algo que no había hecho en mucho tiempo: me quité el cinturón, abrí la guantera, y busqué una cajetilla de Marlboro que había escondido allí por si la necesitaba en una emergencia. Mi situación había llegado a tal punto que me hacía falta un cigarrillo para calmarme.

Antes de encenderlo, bajé la ventanilla del carro, y eché el asiento hacia atrás hasta que no pudiera moverse más. Subí el volumen del CD de Gloria Estefan que estaba tocando bajito. Y entonces, lo más preparada posible, saqué un cigarrillo, y por unos momentos, le di vueltas entre el pulgar y el índice. Suponía que estaba rancio, pero no había más. En ese momento me hubieran venido muy bien unas fumaditas de marihuana, pero como casi nunca fumaba nada, unas fumaditas de un Marlboro casi serían igual.

Me recosté allí, oyendo la música y tratando de hacer anillos de humo. Hubiera querido nunca tener que salir del carro, y así no tener que tomar las decisiones que me esperaban. Hasta hacía un par de días, pensaba que sólo tenía que enfrentar la decisión de quedarme en el bufete o de tener otro hijo. En ese momento me parecía que ese problema se solucionaría fácilmente, en comparación al lío que se había formado con la reaparición de Luther en mi vida. Ahora estaba pensando en serio si quedarme con Ariel o empezar una vida nueva con mi antiguo amante. La sesión con Violeta sí que me había dejado en claro cuál camino elegir.

Mientras miraba el cigarrillo, deseaba que se convirtiera en marihuana. Nunca estuve metida de lleno en las drogas, pero me gustaba sentir una nota leve. Durante el primer año que estudié en la Universidad de Pennsilvania, fumé demasiada marihuana, lo cual me asustó, y por eso me alejé de ella. Ahora, a veces fumo con Vivian y Anabel; no tanto como para experimentar una tremenda nota, pero sí lo suficiente como para hacernos reír como bobas. De esa forma estábamos volviendo a vivir nuestra juventud, ya que eso era lo que hacíamos para coger buenas notas durante las noches calurosas de verano en la piscina Venetian de Coral Gables. Aún a los treinta y cinco años, cuando huelo la marihuana, me acuerdo de esas noches llenas de momentos prohibidos.

Acabada de terminarse la canción, sonó mi celular, el cual había dejado en el asiento de pasajeros delantero. El sonido de *Cascabeles* me asustó tanto, que casi se me cae el cigarrillo encendido en las piernas. Lo agarré y vi el número de teléfono de la oficina de Vivian en la pantallita. Bueno, quizá ella me rescate de mis propios pensamientos. Suspiré, y apreté el botón que dice *contestar*.

"¿Qué hubo, Vivian?"

"¡Chica! ¿En dónde carajo has estado metida?" chilló Vivian.

Tuve que apartar el auricular a unas pulgadas de la oreja.

"Te llamé tres veces, pero tenías el teléfono apagado."

"Fui a ver a Violeta," le expliqué, mientras aspiraba el Marlboro. "Por eso apagué el teléfono. Ahora estoy parqueada al lado de la rampa que entra a la 826."

Vivian pausó: "¿Estás fumando?" preguntó.

Tuve una carcajada nerviosa. Al oír el nerviosismo en mi risa, Vivian entendió mi respuesta como positiva.

"¡Ay Dios mío, Margarita," dijo Vivian con una tristeza que se le oía en la voz. "Si necesitas ver a Violeta, y después fumar, entonces las cosas están muy malas. Pero lo peor es que estés sentada en tu carro parqueado al lado del *expressway*. ¿Estás bien? ¿Me necesitas para algo?"

La voz le subió una octava mientras hablaba. Por tan solidarias que fuéramos, lo último que yo quería era que Vivian se apareciera a hacer el papel de la doctora Ruth cubana. Sabía que tenía que cambiar el tema de su posible misión caritativa a otra cosa.

"¿Qué está pasando que necesitas comunicarte conmigo?" pregunté.

Yo siempre sabía cambiar el tema para que Vivian hablara de ella misma, era una buena estrategia ofensiva.

"No te lo puedo contar por teléfono," dijo en voz baja. "Por eso te estaba llamando. Necesito fijar una hora y lugar para que yo, tú y Anabel nos reunamos."

Vivian no era el tipo de persona que ocultaba las cosas. Le pedí a Dios que no nos fuera a dar malas noticias.

"¿Hablaste con Anabel?" pregunté.

"Sí. Enseguida me comuniqué con ella."

Me acordé que a Vivian le costaba trabajo aguantarse de llamarme la atención por no estar disponible las veinticuatro horas al día.

"Hoy está en una reunión que va a demorar toda la tarde. Pero tiene tiempo mañana. ¿Puedes mañana?"

"Sí. Está bien."

No tenía mi agenda conmigo, y por lo tanto no sabía si ya me había comprometido a hacer algo el próximo día al mediodía. Pero estaba dispuesta a cambiar cualquier cita que tuviera sólo para oír en persona lo que Vivian tenía que contarnos. No recuerdo la última vez que me ocultara un secreto.

"Oye, Margarita, ¿estás segura que te sientes bien?" preguntó Vivian. "Porque no es normal parquearse al lado de una carretera, y sobre todo el Palmetto."

Yo entendía por qué estaba preocupada. El Palmetto es una carretera de ocho carriles que cruza a Miami de este al oeste, y cuando se transita en ella, se necesitan nervios fuertes y bastante descuido. El Palmetto estaba lleno de camiones que iban a toda velocidad, con su sobrecarga meneándose peligrosamente de lado a lado, y por detrás, sus carpas de lona agitándose violentamente en el viento. Los conductores van tan lentos que son un peligro, o corren a treinta millas por hora por encima del límite máximo de velocidad. Conducir normalmente es una imposibilidad en el Palmetto; allí matas o te matan. El piso se está resquebrajando, está lleno de hoyos y de basura, y parece que el Departamento del Transporte decidió hace mucho tiempo que la situación no tenía remedio, y por lo tanto, se dieron por vencidos, y ya no arreglan nada. Cuando se compara al Palmetto, conducir en la 405 de Los Ángeles y en la Storrow Drive de Boston, es una experiencia relajante y agradable.

"Estoy bien," le dije sin convencerla. "Es que acabo de tener una sesión intensa con Violeta, y necesito recapacitar un poco antes de conducir a ningún lado. Te lo juro que ya me voy derechito para la casa."

"Llámame si necesitas algo," dijo Vivian. "¿Me lo prometes?"

"Sí, Mamá," le dije, antes que las dos colgáramos.

Estaba loca por saber lo que Vivian tenía entre manos, pero también estaba contenta de que nos íbamos a ver mañana, y no más tarde en el día. Tenía algo planeado que no podía incluir a mis amigas.

La noche antes, había decidido que ya era hora de pasar por el bufete. Oficialmente, mi permiso para ausentarme todavía estaba vigente, y por lo tanto, no se me exigía pasar con regularidad. Habían pasado dos semanas desde la última vez que estuve en las oficinas del bufete Weber, Miranda, Blanco, Silverman, y Asociados, y por lo tanto, sabía que era hora de enseñar la cara.

También necesitaba distraerme de la situación con Luther, y verme en un lugar conocido. Me acordé que antes de que me llamara, yo sí tenía una vida: un marido, un hijo, una carrera que me satisfacía. No entendía por qué Luther lo estaba amenazando todo. Podía ser que no estaba tan feliz como creía. No sabía si lo que sentía por Luther era real, o si eran viejos sentimientos olvidados por las circunstancias, o si sólo era el resultado de una prematura crisis de los cuarenta. Mientras más pensaba, menos entendía. Me sentí halagada cuando oí lo que me dijo Luther, pero también Ariel me había dicho las mismas cosas. Y también estaba consciente que era imposible mantener el mismo nivel de intensidad que existía en el principio de un matrimonio durante toda la duración del mismo.

Bueno, yo estaba consciente de muchas cosas. Sabía que entre Luther y yo había muchas cosas por terminar. Nuestra relación no había llegado a su fin natural. En ese momento entendí por qué. Lo que nos había separado había sido nuestras vidas, y no lo que sentíamos. Él regresó a su vida de blanco, anglosajón, y protestante, y yo me metí de lleno en la vida del exilio cubano miamense. Cada uno, por su propio camino, estaba buscando sus propias raíces. Podía haber sido lo que queríamos, pero también podía haber sido el camino más fácil a tomar.

De verdad que Luther y yo nunca nos esforzamos mucho por seguir juntos y hacer que nuestra relación fuera un éxito. Era muy fácil decir que nuestras diferencias culturales no dejarían que la relación funcionara. Ahora cuando reflexiono en cómo terminaron las cosas entre nosotros, me doy cuenta que los dos temíamos ser el que más se esforzara.

Me casé con Ariel, otro cubanoamericano que no procedía de mi clase social—aunque parezca superficial decirlo, así era—en parte porque compartíamos la misma etnia. No niego que la cubanía de Ariel fue un factor importante cuando lo escogí de marido. Después de vivir siete años en el norte, lejos de mis raíces, buscaba a un hombre que viera el mundo igual que yo, y que entendiera la tragedia del exilio y lo que Cuba significaba para mí. El hecho de que era inteligente, atractivo, y ambicioso, tampoco le vino mal. Él encarnaba todo lo que yo quería en un hombre. Y, además, me mostraba cariño delante de todo el mundo.

¿Y entonces por qué estaba pensando en complicarme la vida con Luther? Cuando estudié derecho, me enseñaron a pensar de cierta manera, y analizar la situación desde diferentes puntos de vista. Luther había regresado a mi vida por menos de una semana, y ya había dedicado demasiado tiempo en pensar en él. La abogada que llevaba por dentro de mí no podía resistir la tentación de calcular cuántas horas tenía acumuladas que se podían facturar.

Ahora me sentía más asombrada por la declaración de Luther que cuando la hizo. Pensaba que lo conocía bastante bien, y por eso jamás pensé que sería capaz de tener sentimientos tan apasionados, y que, además, tendría la paciencia de esperar el momento oportuno para hablar conmigo. Y en lo que se refiere a cómo aprendió a hablar el español, todavía me acuerdo del trabajo que pasaba en los restaurantes franceses cuando pedía la comida, y por lo tanto, yo estaba bien consciente de la cantidad de tiempo y el trabajo que invirtió para aprender un nuevo idioma. Me había probado que había planeado su oferta meticulosamente, y que no iba a tratar mis sentimientos a la ligera.

Aparte de aguantarnos la mano en el Dinner Key Marina, no habíamos tenido ningún otro contacto físico. Yo sabía que le había sido infiel a Ariel en la mente, pero hasta ese momento, nunca rompí nada que no se pudiera arreglar. Sin embargo, Ariel pronto se daría cuenta que algo más profundo que una pelea con mi madre me estaba preocupando y distanciándome de él. Él era demasiado perceptivo como para no darse cuenta que había algo que no andaba nada bien entre nosotros.

Aún con todos los años que han transcurrido, cuando me acordaba de la vida sexual que tuve con Luther, me avergonzaba. No creo que haya un centímetro de su cuerpo que no haya explorado, y viceversa.

Me monté en la carretera, sacudiendo la cabeza. ¡Qué lío!

# [ 15 ]

Ashley Gutiérrez, la recepcionista de mi bufete, me vio, y gritó mi nombre con esa vocecita infantil, ensordecedora, y estridente que tiene. Le eché un vistazo rápido e instintivo a mis alrededores cuando me bajé del ascensor para asegurarme que no había ningún cliente presente que hubiera oído su saludo poco profesional. Gracias a Dios que estábamos solas, lo cual fue una bendición, ya que un momento más tarde me dio un abrazo fuertísimo.

Al oír su nombre, uno pensaría que Ashley es americana, pero la realidad es que era una cubana de Hialeah. Entre los cubanoamericanos de la primera generación no era raro darles a sus hijos nombres americanos, ya que querían que sus hijos se cotejaran a la sociedad de su nueva patria los más cómodo y precipitadamente posible. Pero rara vez pegaban bien esos nombres con los apellidos españoles. Yo conocía a una Samantha Pérez, a una Tiffany González, a un Sean Gómez, y a un Zack Ramírez. A veces los matrimonios mixtos resultaban en nombres ingleses seguidos por apellidos españoles. Según mi parecer, los resultados solían ser comiquísimos.

Para Ashley, el modelo a imitar era Pamela Anderson, y se le veía. Básicamente era la versión cubana de la tentadora del programa televisivo Baywatch. Tenía el pelo teñido rubio platino, y le gustaba peinárselo atado encima de la cabeza y adornado con hebillas multicolores transparentes. Rizos apretados y largos le bajaban por el medio de la espalda. Era un peinado que no se veía desde los años setenta. Parece que alguien le dijo a Ashley que sus ojos negros resaltaban más con sombra color gris, y por lo tanto, los acentuaba con maquillaje de ese color, desde las pestañas hasta las cejas. También usaba rímel negro oscuro, y para que todo el mundo se diera cuenta, se echaba demasiado en las pestañas. Para equilibrio con los ojos, Ashley usaba tanto creyón de labios colorado, que casi siempre tenía los dientes manchados.

Por ser una fiel creyente en arreglarse las manos y los pies, Ashley se escapaba a menudo al salón de manicura en el sótano del edificio, para hacerles los retoques acostumbrados a sus uñas de dos pulgadas de largo. Era difícil usar un teclado, manejar el teléfono o ejecutar cualquiera de las tareas que una recepcionista necesita hacer, si se cuidan tanto las uñas, y por lo tanto, ella era una trabajadora poco efectiva. Sin embargo, con el pasar del tiempo, nos acostumbramos a ella, y por eso—casi siempre—no encontrábamos nada raro en darle empleo a una recepcionista que no podía usar un teclado, que no podía contestar el teléfono, y que ni siquiera podía firmar su nombre y apellido bien cuando llegaba un paquete. Les había enseñado a los mensajeros de FedEx, de UPS, y de DHL cómo falsificar su firma para no tener que arriesgarse las uñas en una tarea tan mundana.

Ashley era diminuta, pero sus implantes de senos era tan grandes que se corría la voz de que le había pagado extra al cirujano plástico, quien se mostró reacio cuando vio lo grande que los tenía, y se quejó de que le iban a quitar la licencia. Se jactaba tanto de sus senos que hacía todo lo posible para que todo el mundo los viera en toda su perfección. Sus trajes parecían haber sido estratégicamente diseñados para mostrar la mayor cantidad de escote y de pezones. Sus senos eran tan grandes y pesados que la forzaban a caminar inclinada hacia delante, un factor que aumentaba la posibilidad de que fueran expuestos en su totalidad. Sus minifaldas eran tan pequeñas que me parecía que militaba en una cruzada para prevenir la extinción del tejido. Y, como sabía todo el mundo en la oficina después de verla agacharse, sólo y exclusivamente usaba los panties de Victoria's Secret.

Pero era buena gente. A mí me cayó bien desde el primer momento que la conocí, y por eso aceptaba su apariencia y tendencias dramáticas con calma. Su forma de ser rara nunca parecía dañar las operaciones rutinarias del bufete. Supongo que la gente que no la conocía, veía a Ashley como algo curioso, como si nuestro bufete estuviera haciendo alarde de su éxito al mostrarle al mundo que podía emplear a alguien como Ashley, y aun así, prosperar. Una de las cosas que más me entusiasmaba era llegar al trabajo todos los días para ver cómo Ashley estaba vestida.

Ashley había sido nuestra recepcionista por tres años. En sí, ella nunca solicitó el puesto. De hecho, trabajaba en el bufete para pagar lo que su marido les debía a los abogados. Uno de mis socios, Miguel Blanco, defendió al marido de Ashley, Freddy, el dueño de una cadena de tiendas llamada Saints-"R"-Us, en un caso de incendio premeditado. Miguel perdió el caso, algo que no le sorprendió a nadie. Su verdadera responsabilidad fue disminuir el castigo que le iban a dar a Freddy Gutiérrez por el delito que cometió. No era ningún secreto que Freddy no era una lumbrera, y estaba claro que le había dado candela a seis de sus tiendas porque estaban perdiendo dinero a raudales. Aunque nunca había sido un buen hombre de negocios, hasta Freddy debería haber sabido no abrir botánicas que vendían reliquias santeras y objetos de vudú en barrios blancos de clase mediana alta. Como si el hecho de que le hubieran puesto candela a las seis tiendas con el mismo método en un lapso de dos horas no fuera lo suficiente para motivar sospechas, Freddy empezó a llenar las planillas para cobrar el seguro mientras los bomberos todavía estaban tratando de apagar las llamas en seis locales distintos. Los socios todos estuvimos de acuerdo en que a Miguel le esperaba una situación difícil, y que seguramente el caso se iba a perder. Aun así, mientras Freddy pagara las enormes cuentas, a nadie le importaba.

Cuando concluyó el caso, Freddy nos dio una sorpresa muy desagradable: tuvo que vender todos sus bienes para pagar lo que debía por culpa del juego. A Freddy le pareció mejor llegar a un arreglo con nosotros que con su corredor de apuestas, el cual parece haber comentado que no le sería ningún inconveniente vengarse de Freddy, aún si estuviera preso. Para apaciguarnos, y como gesto de buena fe, nos ofreció los servicios de su esposa. No teníamos ninguna otra alternativa. Y de todas formas, como dijo alguien, sus senos valían miles de dólares. Freddy iba a ser huésped del Estado de la Florida durante un futuro previsible, por lo tanto, no tuvimos otro remedio que aceptar su oferta de una recepcionista a precio reducido. En el bufete, si éramos realistas.

Según los cálculos de nuestro contador Mauricio, basados en lo que se le pagaba a una recepcionista en la oficina, Ashley tendría que trabajar setenta y cinco años para pagar la deuda. Cuando Miguel se lo explicó a Freddy, éste le respondió: "Bueno, que empiece mañana mismo. Estamos gastando tiempo."

La única otra opción que teníamos era comernos la factura, y por eso le dimos a Ashley el puesto de recepcionista. Decidimos pagarle un pequeño salario—también tenemos corazón—y, además, le pagaríamos el seguro médico y sus beneficios. Aun así, yo no sé cómo ella podía. Su marido estaba preso, y salvo un perdón otorgado por el presidente, iba a seguir en dicha condición por muchos años. Sin embargo, siempre mantenía una disposición agradable. Que supiera yo, no había estado enredada con ningún otro hombre desde que Freddy fue encarcelado, aunque estoy segura que no le faltaban los pretendientes. Esos senos asombrosos tenían algo que estimulaban la curiosidad.

Ashley gritó mi nombre una segunda vez, y me abrazó tan fuerte que sus senos—duros como piedra—casi me matan. Mis instintos de autodefensa hicieron que me apartara. Ese día, Ashley tuvo que haber estado en la onda del programa cómico de televisión, *Beverly Hillbillies,* ya que se parecía a la versión latina del personaje campesino, Ellie Mae, con sus shortcitos de tela vaquera, y con unos trocitos de encaje haciéndose pasar—delicadamente—como una blusa. Aunque había unos dos pies de distancia entre nosotras, aun así me asfixió su perfume. No quisiera que piensen que soy maliciosa, pero me olía a Agua de Pantano.

"Ashley, ¿cómo estás?" le pregunté.

Era difícil hacer esperar a una persona tan sincera y cariñosa.

"Me encanta lo que tienes puesto. Estás muy a la moda de los campesinos de las montañas Apalaches."

"Gracias, Margarita," dijo Ashley con una mirada triste. "Pero no es de diseñador. Yo misma hice la combinación."

Me sentí un poco avergonzada por no haber pensado antes de hablar. Ashley no entendía la gracia, y cualquier cosa que uno le dijera, podía que lo interpretara mal. Cómo se veía que yo había estado fuera de la oficina por diez meses. Me sentía fuera de órbita.

Al lado de Ashley, me sentía como una matrona, con mi falda caqui, pulóver blanco, y saco de algodón negro. Antes de que me hicieran socia, me ponía trajes modestos, o vestidos con sacos o con suéteres, pero después que me empecé a sentir segura en mi puesto, me relajé un poco, y experimenté con diferentes estilos. Todavía recuerdo el día de liberación en el mes de agosto, hace unos años atrás, cuando decidí no ponerme más medias. El bufete no tenía regulaciones en materia de indumentaria, pero sí había normas consuetudinarias que se tenían que respetar. Los hombres vestían trajes oscuros tanto en el verano como en el invierno, pero se quitaban los sacos y se deshacían los nudos de las corbatas según transcurría el día. Los hombres que no eran abogados se vestían más informales, con pantalones, y con cuello y corbata. Entre las mujeres, había una gran diferencia entre las abogadas y el personal de apoyo. Se esperaba que las abogadas vistieran trajes o vestidos con sacos, medias, y zapatos de tacones. Las demás tenían mucha más libertad. En todos los años en que trabajé en el bufete, nunca vi a una abogada aparecerse en el trabajo en pantalones, o con sólo una falda y una blusa, pero las otras empleadas sí lo podían hacer. Pero por supuesto, estas reglas se fueran al traste con Ashley. Ella se podía poner lo que quisiera, mientras no anduviera desnuda.

Yo era la única socia en Weber, Miranda, y Asociados, y por eso me tocó a mí marcar la pauta en lo relativo a cómo vestirse, aunque estaba consciente de que tenía que ser cautelosa en lo que se refiriera a cambiar el vestuario acordado por la mayoría. Tanteé el terreno al deshacerme de las medias, y no sufrí ninguna consecuencia específica. Esperé la hora propicia para dar el próximo paso: no usar un saco en los días que no me reunía con los clientes. No me iba a presentar en una sudadera, pero sí me gustaba estar cómoda.

No importaba lo que dijeran de la igualdad de los sexos, el mundo de la jurisprudencia no era nada equitativo, y por eso me tenía que cuidar de todo lo que hacía. Siempre me preocupaba que me saliera el tiro por la culata, ya que las puertas se me cerrarían sin explicaciones. Sería socia mayorista del bufete, pero sólo ejercía el derecho en el campo de la inmigración. Lo mío era de baja prioridad, y no era un puesto que daba mucho poder. Yo no era muy visible, ni tampoco era de las que ganaban grandes cantidades de dinero. Puede ser que mi puesto fuera seguro, pero aun así, yo estaba conciente de los límites.

En el bufete Weber, Miranda, y Asociados, todavía se practicaba el amiguismo. Con sólo darle un vistazo a como estaban organizados los despachos individuales, cualquiera se daba cuenta que sí era cierto. Nuestros despachos estaban situados en los últimos tres pisos del edificio First Dade Corporation, y los doce socios mayoristas y sus secretarias tenían sus despachos en el *penthouse*. Los despachos de los demás abogados y de sus secretarias—las cuales compartían—estaban en el piso debajo del nuestro. El personal de apoyo, los oficinistas, los ayudantes de los abogados, y los contadores estaban en el piso más bajo. Los tres pisos se conectaban por medio de escaleras de caracoles, pero nadie iba a los otros pisos si no tenía algo específico que hacer allí. Tampoco nadie iba al piso del *penthouse* si no era invitado por uno de los socios. Hasta que me hicieron socia, mi despacho quedaba en el piso del medio. Me sentía mucho más a gusto allí y más solidaria con los que trabajaban en ese piso que con los mismos socios. Pero no tenía otra alternativa: cuando a uno lo hacen socio, se tiene que trasladar al piso de arriba.

Pasé la nube del perfume de Ashley en el vestíbulo con una sonrisa y un gesto de la mano. Las preocupaciones que tenía acerca de mi vida profesional eran una distracción bienvenida que me quitaba la presencia constante de Luther de la mente. Incluso, la forma en que se sentían mis zapatos en la alfombra alcochonada, me transportaba a una gran parte de mi vida que recientemente había dejado en el olvido. Ahora que estaba de regreso, tenía que pensar en si me iba a quedar allí. Trabajar tiempo parcial no era una opción para mí. Mis posibilidades eran claras: renunciar, o empezar a trabajar la misma cantidad de horas agotadoras que todos los demás en el bufete. Weber, Miranda, y Asociados, no creía en puestos de tiempo medio ni en otra solución a la mitad. Durante la existencia del bufete, cinco socios se habían muerto o jubilado, y tan pronto se fueron, les quitaron los nombres y apellidos del membrete. Los sentimientos no gozaban de mucha autoridad en un bufete con gran poder. Si no acumulabas montones de horas de trabajo que se podían cobrar, no podías formar parte del equipo, y ni la muerte servía de excusa por no generar ingreso. Era una filosofía fuerte, pero yo sabía que se empleaba, y, además, la acepté cuando me uní al bufete como abogada adjunta después que me gradué de la facultad de derecho.

Yo sabía que estaba viviendo bajo la mirilla de un microscopio. El día que hubiera otras socias en el bufete—si es que eso llegara a ocurrir—los socios que habían estado en el bufete más tiempo se acostumbrarían a ellas, y así el ambiente se transformaría. Pero por el momento, yo era la única. Tenía que ser más pura que la esposa de Cayo Julio César. Y aunque presuntamente se les permitía a los socios ausentarse del bufete por un año, nadie jamás se había tomado el tiempo por razones personales; aquellos que habían pedido licencia habían tomado un puesto gubernamental, o enseñaban en cualquier universidad de por allí. Yo fui la primera en ausentarme del bufete para estar con mi familia, y por eso esperé lo más que pude antes de llenar las planillas para que me dieran el año libre.

Y ahora, después de más o menos diez meses, me daba cuenta de que ya no tenía tanto poder en el bufete como tenía anteriormente. Todo el mundo sabía que yo era madre, y aunque fuera socia mayoritaria o no, ellos sospechaban que algún día algo iba a pasar que no me dejaría subir al nivel de socia gerente. Yo andaba por el camino de mamá, el sendero de la impotencia y del olvido. Por haberme ausentado, no había hecho más nada que reforzar esa forma de pensar.

Si me salía del bufete, estaba consciente que demoraría muchos años antes que nombraran a otra socia. El bufete fue fundado hace sesenta años, y ningún socio jamás había dejado su trabajo por razones personales. Mi excusa también me parecía una bobería, como si yo no pudiera con mi vida fuera de la oficina, y por eso tenía que abandonar mis compromisos de trabajo para funcionar mejor. Lo llamaban *tiempo real*, y todo el mundo sabía lo que esto significaba: las horas que se podían facturar, la médula de lo que afectaba a todos los empleados del bufete.

De verdad que me sentía responsable por cuál sería el legado que dejaría en el bufete si renunciaba. Yo estaba consciente de que mis socios me veían como la encarnación de su voluntad de ser modernos, y que conmigo, hipotéticamente, habían abolido la barrera invisible que siempre había impedido el ascenso profesional de las mujeres en los bufetes más importantes y en otros negocios de primera categoría. Si me iba, se sentirían menos obligados a nombrar otra socia. Así se escaparían de toda responsabilidad, ya que me usarían como ejemplo de cómo trataron de cultivar a una socia mayorista, y el resultado fue que renuncié para quedarme en casa con mis hijos.

El teléfono sonó, y Ashley regresó a su escritorio corriendo. Sabía que la había puesto un poco nerviosa cuando pasé el vestíbulo sin decirle nada. Tenía mucho en la mente, pero Ashley no estaba acostumbrada a que no le hicieran caso. Me hizo una señita con la mano, mientras contestaba el teléfono apretando el botón del altoparlante con un lápiz, como siempre lo hacía. Oí cuando el lápiz le dio al teléfono, y le pedí a Dios que pudiera pasar la llamada, ya que normalmente, el índice de llamadas que pasa es de sólo el cincuenta por ciento.

El vestíbulo de verdad que era lindo, con ventanas que se extendían del techo al piso, y por donde se veía la vista de la bahía de Biscayne y Key Biscayne al este, y Coconut Grove y Coral Gables al sur. Los únicos muebles que había en el vestíbulo eran dos sofás de cuero carmelita oscuro, separados por una sencilla mesa de vidrio cuadrada, sobre la cual siempre había un arreglo de flores tropicales frescas. La luz procedía de reflectores colocados estratégicamente en el techo. Este salón sí que había costado muchas horas que se podían facturar.

Pero era para el uso de los invitados, y no para mí. Solté un profundo suspiro.

Llegué hasta la puerta de madera grande que abre hacia los despachos de los socios, y marqué mi código de acceso de cuatro números en el teclado que estaba al lado de la puerta. Oí cuando hizo *clic*, y me di cuenta del alivio que sentí cuando vi que mi código funcionaba.

En unos segundos estaba en mi despacho. Cuando entré, cerré la puerta. Estaba en mi segunda casa, aunque a veces me parecía que era mi primera casa, ya que me pasaba tanto tiempo en él. Lo importante era que me gustaba estar allí. Y lo echaba de menos.

# [ 16 ]

Había un montón de papeles y correspondencia en mi escritorio, aun así, me detuve en el medio de mi despacho. Tenía que reubicarme. Después de una ausencia de dos semanas, me parecía como si jamás hubiera estado allí antes.

No era un lugar sumamente femenino, pero cualquiera con un buen ojo enseguida se daría cuenta que era la oficina de una mujer. En lugar de poner fotos o reproducciones enmarcadas en las paredes, opté por poner mapas de Cuba y de las aguas que rodean la Isla. En la pared que daba hacia el oeste puse un mapa grande de La Habana, el cual era mi favorito. Me enteré de una manera muy penosa que las matas no podían vivir en mi despacho, lo cual creo que se debía al hecho de que compartían la misma atmósfera con una abogada, o porque las ahogué con demasiada agua y fertilizante. Convencí a un amigo en el departamento de contabilidad que invirtiera en cuatro palmas reales artificiales para ponerlas en cada una de las cuatro esquinas. En la luz tenue, las palmas lucían tan naturales que hubo más de un visitante que me preguntó qué hacía yo para mantenerlas en tan buenas condiciones. Se me habían muertos tantas palmas en el pasado que ni me les acercaba en las tiendas de jardinería. Estaba convencida que sólo mi presencia las hacía marchitar y morir.

El departamento de contabilidad me dio un presupuesto para que amueblara el despacho, y con éste compré un escritorio antiguo de madera y una silla de cuero de color verde oscuro. Por un tiempo no salía de las casas de subasta, y por fin encontré dos lámparas altas de plata pulida con pantallas color verde claro para mi escritorio. También encontré una lámpara de mesa plateada, y después encontré una pantalla que le hacia juego a las otras, y por lo tanto, las tres lámparas daban la apariencia de ser un juego. Al frente de mi escritorio coloqué dos butacas grandes muy cómodas, que había mandado a forrar en una tela de cuadritos verdes y blanco. Aunque demoré un poco en terminar los arreglos, el despacho me quedó como lo quería: cómodo, pero a la vez formal y profesional; un lugar donde podía trabajar en paz, que me hiciera sentir como en casa. Puede haber quien diga que gasté demasiado tiempo y energía en amueblar el despacho, pero cuando reflexiono sobre cuánto tiempo me pasaba allí, valió la pena. Tenía que asegurarme que mi despacho diera la impresión que yo era una trabajadora seria. En el ambiente empapado de testosterona del piso de los socios mayoristas, las señales pequeñas tenían gran impacto.

Por fin, mis ojos dieron con el enorme montón de documentos que me esperaban. Puse la cartera en la silla en el momento en que sonó mi celular. Miré la pantallita, y vi que era Luther quien me llamaba. ¡Qué clase de puntería! Dejé que sonora dos veces más antes de contestar.

"Daisy, ¡qué alegría me da oír tu voz!" dijo Luther. "Espero que no te esté interrumpiendo. Es que necesitaba saber cómo estabas."

"No, no me estás interrumpiendo para nada," contesté, y después, sin pensar, añadí, "y yo quería oír tu voz también."

"¿De verdad?" preguntó Luther, como un escolar entusiasmado.

Sentí la sonrisa que me venía a la cara y el corazón latiéndome más rápido, como si estuviera en el octavo grado.

"Estoy en la oficina. Acabo de llegar," le dije, mientras revisaba de mala gana la correspondencia y los archivos que estaban encima de mi escritorio, "y me tengo que poner al día en un motón espantoso de trabajo pendiente que me está esperando."

"Eso significa que estás en el *Downtown,*" dijo Luther. "Yo también estoy en la oficina. Como ya sabes, estoy a sólo dos cuadras de donde estás tú. ¿Quieres reunirte conmigo?"

Miré mi reloj. Eran las dos de la tarde. Había planeado pasarme por lo menos dos horas en la oficina, para leer la correspondencia, para reunirme con los empleados, y para ponerme al día con mis socios.

Eso es lo que había planeado hacer.

"Sí, cómo no," le dije, y agarré la cartera.

Habíamos acordado vernos en media hora para almorzar tarde en Bice, un restaurante italiano en el hotel Grand Bay. Estaba segura que Bice no era un lugar donde Ariel iría, ya que casi nunca salía a almorzar—y sólo lo hacía cuando un cliente insistía—y cuando almorzaba, sólo iba al restaurante cubano que estaba al frente. Según Ariel, pasarse una o dos horas almorzando era como gastar el tiempo, y un lujo que desperdiciaba las horas que se podían cobrar, salvo la excepción cuando le añadía esas horas a la cuenta del cliente.

Llegué a la puerta, pensando que sólo iba a estar fuera por más o menos una hora, y que regresaría después de almorzar. Aun así, estaba consciente de que me engañaba, ya que entre los cubanos miamenses, no existe el almuerzo de una sola hora, sólo con la excepción de Ariel.

En el momento que fui a agarrar el pomo de la puerta, oigo a alguien tocarla con un golpecito que me sonaba conocido. Suspiré, ya que me di cuenta que mi escapatoria no iba a ser ni fácil ni rápida. La puerta se abrió, y enseguida supe que iba a llegar tarde a mi almuerzo con Luther.

"María," dije con una sonrisa, mientras trataba de inventarme un cuento que explicara por qué me tenía que ir.

María y yo nos llevábamos muy bien, y quizá aún más importante, éramos muy solidarias; algo que no solía suceder como norma en los bufetes exitosos, donde se palpaba la tensión nerviosa en el aire. Trabajábamos bien, y nos respetábamos mutuamente, y normalmente me hubiera encantado pasar tiempo con ella. Pero no era un día normal, yo sabía que María se asombraría cuando se enterara que me iba tan pronto llegué.

Me llamaba a casa, más o menos, cada dos días, y siempre me preguntaba cuándo pensaba pasar por la oficina. Me decía que había muchos asuntos que requerían mi atención. Yo sabía que María se podía ocupar de mucho de mi trabajo sin ningún problema, y lo que no sabía hacer, podía preguntárselo a uno de los otros abogados o a los asistentes de los mismos. Sin embargo, la mayoría del trabajo que trataba directamente con mis casos, sí requería de mi atención. Con sólo ver mi escritorio, me di cuenta que María se había preparado para mi regreso.

María también era esposa y madre, y por lo tanto, entendía y apoyó totalmente mi decisión de pedir un permiso para ausentarme. De verdad que nunca conversamos del tema, aun así, yo estaba consciente que ella sabía que pedí ausentarme del trabajo, ya que las horas excesivas de trabajo me estaban llevando al límite. Ella también estaba consciente de que como yo era latina, tenía que trabajar más que los otros socios. Además, tenía la presión de ser esposa y madre, mientras que los socios tenían a sus mujeres en casa, organizándoles sus vidas y criándoles a sus hijos. No me sentía rencorosa por esta discrepancia—ya que era el precio que tenía que pagar para poder jugar en las grandes ligas—aun así, me estaba afectando. Estaba consciente de que todos los pioneros tienen que pagar un precio por sus logros, pero al ser mujer y latina, sentía la presión de ser la minoría modelo. La verdad—de la cual no había escapatoria—era que para preservar mi matrimonio y mi salud, y para poder ver a Martí durante el día, necesitaba irme por un tiempo del bufete.

María era como una gallina madre, ya que siempre me aconsejaba que me cuidara, y también se preocupaba por mí. Aunque estuvo totalmente de mi parte cuando decidí irme del bufete por un tiempo, yo estaba consciente de que por dentro temía quedarse sin futuro en el bufete. Al yo ser mujer y ejercer derecho de la inmigración, a mí me veían como la última en la jerarquía entre los socios mayoristas. Por lo tanto, existía la posibilidad de que María se convirtiera en un caso perdido por culpa de mi decisión. No la iban a despedir de su puesto, pero si yo me iba del bufete, lo más probable sería que la mandaran a trabajar en el segundo piso con las secretarias de menor rango. María tenía casi sesenta años, y nada más que le quedaban unos pocos años para jubilarse, y después de haber pasado veinte años en el bufete, quería irse como una secretaria de más alta categoría—secretaria particular de una socia mayorista—y no como una secretaria corriente entre las más o menos doce secretarias que trabajaban colectivamente en el piso de abajo.

Jamás hablábamos del tema, pero estaba claro que el futuro de María en Weber, Miranda, y Asociados, estaba en mis manos, y por lo tanto, mi decisión le preocupaba mucho. Aunque no estaba bajo ninguna obligación de pasar por la oficina, ella insistía en que lo hiciera. Ya que habíamos trabajado juntas por tanto tiempo, yo sabía cómo funcionaba su mente.

Por supuesto, María era cubana.

María pensaba que tenía que inventarse una manera de producir horas que se pudieran facturar a pesar de que su jefa oficialmente estaba ausente del trabajo. Según su modo de pensar, si seguía produciendo ganancias para el bufete, los socios reconocerían el valor que tenía. Cada vez que me aparecía en la oficina durante esa época, me tenía todo el trabajo listo, y por eso revisaba los archivos de los casos en tiempo récord. Después que me iba, recogía el reguero, y preparaba las facturas de los casos para que estuvieran listas para cuando regresara. Yo tenía la responsabilidad de revisar las facturas que preparaba ella, y aunque jamás lo reconocería, de verdad que no estaba segura si efectivamente trabajé todas las horas que ella cobraba en las facturas. Mientras la calidad de mi trabajo siguiera siendo buena, mis socios no harían preguntas. Y como los clientes nunca se quejaban, yo no iba a tocar el tema.

"Me enteré que estabas aquí," me dijo Maria con entusiasmo, me dio un beso en la mejilla, y me empujó a un lado para llegar al escritorio. La cantidad de archivos que llevaba aguantado sobre su pecho medía un pie de alto.

"Gracias a Dios que viniste hoy," dijo jadeando. "Tenemos mucho trabajo."

María se enteró que yo estaba en el bufete sólo unos momentos después que llegara. Ashley fue la única persona con quien me topé cuando entré, y por eso, estaba segura que había arriesgado sus uñas acrílicas y le mandó un *e-mail* a todo el mundo informándole de mi llegada. Solté un gemido en mi interior cuando vi que María estaba muy concentrada abriendo algunos archivos y arreglándolos con mucho cuidado encima de mi escritorio.

"María, te ves muy bien," le dije, tratando de suavizarla antes de que recibiera el golpe de mi mentirita.

María se veía igual que siempre, con un vestido azul oscuro, zapatos de tacón negros, y su pelo canoso—que casi le llegaba a los hombros—sujeto detrás de la cabeza en un estilo muy severo. María siempre andaba con dos espejuelos que le colgaban de cadenas doradas que continuamente se le enredaban: uno era para leer, y el otro era para ver de lejos. Parece que si se ponía bifocales, se iba a sentir como si anduviera con una bandera blanca ante la vejez que no estaba dispuesta a izar.

De espaldas a mí, María despidió mis alabanzas con un gesto de la mano. Estaba ocupada con los archivos, tapando todo mi escritorio con ellos.

"Bueno Margarita, aquí tienes todos tus archivos en orden," dijo. "De este modo, los puedes revisar de la forma más rápida y cómoda posible."

De izquierda a derecha, indicó con la mano: "Estos son urgentes, estos son importantes, y estos no tienen apuro," e indicó hacia el último y mayor montón, "y estos te los puedes llevar contigo para la casa. Marqué las páginas más importantes con Post-it, para que te sea más fácil."

María nunca me había preparado los archivos para que me los llevara a casa, pero decidí no decir nada.

Todavía yo estaba al lado de la puerta, con la cartera colgada del hombro. María seguro que pensaría que como había acabado de llegar, no había tenido tiempo de quitármela, algo que me dificultaba aún más lo que le tenía que informar.

"María, gracias por haber hecho todo esto," dije. "Has hecho una labor magnífica. Estoy asombrada."

Revisé los documentos colocados ordenadamente sobre mi escritorio con admiración. La capacidad de organización de María era legendaria, pero esta vez, se la comió. Si seguía así, yo iba pronto a estar de más: una posibilidad que me asustaba.

"Mira aquí," María sacó un documento del montón de archivos urgentes. Empezó a explicarme lo que era cuando le dije que parara. Yo todavía seguía al lado de la puerta, y hablé lo más suave que pude.

"Ahora mismo no los puedo mirar," dije. "Tengo que salir por un par de horas."

La mirada se le tornó triste.

"¿Te vas ahora?" preguntó, casi balbuciendo. "¡Pero tenemos tanto trabajo!"

"Lo siento," mientras abría la puerta. "Trataré de regresar lo más pronto posible."

María señaló el reloj de la pared.

"Ahora son un poquito más de las dos," dijo. "¿Vas a estar de regreso antes de las cuatro?"

Dios mío, el estar rodeada de tantos abogados la había afectado de verdad.

"Sí," le prometí. "Estoy de regreso antes de las cuatro."

Dejé a María—claramente brava y decepcionada—en mi oficina, y salí hacia el vestíbulo sintiendo remordimiento. María sabía que no me iba debido a ninguna crisis en la familia, ya que si fuera así, se lo hubiera dicho. En ese momento la dejé a que especulara, y aquí ninguna de sus explicaciones por mi desaparición repentina serían muy halagadoras a mi persona.

Ashley no estaba en su escritorio, y por lo tanto, me libré de tener que decirle nada en camino al ascensor. Por lo contrario, y sin duda alguna, Ashley hubiera enviado otro e-mail informándole a todo el mundo que ya me había ido. Apreté el botón del ascensor, y en ese momento, me di cuenta que mi relación con Luther estaba acabando tanto con mi vida profesional como con la personal. Dos semanas atrás, nada—salvo una calamidad—me hubiera separado de los archivos que María tan meticulosamente me había arreglado sobre el escritorio.

No entendía qué carajo me pasaba.

# [ 17 ]

Estaba el carro en la entrada del hotel Grand Bay, esperando mi turno con el hombre a cargo del servicio de parqueo del hotel. Ya que estaba muy nerviosa, no dejaba de mirar mi reloj; lo miré más o menos diez veces en sólo unos cuantos minutos. Sentí cómo los músculos de la quijada se me contraían mientras veía cómo pasaban los segundos de mi reloj. Ya estaba quince minutos retrasada para mi almuerzo con Luther, y conté tres carros delante del mío. Parecía que iba a llegar aún más tarde.

Normalmente hay varios hombres a cargo del servicio de parqueo en el Grand Bay, pero como era de esperar, ese día sólo había un muchacho trabajando la fila entera de carros. Le daba golpecitos al volante, y maldecía al muchacho en voz baja, ya que trabajaba a paso lento. Todo lo que hacía—entregarle los recibos a los conductores y mover los carros—parecía demorarse mucho más de lo normal. Al fin, después de una eternidad, me tocó a mí entregar el Escadale. Salí tan rápido del carro que por poco se le salen los ojos de la cabeza al muchacho por lo asombrado que lo dejé. Tal vez habrá pensado que yo era una corredora de velocidad en las olimpiadas de tercera edad.

Una vez en el vestíbulo, pasé la carpeta y un enorme jarrón chino lleno de bellas flores. Decidí no esperar por ninguno de los cuatro ascensores, y por eso subí la escalera—dos escalones a la vez—hasta el primer piso, donde Bice estaba ubicado.

Luther me estaba esperando en el bar a la entrada del restaurante, pero en lugar de estar furioso por haberlo hecho esperar por tanto tiempo, estaba sentado cómodamente en el taburete. Yo estaba preocupadísima de que se fuera a indignar conmigo, pero enseguida vi que estaba hablando tranquilamente en el celular y escribiendo algo en un cuaderno. Aunque Luther estaba totalmente concentrado en su conversación—asintiendo con la cabeza y haciendo sus apuntes—su cuerpo y su aspecto daban un aire de tranquilidad y comodidad. Luther me llevaba un año de edad, aun así, a los treinta y seis, todavía tenía la elegancia natural de un deportista. Aunque vestía un traje, se veía que estaba en buena forma, musculoso, y listo para enfrentarse a cualquier desafío. En este momento era mejor tipo en lo físico que cuando estudiaba derecho. En aquella época siempre vestía ropa ancha que lo hacía lucir desgarbado, y casi larguirucho. Ahora parecía haber crecido al tamaño que le correspondía.

Durante toda su vida, a Luther le encantaba jugar squash, e incluso, fue capitán de su equipo en Dartmouth. Me acordé de cómo en Duke sus adversarios menospreciaban su destreza cuando lo retaban. Podrían haber oído lo bueno que era como jugador de squash, y hasta lo habrían visto jugar, pero pocos creían que fuera un competidor tan feroz. De naturaleza, era tranquilo y flexible, y cuando ganaba, parecía más ser un error que el resultado de sus talentos y habilidades. Aun así, muchas veces cenábamos con el dinero que le ganaba a uno de los estúpidos que creía que le podía ganar.

Me di cuenta que Luther estaba al punto de colgar cuando me le acerqué. Me gustaba la manera en que estaba vestido, en su traje azul oscuro, camisa blanca de yugos dorados que discretamente se veían por debajo de las mangas de su saco, y una corbata color rojo vino. De él emanaba un aura de poder y confianza en sí mismo. Llegué a hora perfecta, ya que apagó el celular en el mismo momento que me senté suavemente en el taburete que estaba al lado de donde él estaba sentado.

"Daisy," Luther me dio un beso en la mejilla. "Te ves preciosa."

Con un sólo movimiento elegante, se puso de pie para mirarme desde arriba. La vergüenza que sentía por la facha que tenía enseguida se desapareció, y me sentía como si estuviera vestida de Chanel. Los ojos azules de Luther me revisaron toda la cara y el cuerpo, lo cual me hizo sentir tanta intimidad que noté cómo repentinamente la sangre se me agolpaba dentro de las mejillas.

"Gracias," le dije. "Tu también te ves muy guapo."

Y que Dios me ampare, pero de verdad que se veía guapo. Me alegré de estar sentada, ya que las rodillas me temblaban. Me hizo sentir como una popular colegiala que no podía creer que el mariscal de campo del equipo de fútbol la había invitado al baile de graduación.

"¿Nos vamos?" y sin esperar una respuesta, me tomó del codo, me ayudó bajar del taburete, y me acompañó hasta el comedor. Estaba muy consciente de lo cerca que estaba de mí. Si hubiera tenido puesto zapatos de tacones, me hubiera tambaleado.

Aunque ya era tarde, el restaurante seguía bastante lleno, y sólo había un par de mesas desocupadas. Luther y yo esperamos en el podio del maître para que nos sentaran, y le eché un vistazo a todo el local para ver si veía a alguien en alguna mesa que conociera. Gracias a Dios que no conocía a ninguno de los otros clientes, y así me salvé de un posible encuentro incómodo. Nos llevaron hasta el centro del comedor, y nos sentaron en una de las mesas más codiciadas: la mesa de la esquina, al lado de la terraza. Muy ceremoniosamente, el maître movió la mesa y me senté tranquilamente en una butaca de cuero amarilla. Luther se sentó en el asiento enfrente de mí.

El maître nos dio un menú a cada uno, y la carta de vinos a Luther. Le dio una mirada rápida a la lista y ordenó el vino. Cuando vi con qué naturalidad hacía su selección, pensé que efectivamente sí conocía las cartas de vino. Esto sí que era un cambio desde la época de jarras de vino Gallo cuando estudiábamos derecho.

Nos trajeron el pan mientras esperábamos el vino. El decorado de Bice era innovador y sofisticado, y aun así, se sentía agradable y acogedor; era como un mesón elegante. Había comido allí como diez veces, y cada vez que iba me gustaba más. Me recordaba a un ambiente italiano con un toque de lo japonés. Lo que más me gustaba del diseño era el piso: tablas de maderas de fresno y de cedro muy pulidas que se mezclaban. Tenía una luz tenue, y sus manteles color crema lo hacían a uno sentirse calmado. En el centro de cada mesa, había una sola rosa aromática—perfectamente formada—en un búcaro.

Nos trajeron una botella de Banfi Chianti Classico, e igual como hizo en Nemo's, Luther despidió al camarero con un gesto de la mano después que éste abrió la botella. La mueca que hizo el camarero mientras nos explicaba los platos especiales del día daba a entender que a él no le caía nada bien que lo despidieran con groserías antes de que terminara el ritual del vino. Para hacer las paces, pedí dos de los platos especiales: de aperitivo, mejillones, y pargo rojo con perejil al horno como plato principal. Se podía ver cómo animé al camarero. Luther pidió una ensalada de queso de cabra, seguido por una chuleta de ternera a la milanesa.

Antes de irse corriendo con nuestras órdenes, el camarero se detuvo.

"Les tengo que informar," dijo, con un tono grave, "que el suflé de chocolate demora quince minutos para prepararlo. Por favor, piénsenlo si es que lo quieren pedir."

"Gracias," Luther y yo le dijimos, asintiendo con nuestras cabezas con tanta solemnidad, que cualquiera que nos estuviera mirando hubiera pensado que estábamos oyendo un fallo de la Corte Suprema de Justicia.

Al fin, estábamos solos. Aparte de unas cuantas palabras en el bar, no habíamos hablado. Durante los años que pasamos juntos, ni a Luther ni a mí nos había costado trabajo conversar. Pero en ese momento, las cosas ya habían cambiado.

Estaba claro que Luther sentía la tensión que existía entre nosotros, e igual que yo, él no sabía cómo romper el silencio que repentinamente se había vuelto tan cargado. Se ocupó con echar un poco más de vino en los vasos, y sonrió levemente. Agarré la cesta del pan, y le ofrecí del mismo. Luther asintió con la cabeza, y eligió una de las rebanadas más gruesas. Busqué a ver si había algo más que podía hacer, y sin preguntarle, eché una buena cantidad de aceite de oliva en su plato del pan. Entonces agarré un paquete de Grissini, y lo puse en mi plato. Me hice como si abrir el paquete fuera más difícil de lo que era, y saqué los palitroques finitos, uno por uno, y los coloqué uno al lado del otro. Sentí la tentación de meter las puntas de los palitroques en el pedazo de mantequilla que había en mi plato, pero resistí. Aunque me sintiera incómoda o no, aparte de las necesarias, no quería añadirle más calorías al almuerzo.

Levanté la vista. Luther me estaba mirando.

"Daisy, esto es absurdo," dijo. "Siempre hemos conversado. Yo sigo siendo el mismo de siempre, y tú también."

Me sentí tan aliviada, que reí en voz alta. Por lo general, a los cubanos no les va muy bien en el silencio.

"Tienes razón," concerté. "Vamos a empezar de nuevo."

Empezamos a hablar del caso que había traído a Luther a Miami. Nunca dejamos de hablar, incluso cuando el camarero nos trajo la comida. Y pedimos el suflé de chocolate, lo cual hizo que el camarero sonriera. Me alegré de no haber metido los Grissini en la mantequilla.

Entonces, cuando estábamos tomando el café, al fin empezamos a hablar de lo personal. La sangre se me enfrió.

"Estaba hablando francamente cuando te dije que quería que te quedaras conmigo," dijo Luther, mientras doblaba su servilleta. "Te amo. Yo sé lo difícil que es todo esto, pero te amo. Siempre te he amado, y siempre te amaré."

Estiró el brazo, y me agarró la mano, sujetándomela suavemente. Me asombró lo caliente que la tenía. Por lo nerviosa que estaba, miré a mis alrededores con el temor de que Ariel se apareciera de algún escondite.

"Te creo, Luther, pero ahora tengo una vida propia," entonces pronuncié las palabras que sabía que nos obligarían a regresar a la realidad, "un marido y un hijo."

Mis palabras tuvieron su impacto; Luther se echó para atrás unas pulgadas, como si una mano invisible le hubiera dado una galleta. Se demoró diez segundos en recomponerse.

"Sé que estoy tomando un riesgo, y que puede ser que te espante para siempre," dijo. "Pero te voy a enseñar una realidad de la vida. Aunque sea bien obvia, puede ser que nunca le hayas prestado atención."

El corazón me latió más rápido. Por alguna razón, sabía lo que iba a decir, pero yo no lo quería oír. Me tomé el café a sorbitos como si nada hubiera pasado.

"Si estuvieras completamente contenta y satisfecha con tu vida, jamás te hubieras reunido conmigo en Nemo's."

Empecé a hablar, pero él levantó su mano como para callar mis protestas. Él ya sabía cuáles iban a ser mis argumentos.

"Me puedes decir que te juntaste conmigo porque tenías curiosidad," dijo. "Porque querías ver cómo estaba, cómo me había ido en la vida, y si me había vuelto calvo y gordo. Querías enterarte si me había casado; todo lo que la gente quiere saber de sus antiguos amantes."

Sentí temor por el rumbo en que iba la conversación, pero me permití sonreír un poco.

"Pensé en todo eso," dije. "Y lo has pensado maravillosamente bien."

"Gracias," dijo Luther, pero estaba claro que no me iba a permitir que lo despistara con mi comentario. "Pero bastaba con una sola vez para satisfacer tu curiosidad. Entonces te reuniste conmigo otra vez. Yo te conozco, Daisy, tú no haces nada sin pensarlo, ni sin entender las consecuencias de tus acciones. En tu vida entera, nunca te has encontrado en una situación sin saber lo que estás haciendo."

Bien hasta ese momento, pensé para mí.

"Está bien," le dije. "Pero Luther, esto es más que un debate legal. Me siento confundida. Todavía no me puedo decidir."

Lo raro era que todo me parecía estar bien cuando estaba con Luther; no sentía ningún remordimiento intenso, ni tampoco sentía como si estuviera traicionando a todo lo que para mí era sagrado. Era como si entrara en una nueva dimensión. Mis instintos me decían que propusiera alquilar un cuarto arriba en el hotel Grand Bay, pero me aguanté antes de cruzar ese raya. Le podía atribuir parte de mis deseos lujuriosos al vino que había acabado de tomar, pero no todos.

Luther metió la mano en su bolsillo, y sacó un pequeño sobre manila. Me lo pasó por encima de la mesa.

"Esto es para ti," dijo. "Adentro hay un llavero con dos llaves: con una, se entra en el edificio, y con la otra se abre la puerta de mi apartamento. También hay un papelito con la dirección y el código de seguridad. Hay parqueo en el sótano. Todo lo que tienes que hacer es venir a verme. Es muy sencillo."

Sencillo. Esa sería la última palabra que usaría para describir las consecuencias del paquetico de Luther. Miré el sobre como si fuera a levantarse y morderme.

"Luther, yo no sé."

"No quiero que te sientas presionada," dijo Luther, tranquilamente. "Es que sólo quería que tuvieras las llaves por si te decides a verme."

Todavía no podía tocar el sobre.

"No te prometo nada," le dije.

"Yo entiendo, Daisy," dijo Luther. "No puedo negar que te quiero hacer el amor, pero estoy consciente de que tengo que esperarte. Pensé en eso cuando te mandé a hacer estas llaves. Pero me pareció que por lo menos las llaves nos permitirían reunirnos en un lugar menos público."

Recogí el sobre lentamente, sentí cómo me cambiaba la vida, y lo metí en la parte de mi cartera que se cerraba con un *zipper.* No me podía deshacer de la impresión que sentía de haber llegado a algún tipo de acuerdo.

"Y tú no quieres que sienta presión alguna, ¿eh?" dije, tratando de hacer un chiste, pero sin éxito.

Cerré la cartera. Ya los dos sabíamos que no había regreso. Sólo sería cuestión de tiempo.

# [ 18 ]

En lo que se refiere a la introspección, yo no soy ningún genio. De hecho, según mi parecer, meditar es gastar el tiempo. Si enseguida no entendía algo de mí misma o de otra persona, dejaba el asunto hasta que la respuesta se diera a conocer en un futuro. Fueron Vivian y Anabel las que en un momento de lucidez me explicaron cuál era mi mayor temor: volverme tan egoísta como mi madre. Quizá por eso me alejaba de contemplar la vida, y me enorgullecía de ser el tipo de persona que crea, en lugar de ser alguien que sólo piensa.

No regresé a la oficina después de almorzar con Luther. No había razón de regresar, ya estaba demasiado preocupada por lo que ocurrió en Bice. Tener que lidiar con María y otros asuntos urgentes en la oficina era demasiado complicado. Tendría que regresar a Weber, Miranda, y Asociados en otra ocasión. Aun así, me acorde de cómo me ericé cuando oí la voz de indignación—justificada—de María cuando la llamé por mi celular y le confirmé lo que más temía: que no iba a regresar como le había prometido.

Después de dejar a Luther, regresé directamente a casa, y jugué con Martí por lo que quedaba de la tarde. Necesitaba afincarme a mi vida verdadera y a mis compromisos verídicos. Martí se sorprendió y se puso muy contento cuando llegué a casa y lo invité a retozar en la piscina. No nos metimos al agua sino hasta tarde, cuando el sol no se sentía tan fuerte. No existe protector solar que pueda con el sol vespertino de los veranos miamenses.

Sentí la tentación de dejarme broncear un poco, de darle un poco de color a mi piel, pero no me dejé vencer por el impulso. Los únicos bronceados en Miami son los turistas, ya que los miamenses saben lo dañino que es el sol, y por lo tanto, lo tratan de evitar lo más posible. Tengo la piel color olivo, y por eso podía tolerar un poco de sol sin volverme una vieja marchitada, pero ya hace décadas que mi madre me inculcó el temor a pasar un solo momento bajo el sol. Mi ginecólogo una vez me sorprendió durante un examen físico al decirme que yo era su única paciente que no tenía ninguna marca del sol. Mamá estaría orgullosa de mí.

Mientras nos salpicábamos con el agua en la piscina, me di cuenta de que había pasado demasiado tiempo desde la última vez que jugué con Martí. Sabía que lo cuidaba bien, y lo sacaba a jugar con sus amiguitos. Me aseguraba de que comiera bien, que durmiera bastante, y que el pediatra lo viera cuando le tocaba. Aun así, no me había ocupado de pasar tiempo con él a solas, jugando los juegos que le gustaban.

Viré la cabeza para que no me salpicara la cara; ya iba por la quinceava vez que había dejado a Martí brincar desde el costado de la piscina y caer en mis brazos. Había pasado un poco más de diez meses desde que dejé de trabajar, y poco a poco, la vida se me había complicado tanto que lo más que estaba con mi hijo todos los días eran dos horas. Si no estaba con Vivian y Anabel, estaba con un pariente, en una tienda de antigüedades en una galería, o de paso por la oficina. El tiempo que había pasado fuera de la oficina habia pasado como si nada, y por eso me sentía como que no había logrado mucho. Había pedido licencia para poder pasar más tiempo con mi familia, pero últimamente me sentía como si lo único que habia logrado era desarrollar un nuevo estilo de vida. Todavía no sabía si regresar o no al trabajo, y, además, Luther había vuelto a entrar en mí vida, y me había hecho reconocer ciertas realidades muy difíciles de aceptar.

No es fácil tomar las decisiones más importantes de la vida mientras se está jugando Marco Polo con un niño de tres años, y por eso decidí no pensar en el tema. Gracias a Dios, se le empezó a disminuir la energía a Martí, y por lo tanto, dejó de salpicar y revolcarse en el agua con tanto arrebato. Me pareció un buen momento para tomar un descanso, y salí nadando hacia uno de los salvavidas coloridos de plástico que siempre tenemos al borde de la piscina. Lo puse en el agua, y coloqué a Martí encima de él. Estaría muerto de cansancio, ya que se quedó tranquilo, con los ojos cerrados, sin pelear, como siempre hace. Cuando le miré la cara, me asombró lo mucho que se parecía a Ariel. Si alguien dudara de quién era el padre de Martí, sólo bastaría con ponerlos juntos: eso sería suficiente para ignorar cualquier prueba de ADN.

Ariel regresó a casa, y nos encontró reclinados en las tumbonas, tapados con unas toallas inmensas de playa, observando el cielo, y riendo, mientras identificábamos las nubes con diferentes formas de animales. El juego pronto terminaría, ya que se estaba yendo el sol, y pronto iba a anochecer, y las nubes desaparecerían.

Tan pronto nos vio, Ariel soltó su maletín. No parecía preocuparle que se le fuera a mojar su traje británico, porque se metió en la tumbona de Martí, y se unió al juego. Después de unos cuantos tigres y varios elefantes, estaba claro que Ariel distinguía a los animales en el cielo mejor que Martí y que yo. Seguro que me quedaba un poco de Chianti del almuerzo en el cuerpo, ya que no podía dejar de reír.

Mientras estaba recostada allí, contenta con mi marido y mi hijo, me preguntaba cómo era que se me podía ocurrir tener una relación amorosa con Luther. Era algo raro. Cuando estaba con Luther, me parecía que todo estaba bien. Y en ese momento en que estaba con Ariel y Martí, no podía imaginar lo que sería comprometer mi feliz vida hogareña.

Después de un rato, oscureció y no se podía ver gran cosa, así que Ariel y yo nos llevamos a Martí para adentro. Ariel se fue para el estudio a ver el noticiero, y yo llevé a Martí al baño para bañarlo. Después de pasar un largo rato en la bañera llena de jabón de espuma Mr. Bubble—la única manera de bañarlo sin que se quejara—Martí se sintió tan descansado que casi se duerme del cansancio. Lo sequé con la toalla hasta que la piel se le puso rosada, le eché talco, y lo vestí en el piyama que Jacinta le había dejado encima de la cama.

Quedaba sólo poco tiempo para darle de comer a Martí antes de que se durmiera. Lo lleve a la cocina y lo senté en su silla. Antes de que se quedara dormido, me aseguré de que se comiera un poco del espagueti que Jacinta le cocinó. Después lo acosté y recé—él se unió a mí en oración—me agaché, le di un beso y las buenas noches. Los ojos se me aguaron cuando abracé su cuerpecito suave, caliente, y que olía tan rico junto al mío.

Fui al baño, me di una ducha rápida para quitarme el cloro de la piscina, me puse un pantalón de algodón, y un pulóver negro. Encontré a Ariel, feliz y contento, sentado en su butaca de cuero favorita, tomando whiskey, y viendo el noticiero de la tarde. Tenía la camisa mojada de cuando se recostó junto a Martí en la tumbona. Se veía cansado, pero también se veía como un hombre que estaba en paz consígo mismo y con el mundo que lo rodeaba.

Antes de que los sentimientos de remordimiento me consumieran y paralizaran, me senté en el brazo de su butaca. Ariel apretó el botón del control remoto que apaga el volumen del televisor.

"¿Quieres una copa de vino?" me preguntó, y se puso de pie, seguro de que aceptaría su oferta. En camino al bar, me abrazó y me dio un beso en los labios.

"Perfecto," dije.

"Dios mío, Margarita, pareces una adolescente," dijo Ariel con un tono de admiración en la voz.

Tomó un paso hacia atrás para observarme mejor.

"Mírate. Sin maquillaje, con el pelo mojado, pantalones, y un pulóver. Pareces una jovencita."

"Gracias," dije, y reí. "Me gusta cuando no te pones los espejuelos."

Ariel fue al bar y abrió el pequeño refrigerador del mostrador. Miró adentro del mismo, y sacó una botella de Morgan, un chardonnay californiano.

"¿Este está bien?" preguntó, con la botella en la mano. Él sabía que ese era el que más me gustaba.

"Perfecto."

Y así fue. Ariel siempre estaba al tanto de lo que se me podía antojar.

"Gracias," le dije, cuando me dio la copa.

Se echó más whiskey, y se volvió a sentar en el asiento situado delante del televisor. Cuando se acabó el noticiero, cambiamos el canal para ver *Law and Order*, nuestro programa favorito. Decidimos comer en bandejas mientras mirábamos el programa, entonces durante una pausa comercial, le dije a Jacinta lo que queríamos hacer, y me acomodé en mi asiento.

"Esto es muy agradable," dije, casi ronroneando.

Ariel sonrió: "Me parece que no trabajar te sienta de lo más bien. O sea, jugar con Martí, quedarte en casa, todo eso," dijo, hablando tranquilamente y sin quitar los ojos de la pantalla del televisor. "Te ves tan tranquila y libre. Te ves mucho más joven."

"¿De veras?" pregunté.

Me supongo que sintió que me estaba poniendo seria.

"No, querida, no me vayas a malinterpretar, por favor. Te estaba elogiando. No quiero que sientas ninguna presión. La decisión de regresar o no al trabajo es tuya. Te lo juro."

Me tomé un sorbito del vino. ¿Por qué sería—pensé para mí—que los dos hombres en mi vida me presionan acerca de las decisiones de la vida más importantes, y después dicen que no me están presionando?

*Presión, ninguna*. Sí, cómo no.

# [ 19 ]

El próximo día, por la mañana, fui a la oficina, y así cumplía con María. Le había dicho a Ariel la noche anterior que iba a la oficina, pero no me pareció que me hizo caso. Parecía totalmente asombrado cuando me vio salir a la terraza a desayunar en un vestido de algodón, sandalias de tacones, y una chaqueta colgada del hombro. Tenía puesto maquillaje, y me había lavado y secado el pelo. En definitivo, no lucía como si fuera a pasar el día en casa jugando con Martí.

Tengo que reconocer que Ariel no dijo nada. Sólo me dio un beso cuando me senté en la mesa. Ya había desayunado, y por eso estaba leyendo el *Herald* mientras yo me tomaba el café con leche y le ponía mantequilla a la tostada. Martí estaba ocupado tirándoles cereales Cheerios a las gaviotas que se congregaron alrededor de nuestros pies. Era un panorama normal: una familia tranquila, a punto de empezar su día.

Antes de dormirme la noche anterior, mientras estaba acostada en la oscuridad, decidí más nunca ver a Luther. Era demasiado peligroso tener contacto con él, y por lo tanto, tenía que ponerle fin a nuestras reuniones.

No había tomado esa decisión a la ligera, pero la noche anterior me había convencido de que sólo pertenecía a mi marido y a mi hijo. Ariel y yo cenamos, y después hicimos el amor por varias horas, con cariño e imaginación, como no lo habíamos hecho en mucho tiempo. Después me quedé recostada en la cama oyendo a Ariel respirar calmadamente a mi lado.

Todavía lo quería muchísimo, pero tenía que ser brutalmente honesta conmigo misma: él no era el amor de mi vida. Luther lo era. Y yo no me había dado cuenta de esto hasta que se apareció en Miami.

Siempre había creído en el ideal romántico de que una sola persona fuera el amor de la vida. Y si esa persona tenía suerte, y el tiempo y las circunstancias lo permitían, entonces terminarían juntos. Pero aunque no siempre funcionaba así, eso no significaba que la satisfacción y la felicidad no se podía hallar de otra forma. A veces juntarse con el amor verdadero de uno no está en el destino, yo no sé por qué. Me supongo que lo mismo pasa con las amistades, la casa, los carros, y con todas las cosas significativas de la vida. A veces las cosas no suceden como uno quisiera. Eso no significa que una mujer no pueda estar contenta.

Me costó trabajo quedarme dormida esa noche. Debía estar cansada, después de haber nadado con Martí y haber retozado energéticamente con su padre en la cama. Era alentador saber que aún a los treinta y cinco años, Ariel y yo nos podíamos divertir como una par de adolescentes tórridos.

Después de dar muchas vueltas en la cama, me di por vencida, ya que sabía que no me iba a quedar dormida. Salí de la cama con mucho cuidado para no despertar a Ariel, fui al estudio en mi bata de dormir, abrí el refrigerador, y me eché un vaso entero del Morgan que Ariel abrió esa misma noche. Apagué la alarma, salí a la terraza, y me recosté en una de las tumbonas donde había jugado con Martí sólo unas horas antes.

Sentí la brisa nocturna y oí cómo las olas besaban el muelle, mientras tomaba vino a sorbitos hasta que me dormí sin darme cuenta. Cuando me desperté, estaba saliendo el sol. Recogí mi copa de vino, y entré en la casa con esperanzas de poder tomar una breve siesta antes de empezar el día. Ariel estaba durmiendo tan profundamente que nunca se percató de que me había ido.

Aunque sólo dormí un par de horas, me sentí totalmente despierta en el desayuno. Ariel y yo nos fuimos de la casa juntos unos minutos antes de las ocho. Quince minutos más tarde, estaba entrando con mi carro a mi espacio designado en el *Downtown*. Llegué tan temprano que Ashley todavía no estaba en su puesto en el vestíbulo. Me sentí decepcionada por perderme el vestuario de Ashley, pero la vería a la salida. Por lo menos algo me hacía ilusión.

María llegó un poco después de las nueve, y para entonces, yo ya había revisado el veinticinco por ciento de lo que me había dejado en el escritorio. La cara que puso, cuando me encontró en mi despacho, sentada en mi escritorio, trabajando duro, era digna de ver. Yo estaba segura de que ella dudaba que yo fuera a cumplir con mi palabra de aparecerme en la oficina. Los años que había trabajado con María me habían enseñado que era cínica. Nunca le daba el beneficio de la duda a nadie. Yo no sabía ninguno de los detalles, pero me parecía que la vida no la había tratado muy bien.

Yo estaba consciente de que el haberme ido ayer unos minutos después de que llegué hizo que María dudara de mí. Iba a tener que trabajar duro para recuperar su fe en mí. Con esa meta en la mente, revisé los documentos que representaban horas que se podían facturar para que María les enviara la cuenta a los clientes del bufete. Sabía que eso la pondría contenta, mantendríamos activa nuestra presencia en el bufete, y también conservaríamos viva la imagen de que valíamos y que éramos productivas.

María y yo trabajamos sin cesar durante dos horas, y cuando sonó mi celular, ya habíamos revisado la mitad del trabajo. Aguanté la respiración hasta que vi el número de Vivian aparecer en la pantallita.

"Te llamé a la casa, y Jacinta me dijo que fuiste al trabajo," dijo Vivian.

"¿No has regresado para siempre, no?" preguntó con un tono sospechoso.

"Hola Vivian," dije, y me acordé, más o menos, que había quedado con ella para hacer algo. "No, todavía no he regresado por tiempo completo. De lo contrario, te lo hubiera dicho. Estoy aquí limpiando mi escritorio. ¿Qué te pasa?"

"¿Te olvidaste que te ibas a reunir conmigo y con Anabel?" preguntó, con voz de enojada. "¿Te acuerdas que hablamos de eso ayer?"

"Sí, por supuesto que sí," le mentí. Ayer me parecía como si hubiera sido años atrás. "Dime dónde y cuándo, y allí estoy."

Me di cuenta de cómo María se enojaba—con poco disimulo—cuando me oía hacer planes, ya que se había dado cuenta que lo más probable sería que se le cortara su día laboral. Estaba en un frenesí tratando de decidir cuáles de los archivos eran lo más importantes; incluso, mientras yo hablaba por teléfono, me los seguía organizando y poniendo delante.

"Anabel dice que puede unirse a nosotras en Greenstreet's al mediodía," me informó Vivian. "Ahora por la mañana está en Coconut Grove viendo cómo van las cosas con el proyecto de Cocovillas."

"Está bien."

Miré el reloj. Eran un poquito más de las once. Me tenía que ir en cuarenta y cinco minutos.

"En Greenstreets al mediodía."

Al oír mis planes, María calculó cuánto tiempo nos quedaba juntas, y por eso se puso a colocar más documentos delante de mí. Durante la próxima hora firmé tantos documentos que la mano me empezó a doler, pero logramos revisar el montón entero. Ya eran casi las doce cuando agarré mi chaqueta, la cual había puesto en el espaldar de mi silla, y salí corriendo por la puerta, despidiéndome de María con sólo un gesto de la mano. Esta vez, no le prometí regresar.

# [ 20 ]

Aunque conduje el carro a la velocidad que van los adolescentes cuando se van reunir con las jovencitas los viernes por la noche, iba a llegar a mi reunión con Vivian y Anabel con media hora de retraso. En el camino, llamé al restaurante y pedí un sándwich de bonito en pan de trigo integral, y un té helado, ya que no quería que mi demora atrasara más el almuerzo. Hubiera preferido una copa de vino en lugar del té helado, pero ya había tomado demasiado alcohol desde que Luther llegó a Miami. Además, me tomé un vaso entero de Morgan en la madrugada, y por lo tanto, ya me había tomado un trago ese día.

Greenstreets era uno del los restaurantes al aire libre—más bien, un café—en el centro de Coconut Grove, en la esquina de Main Highway y Commodore Plaza. Tenía un menú muy sencillo: ensaladas, sándwiches, y tortillas. Aun así, estaba muy bien situado, y tenía parqueo cerca. Vivian y Anabel me esperaron adentro porque hacía demasiado calor para estar pensando en comer al sol. Comer a la intemperie en el verano miamense era una actividad reservada sólo para los turistas. Le eché un vistazo rápido al interior del restaurante cuando llegué, y vi que mis amigas ya habían empezado a comer. Mi sándwich de bonito y el té helado me estaban esperando delante de una silla vacía.

"Hola. Perdónenme que llegara tarde," me disculpé, y le di un beso a cada una. "Me costó trabajo escaparme de la oficina."

"¿Tienes mucho trabajo? Igual como era antes," dijo Vivian, en un tono bastante seco. Por alguna razón, estaba enojada conmigo.

En lugar de contestarle, me encogí los hombros, y empecé a comerme el sándwich. Vivian no solía ser malhumorada. No me gustaba hacer mención de esa época del mes, pero seguro que eso era lo que pasaba. Las tres nos concentramos en el almuerzo. No importaba lo que Vivian nos tuviera que contar; tenía que esperar a que termináramos de almorzar.

Anabel estaba en su propio mundo, saboreando su tortilla. Eso me alegró, ya que su ropa nos estaba causando muy mal efecto a Vivian y a mí. Yo hubiera querido que Anabel hubiera consultado con alguien antes de salir de la casa ese día, debido a que lo que llevaba puesto le proclamaba al mundo que era daltónica. Estaba vestida en un color verde chillón, como si fuera la versión femenina del personaje Peter Pan en el día de San Patricio. Ningunos de los tonos de verde pegaban, y por lo tanto, sus pantalones, su pulóver, y su chaqueta la hacían lucir como un erizo de mar vestido con ropa del baratillo de caridad Goodwill. Los tonos de verde chocaban violentamente con su pelo rojo encendido y sus resplandecientes ojos azules. Yo estaba acostumbrada a los delitos que Anabel cometía relacionados con su vestuario, pero me acordaría de este episodio por largo rato.

Vivian se fijó en mí mientras yo miraba a Anabel, y enseguida se dio cuenta de lo que yo estaba pensando.

"Yo sé, Margarita, ya hablé con Anabel acerca de la ropa que tiene puesta. Me juró que más nunca se la iba a poner," dijo Vivian, pronunciando esta declaración devastadora de una manera tan fría como el hielo. Vivian no perdonaba las metidas de pata en lo que se refería al vestuario. Ni la condición de daltonismo de Anabel la salvaba de la boca de Vivian.

Vivian estaba vestida en el último traje de Armani que se había comprado: un modelo color gris, con un corte que le quedaba ceñido al cuerpo, y una cartera y zapatos grises que le hacían juego. Aunque su pelo rubio era natural, tenía rayitos todavía más rubios. Era imposible notar si eran naturales o no. Por supuesto, yo sabía que no lo eran.

El contraste entre nosotras tres solía ser grande, pero ese día era aún mayor. Como siempre, yo quedaba en el medio, entre mis dos amigas. Ni mi vestido ni mi chaqueta serían de etiqueta, pero por lo menos hacían combinación. Anabel me hacía sentir como una modelo, mientras que parecía un espantajo al lado de Vivian.

El camarero se llevó los platos, le pedimos café—tres cafés negros dobles—y después nos dejó tranquilas. Llegó la hora para que Vivian hablara.

"Ustedes dos son las mejores amigas que tengo," dijo, en una voz titubeante. "Por eso les voy a contar esto a ustedes primero."

Anabel y yo nos miramos. Esta era una nueva Vivian, indecisa e insegura de sí misma. Se me ocurrió que había estado de tan mal humor con nosotras porque estaba absorta y preocupada por la noticia que nos iba a dar. ¿Se iría a casar? ¿Sería que iba a anunciar públicamente que era lesbiana? ¿Estaría en estado?

No, eso nunca le pasaría a Vivian. Ella jamás aguantaría estar en estado, y perder la forma de su cuerpo y quedarse con estrías.

El camarero se apareció con los cafés. Sentí deseos de matarlo, ya que al interrumpirnos, puso a Vivian nerviosa. Las tres tomamos el café a sorbitos hasta que estuvo lista para hablar.

De repente, dijo sin pensarlo dos veces: "Voy a adoptar a una niña."

Eso sí que estaba bueno. Era una prueba más que Vivian no hacía nada a medias.

"Es una niñita pequeña," añadió Vivian.

Anabel y yo pusimos las tazas de café en los platicos al mismo tiempo, como si lo hubiéramos ensayado. No hubo nada que nos preparara para esta noticia, ninguna indicación ni presentimiento.

"Puede ser que me equivoque," le dije a Vivian, "pero creo que acabas de decir que vas a adoptar a una bebé."

"No, no una bebé," me corrigió Vivian. "Es una niñita de dos años."

Vivian metió la mano en su cartera y sacó una fotografía.

"Fíjense," dijo ella, y de repente, resplandeció.

Anabel y yo halamos las sillas para delante y nos apiñamos encima de la foto. Ya que es casi ciega, Anabel tuvo que llevarse la foto a la cara, y por eso no me dejó verla claramente. Sólo pude ver la forma de una niña pequeña.

"No entiendo," Anabel miró para arriba. "A mí nunca me pareció que a ti te interesaban los niños. O sea, tú eres muy buena con tus sobrinas y sobrinos, pero Vivian, ¿adoptar a una niña?"

"Tú nunca has hablado de esto con nosotras," grité, ya que me sentía dolida de que mi amiga hubiera dado un paso tan monumental sin decírmelo primero.

"Bueno, está bien. Se los debo explicar," Vivian extendió las manos como queriendo tranquilizarnos.

Anabel y yo asentimos con nuestras cabezas, las cuales subíamos y bajábamos como si fuéramos unas tontas. Vivian y yo teníamos la misma edad, con sólo dos meses de diferencia. Pensé que quizá estuviera pasando por una crisis de los cuarenta. Primero había pensado que tenía la regla, y ahora me sospechaba la menopausia prematura. Tal vez esto explicara por qué yo también me estaba volviendo loca.

Por supuesto, ya estaba harta y cansada de que todos los aspectos del carácter femenino le sean atribuidos a las hormonas.

"Las tres tenemos treinta y cinco años," explicó Vivian. "Ustedes dos están felices y casadas, y tienes hijos. Anabel, tú tienes los trillizos. Margarita, tú tienes a Martí. Pero mi situación es completamente diferente a la de ustedes. No veo a ningún hombre por el horizonte con quien se me ocurriría casarme, ni mucho menos con quién tendría hijos. Y mi reloj biológico ya no está funcionando. La alarma se apagó."

Respiró fuerte. Me quedé asombrada de lo difícil que era para ella hablar de esto.

"He tenido que reflexionar mucho," continuó Vivian. "Me decidí porque yo no creía que estaba bien tener un hijo sin casarme sólo para satisfacer mis sentimientos maternos. Es que me parece que sería egoísta de mi parte imponerle esa carga a una criatura."

Vivian nos miró a Anabel y a mí como si nos implorara: "Ustedes entienden lo que les quiero decir. No importa cuán liberadas nos creamos que somos, ninguna de nosotras jamás podría ser una madre soltera."

Tenía que darle la razón. A pesar de que habíamos llegado lejos en la vida, aún éramos producto de una tradición compartida. En los círculos sociales cubanos en los cuales nos criaron, ser madre soltera era un tabú enorme. Muchas jovencitas cubanas se casaban sin estar enamoradas debido a que sus barrigas estaban en vías de expansión. Yo conocí a muchas novias que tuvieron que darles de ancho a sus vestidos antes de llegar al altar.

Cuando me pongo a pensar, no me acuerdo de ninguna muchacha ni de ninguna mujer en mis círculos sociales que hubiera decidido tener un hijo sola. De alguna manera, siempre un marido o un padre se materializaba como por acto de magia en el momento clave para asegurar la legitimidad de la criatura. Aunque fuera cierto que en algunos casos el apellido que aparecía en la fe de nacimiento no era el del padre biológico, lo que más importaba era que el niño sí tuviera un padre. Mientras el niño no tuviera el apellido de la madre, nadie comentaba si el niño se parecía al padre o no.

Al fin pude ver la fotografía que Anabel había puesto en la mesa delante de nosotras. Se veía borrosa y mal enfocada. Todo lo que podía descifrar era una niña descalza vestida con un vestido de algodón que le quedaba demasiado grande, y con el pelo negro, y mal cortado, que enmarcaba su carita. Estaba de pie en medio de un camino de tierra.

"Agarra aquí," y Vivian sacó una lupa de la cartera y me la dio en la mano.

Pensé en cuántas veces mi amiga se habría puesto a mirar esta foto. La mayoría de las mujeres no andan con una lupa. Me fijé más en la foto hasta que pude distinguir las facciones de la niñita. Tenía la cara delicada, casi como la de una muñeca, pero fueron sus ojos los que enseguida me fascinaron. Era inmenso, negros, y redondos; resplandecían intensamente aún en esta fotografía de tan mala calidad.

"¿Esta es ella?" pregunté, aunque me sentí como una estúpida por habérselo preguntado.

"¿Esta es tu hija?" añadí, como si al pronunciar la palabra la realidad se me fijara en el cerebro.

Me pareció que vi que los ojos se le aguaban, pero esta era Vivian. Aparte del escándalo en la Funeraria Caballero de unos días antes, cuando se topó con su amante casado y su mujer, ella no había llorado desde el sexto grado, cuando le dieron el premio de mejor alumna a su peor enemiga—María de la Concepción Inmaculada—el mismo homenaje que Vivian creyó haberse ganado fácilmente. Me suponía que esta era la nueva Vivian, la que había bajado parte de su guardia.

Anabel no seguía luciendo como si padeciera de neurosis de guerra, pero como siempre había sido una persona práctica, quería saber todos los detalles.

Yo sabia exactamente lo que Anabel quería saber. Teníamos que saber si todo el proceso había terminado antes de que siguiéramos haciéndole más preguntas a Vivian. Si la niña ya había sido legalmente adoptada, entonces no había razón por hablarle de los innegables problemas que iba a tener que enfrentar al adoptar una niña ella sola.

"Ya el papeleo está terminado," dijo Vivian. "Lo único que la niña necesita es una visa del consulado americano. Me han informado que en sólo un par de días estará aquí en Miami, y lo máximo que se demorará será una semana. Una de las monjas del orfelinato la va a acompañar hasta acá."

Tengo que reconocer que Vivian resplandecía como nunca antes.

"¿Tú conoces a esta niña?" pregunté. "Quiero decir, ¿Ya la has conocido?"

Yo estaba consciente de que mucha gente caía en la trampa de que le mostraban una foto de un niño gracioso y saludable, y al final, le daban otro totalmente distinto. Había oído hablar de casos horrorosos de niños adoptados de países del tercer mundo con problemas que no salieron a relucir hasta que llegaron a los Estados Unidos, y por lo tanto, me sentía un poco aprensiva.

"La he visto dos veces," dijo Vivian.

Después nos contó de la adopción y cómo se llevó a cabo. Vivian se enteró de la agencia que se encargó de la adopción en su parroquia. El confesor de Vivian, el padre Tomás, venía contando en la parroquia desde hacía tiempo de un orfelinato en Honduras, y de las lamentables condiciones en las cuales vivían los niños albergados ahí. El cura llevaba las fotos a misa y les explicaba a los feligreses las condiciones infrahumanas que existían allí. Sermón tras sermón, hablaba de la pobreza, la desesperanza, y el desaliento que existía en el orfelinato. La niñita que Vivian adoptó había estado en el orfelinato desde que nació, ya que sus padres estaban muertos, y no se conocía a más ningún pariente. Era una historia trágica. Vivian acompañó al padre Tomás y otros tres feligreses de la parroquia en el vuelo a Tegucigalpa, la capital hondureña, y se enamoró de la niña enseguida que la conoció.

Anabel y yo sólo la escuchábamos, asombradas. Vivian, la misma que hablaba de todo con nosotras, la amiga que no podía callar un secreto, fue y regresó de Honduras sin jamás haber dicho una palabra. ¡Y qué carajo, yo pensaba que ella no tenía ni un hueso materno en su cuerpo! Yo no sabía qué pensaría Anabel, pero yo me sentía un poco herida de que Vivian no hubiera confiado en nosotras. Me suponía que Anabel se sentía igual que yo. Parece que Vivian tenía miedo a que nosotras estuviéramos totalmente en contra de su decisión, y que por lo tanto, hubiéramos tratado de convencerla de no adoptar a la niña. Las dos sabíamos lo porfiada que era Vivian, ya que si quería hacer algo, nadie ni nada en este mundo la disuadía de lograr su meta. Durante toda su vida, eso había sido tanto el punto más fuerte como el más débil de su carácter.

Parece que Vivian sintió que no estábamos totalmente entusiasmadas con sus planes, porque levantó la foto de la niñita como si fuera un tótem mágico.

"Óiganme bien chicas, yo sé que ustedes creen que si hago esto estoy loca," dijo ella. "Pero lo he estudiado todo con lujo de detalles. Tengo los medios económicos para cuidar a una niña. A mí me encanta mi casa, pero sé que es demasiado chiquita. Por eso hablé con mi vecino que tiene la casa en El Prado, y le ofrecí comprarla. Estoy consciente de que se está aprovechando de mí, ya que le voy a pagar demasiado por esa propiedad, pero no resisto la tentación."

Vivian se encogió los hombros como queriendo decir que estaba resignada a las injusticias de la vida.

"Necesito el espacio para expandir," añadió, "porque voy a tener que construir otro cuarto para la niñera que va a vivir en casa. Voy a necesitar una niñera, porque claro está que yo no voy a dejar a la niña en ningún círculo infantil mientras yo esté trabajando. No la voy a traer hasta aquí para hacerle eso."

Respiró fuerte.

"El arquitecto está dibujando los planos en este mismo momento," añadió, "y una vez que el ayuntamiento dé el visto bueno a los planos y a los permisos, empezamos a construir. Quisiera que todo estuviera listo para cuando llegara mi hija, pero no se puede hacer nada más. Estoy tratando de que todo se mueva lo más rápido posible."

"¡¿Pero tú ya has hecho todo esto?!" le pregunté.

Me había dejado atónita en dos frentes: al enterarme de lo poco que sabía de los detalles intrínsecos de la vida de mi amiga, y al oírla usar las dos palabras "mi hija" en una oración. No podía entender cómo nos contaba—como si nada—los detalles más íntimos de sus aventuras amorosas con hombres casados, pero, sin embargo, no dijo ni pío de que quería adoptar a una niña.

"Gracias a Dios que gané el caso Carrillo," dijo, despreocupadamente. "De lo contrario, no podría pagar por todo esto. Ojalá que siga por buen camino, porque me va a hacer falta más ingreso. O sea, piénsenlo bien: voy a tener que alimentar a dos bocas más, y encima de eso, voy a tener que pagar un salario."

Vivian rió, como si no le importaran las dificultades que le esperaban. Yo nada más que podía pensar en las capas de secretos que había en la vida de la gente. Vivian fue a Honduras, adoptó a una niña de un orfelinato tercermundista, compró la casa detrás de la suya, y había mandado dibujar los planos para extenderla. Y yo no me había enterado de nada.

Pero, por supuesto, yo no era nadie para juzgar a Vivian. No les había comentado nada a mis amigas de mi situación con Luther desde el almuerzo en Nemo's. Lo más probable era que yo no quería oírles decirme que estaba loca, ya que estaba arriesgando mi vida con Ariel y Martí por un viejo amante de la época de cuando estudiaba derecho. Y temía que me juzgaran y que me dejaran de respetar.

Estoy segura de que Vivian y Anabel juraban que sabían todo acerca de mi vida, pero el sobre con las llaves que estaba en la parte de mi cartera que se cerraba con un *zipper*, era prueba de que no era así. Viré la cara para mirar a Anabel, ya qué pensé en cuáles serían los secretos que ella guardaba.

"¿Por qué me miras así?" preguntó, mientras pestañeaba.

"Por nada," contesté.

Anabel trató otra vez de ver la foto de la niñita, con la lupa pegada al ojo, esforzándose por ver lo más que podía.

Seguro que todas guardábamos secretos. Seguro que todo el mundo que yo conocía guardaba secretos.

Anabel puso la foto en la mesa. Yo la recogí otra vez.

"¿Ya tu hija tiene nombre?" pregunté.

Vivian se puso colorada, y bajó la vista hacia la mesa.

"Margarita Anabel. He decidido ponerle Margarita Anabel Mendoza."

Ahora fue a nosotras a quienes se nos aguaron los ojos.

# [ 21 ]

Tan pronto terminamos de almorzar, me despedí de Vivian y Anabel, y regresé al carro, el cual había parqueado en uno de los parquímetros del Commodore Plaza. Lo que Vivian nos había contado, y lo bien que lo había ocultado, me dejaron extenuada. No sabía qué pensar de la adopción, pero sí estaba loca por comentar lo ocurrido con Anabel. Sin embargo recapacité y me acordé de que no debería juzgar las acciones de mi amiga. Era su vida, y que la viva como mejor le parezca. Y de todas formas, la niñita hondureña iba a vivir mejor con Vivian.

Aunque no supe nada de antemano, sí sabía que la decisión que Vivian tomó tuvo que haber sido imprescindible y fundamental, ya que decidió compartir su vida con una criatura que de otra manera tendría muy pocas oportunidades en la vida. Sólo por eso, Vivian se merecía que la halagáramos, y no que le habláramos con escepticismo ni que la criticáramos. Tenía que respetarla y darle mi apoyo, sobre todo en el principio. Vivian ya sabía lo que era estar alrededor de los niños, pero no sabía lo que era ser madre. Le esperaba un tiempo difícil. Uno de los retos más difíciles que da la vida es poder ajustar nuestras vidas a la presencia de un niño. Por lo menos, como ya yo había sobrepasado las luchas con Martí, estaba en buena posición de ofrecerle mi apoyo.

Cuando estoy pensando en algo, camino despacio, casi a paso de jicotea, y por eso, cuando llegué al carro, ya estaba sudando bajo el sol ardiente del mediodía. Sentí cómo me corrían las gotas de sudor por la espalda. Hacía tanto calor y humedad que podía oler el asfalto derretido mientras buscaba las llaves del carro en la cartera. La acera debajo de mis pies se sentía pegajosa, una sensación que me recordaba Nueva York en el verano. Lo que tenía puesto no me estaba ayudando a mantenerme fresca, ya que la chaqueta y el vestido se me pegaban al cuerpo. El aire se sentía que vibraba del calor, e incluso la menor brisa traía con ella más calor. Era una sensación que todo el mundo en Miami conocía muy bien.

Cuando me senté en el carro, puse el aire acondicionado a andar a todo dar, y apunté todas las rejillas de ventilación en mi dirección. Me senté tranquila esperando que el carro se refrescara y que mi temperatura interior regresara a un nivel que se pudiera aguantar. Miré el restaurante, y me di cuenta de que el viaje entero hasta mi carro había sido de sólo veinte metros de distancia. No sé cómo la gente podía resistir los veranos del sur de la Florida antes de que existiera el aire acondicionado.

Cerré los ojos como por unos veinte segundos, y entonces los volví a abrir. El aire acondicionado estaba haciendo su labor. Sonaba como un avión a reacción que despegaba, pero no me importaba. Cuando volví a sentirme como un ser humano, agarré la cartera. Sin prestarle mucha atención a lo que hacía, abrí el *zipper* y vi el sobre que me había dado Luther. Lo viré boca abajo y lo estrujé suavemente hasta que el llavero y el pedazo de papel doblado cayeran encima de mis piernas. Abrí el papel, y me di cuenta que hacía años que no veía la letra de Luther. Enseguida reconocí las líneas afiladas y trabadas de su caligrafía. No había cambiado en nada.

En esta época de *e-mail* y tarjetas electrónicas en que vivimos, a menudo me he dado cuenta de que me sería imposible reconocer la letra de mis amistades más allegadas, aunque fuera un caso de vida o muerte. Estoy tan acostumbrada a escribir todo con el teclado que mi propia letra se ha deteriorado hasta el punto que no se puede leer. Obviamente, Luther era la excepción a esta tendencia, ya que su pluma aún era nítida, clara, y única.

Un tipo de letra que nunca cambia es la caligrafía que enseñaban las Hermanas del Sagrado Corazón de Jesús. Siempre se conocen a las muchachas que estudiaron con esas monjas por su letra parejita e inclinada. Uno se puede graduar de una escuela católica, pero hay una parte del carácter de uno que nunca puede librarse de la misma.

Tenía el pedazo de papel en la mano. Con la otra, saqué el celular de la cartera y marqué el ya conocido número. Casi era como si me estuviera mirando en una obra de teatro, siguiendo un guión. Cuando se trataba de Luther, yo era débil. Mi decisión de la noche anterior de no verlo más nunca se disipó como un relámpago matutino sobre la bahía de Biscayne. Me acordé que cuando la neblina se iba, sólo quedaba luz y calor.

Mis acciones no sólo se debían a la lujuria. Cuando oí a Vivian hablar de adoptar a la niña, me di cuenta que tenía que resolver el problema con Luther. Quizá estuviera racionalizando, pero respetaba a Vivian por tener la valentía de tomar un riesgo. Jamás en mi vida me he arriesgado por nada, aunque sí he tenido muchos logros. ¿Cuándo en mi vida he sido honesta conmigo misma, y al carajo con las consecuencias? Estaba consciente de que tenía que poder mirarme en el espejo, pero en ese momento, había podido relegar ese futuro a otra categoría de experiencia personal. El futuro estaba en el futuro. El presente era ahora.

Sentí una sensación que me sacudió. ¿Qué estaba pensando? Iba a regresar a casa para pasar la noche con Ariel.

Moví la cabeza de una lado al otro. No. Tenía que hacerlo.

Nunca le había sido infiel a Ariel, ni siquiera se me había ocurrido. Para mí, la fidelidad era parte del matrimonio, y por lo tanto, no era un sacrificio. Nunca me sentí como si tuviera que sacrificar algo para casarme con Ariel. Nuestro matrimonio fue la conclusión lógica de nuestra relación. Yo había ganado—y no había perdido nada—al unir mi vida a la suya. Felizmente me casé con él por voluntad propia, sin criterios ocultos, ni tampoco sintiendo arrepentimiento ni recriminaciones.

Cuando Ariel me propuso matrimonio años atrás, tuve que pensarlo bien por un tiempo. Cuando le dije que sí, acepté mis votos con toda seriedad. Jamás caí en la tentación de tener un romance pasajero con nadie. Ya yo había presenciado el dolor y el daño que infligía la infidelidad a una familia. No quería ser como mi padre, con una Ofelia en mi vida, ni tampoco quería una aventura de una noche. Yo estaba consciente de que Luther nunca estaría dispuesto a vivir una vida clandestina por diez años, como lo hizo la querida de mi padre. Si a Papá no le hubiera dado el ataque cardiaco, lo más probable fuera que él y Ofelia todavía hubieran seguido como amantes clandestinos, y podían haber seguido así hasta que uno de ellos se muriera con el secreto.

Mis creencias y convicciones habían sido rectas y francas. Y ahora estaba oyendo sonar el teléfono que había marcado sonar. Luther contestó. Podía verlo en mi mente cuando reconoció el número de teléfono.

"Daisy," dijo. "Estaba esperando tu llamada."

Su voz sonaba potente, y claro estaba que se alegró cuando oyó la mía. Después que almorzamos en Bice el día anterior, ya no tenía que hacer como si lo llamaba sólo para conversar.

"¿Estás ocupado?" le pregunté.

"Estoy en la oficina revisando declaraciones," dijo Luther.

Se detuvo un momento para pensar. Como el buen abogado que era, consideró sus opciones.

"Puedo tomarme un descanso. ¿Por qué me lo preguntas?"

"Es que . . . es que quiero aceptar lo que me brindaste."

Respiré fuerte. El corazón me latía como si estuviera corriendo cuesta arriba en una loma alta.

"Bueno, eso es si nos podemos reunir pronto."

"Estoy allí en veinte minutos," enseguida dijo Luther, sin darme tiempo de cambiar de idea.

"Puedo llegar en menos de veinte. Me voy de la oficina ahora mismo."

Oí bulla en el fondo, un traspapeleo, y entonces oí cuando abrió y cerró una gaveta con estruendo.

"Yo estoy en Coconut Grove. Entonces voy a llegar primero," le dije. "Te espero."

Yo tenía las llaves de su apartamento, sin embargo, en circunstancia alguna iba a entrar sola.

"Está bien," dijo Luther.

Sonaba como si estuviera dispuesto a hacer cualquier cosa que yo le sugiriera.

"Si te hace sentir más cómoda, podemos encontrarnos en el parqueo."

"Nos vemos allí," y sin darle la oportunidad de decir nada más, colgué.

Aunque yo sabía perfectamente bien dónde quedaba su edificio, miré el papel que tenía en la mano otra vez. Parecía como si me comunicara algo más que una dirección. Cuando acepté el sobre de Luther, crucé un puente. En ese momento me di cuenta de que sería sólo cuestión de tiempo antes de que yo realizara nuestra mutua promesa sobrentendida. El incesante análisis de mi alma la noche anterior, en la terraza, significaba mi último vestigio de resistencia interna.

Tenía quince minutos antes de que me tuviera que ir, lo cual era un pestañar en el diseño divino, pero, ¿qué es una eternidad cuando se piensa, por primera vez, en el adulterio? Empecé a pensar en Ariel, pero me detuve. Ya me había decidido, y no podía preocuparme por él. Iba a ver a Luther, y estos pensamientos errabundos no me iban a detener.

En lugar de perderme en la enormidad de mi decisión, me concentré en cosas prácticas. Pensé si estaba demasiada sudada, y traté de recordar qué ropa interior me había puesto ese día. La última vez que me acosté con Luther fue hace casi diez años. Había engordado algunas libras, y había dado a luz un niño. Yo sabía que Luther tenía muy buena memoria. No quería pensar en cuánto yo habría cambiado de la persona que había sido en mi juventud. Como tomaba la píldora anticonceptiva, no iba a salir en estado, pero no había pensado en las enfermedades. Yo sabía que yo no tenía ninguna, pero no sabía nada del reciente historial de la vida sexual de Luther. Necesitaba protegerme, pero no quería apagar la chispa que había entre nosotros.

Al acostarme con Luther, abriría una caja de Pandora de preguntas. En los diez años desde que terminé mis estudios universitarios y los de derecho, el sexo había perdido su sencillez. Ahora teníamos más dinero y experiencia, pero las complicaciones y los problemas habían aumentado en la misma proporción que las ganancias. Ya sola en el carro, empecé a reírme en voz alta de mi situación. Estaba al punto de acostarme con un amante con quien no había estado en diez años, y podía suceder que se sintiera repugnado por la condición en que me había quedado el cuerpo después de dar a luz. Me preocupaba que me pegara una enfermedad y que se la pasara a mi marido. Había sudado mucho, y podía ser que incluso oliera mal. Y tenía puesto un vestido y un chaleco que no tenían nada de atractivos, y que me hacían lucir como una ejecutiva de bajo rango de una cooperativa de crédito de tercera categoría.

Resultó ser que el peor problema que tenía no lo podía resolver debido a la escasez de tiempo que me quedaba. Le eché un vistazo rápido al tirante de mi *brassiere*, y me di cuenta que tenía puesta lencería de algodón blanco, algo que—según lo había comprobado la historia—acababa con la lujuria. Tengo una gaveta llena de lencería preciosa de Wacoal y de La Perla, pero ese día me puse la que mi madre me hubiera comprado para llevarme al campamento de verano. Pensé en que podía ser posible que subconscientemente estuviera tratando de sabotear lo que sentía por Luther. Bueno, podía ser posible, pero eso no funcionó.

Tanta preocupación tomó mucho tiempo, y por eso estaba en peligro de llegar tarde a mi reunión con Luther. Salía del parqueo pensando si iba a poder disfrutar de la experiencia, ya que tenía todos estos pensamientos y preocupaciones dándome vueltas en la cabeza. Siempre había asociado el adulterio con el dolor, la traición, y el sufrimiento. No estaba supuesto ser algo divertido.

La expectativa hacía que el corazón me latiera desenfrenadamente.

# [ 22 ]

Luther y yo llegamos al parqueo en el mismo momento. Seguí su carro, el cual parqueó en el espacio reservado para el apartamento número treinta y uno este, y entonces continué hasta los parqueos reservados para la visita, y allí metí el Escalade en el espacio más cercano a la pared.

Salí del carro, lo cerré con llave, y levanté la vista, y vi que Luther se me acercaba.

"Me alegra verte, Daisy," me dijo, y después me dio un besito discreto en la mejilla.

Asentí con la cabeza, ya que no me salían las palabras. Luther tenía puesto un traje color carbón, una camisa azul, y una corbata rayada de muy buen gusto. Hacía un calor agobiante en el parqueo, y por lo tanto, mi índice de angustia veraniega estaba en ascenso con sólo pasar quince segundos incómodos parada allí. Sin embargo, él se veía guapísimo, incluso bajo el sol feroz. Se veía mejor que nunca.

"Vamos," dijo Luther, y delicadamente me agarró el brazo y me llevó hacia el edificio.

Lo seguí, y me sentí aliviada de que me acompañara. Me calmé un poco cuando sentí el aire acondicionado del vestíbulo.

"Los elevadores están por acá," dijo él.

Cruzamos el vestíbulo que casi no tenía muebles, y llegamos a las puertas de los ascensores, donde Luther apretó el botón. Me fijé en los números encima de cada puerta. Los dos estaban ocupados. Tendríamos que esperar.

El edificio de Luther estaba en el corazón de Coconut Grove, a una cuadra de la bahía de Biscayne, y cerca al parque Kennedy. Lo había pasado muchísimas veces en el carro, pero nunca le hice caso, ni mucho menos había entrado en él. Era un edificio más o menos pequeño, de sólo seis plantas, estrecho, y pintado de verde para que armonizara con lo que lo rodeaba. Aunque no quería pensar así, el edificio de Luther era un lugar perfecto para las reuniones ilícitas. Aunque estaba situado en una loma pequeña, no era muy visible, ya que quedaba lejos de la acera, y estaba escondido detrás de una fila de ficoideos altos, colocados muy pegados unos a los otros. El edificio estaba en el mismo centro de Miami, sin embargo, daba una sensación de intimidad asegurada. No se podía entrar si no tenía el código de acceso, y estaba claro que no eran bienvenidos aquellos que no fueran invitados. Y para mí, eso estaba muy bien.

No pude saber cuánto tiempo tenía de construido. Pero era muy bonito, con mucha madera y ventanas por dondequiera que dejaban entrar mucha luz del sol. Por todas partes había hojas, ramas de árboles, y sol, como si estuviéramos en una casita en la copa de un árbol. Los únicos muebles que había en el vestíbulo eran dos sillas de mimbre, y enfrente de éstas, un sofá para tres personas, y una mesa de centro bajita hecha de madera. No se podía decir que era un lugar agradable ni acogedor, pero tampoco austero ni desagradable. No había un alma allí, y me parecía que tampoco se iba a aparecer nadie.

Luther estaba parado a mi lado sin decir nada. Todos los poros de mi cuerpo estaban conscientes de su presencia física a sólo dos pies de mi persona. Me sentí tan ansiosa, que me transporté a Duke, a la noche cuando salimos juntos por primera vez, hacía más de doce años. Yo no sabía que una muchachita ansiosa aún vivía dentro de esta mujer hecha y derecha.

Al fin abrió la puerta de uno de los ascensores. Gracias a Dios que no había nadie dentro a quien tuviéramos que saludar. Aunque me molestara, comprendía que la gente nos vería como una pareja. Cuando entramos en el ascensor, Luther apretó el botón que correspondía al tercer piso. Durante el corto viaje, los dos nos separamos, intentando establecer la mayor distancia posible entre nosotros. No hablamos nada, y tratamos de no mirarnos.

Luther abrió la puerta del apartamento y me dejó entrar primero. Di un grito ahogado de sorpresa cuando entré. Nada me había preparado para lo que iba a ver.

Me sentía como si estuviera encima del árbol más alto. El apartamento estaba en la esquina del edificio, y las paredes de la fachada eran de vidrio y no tenían cortinas. Cuando miré para afuera, todo lo que veía era un verde oscuro, sólo interrumpido por un sol dorado. Las ventanas estaban abiertas de par en par, algo que casi nunca sucede en Miami. Me di cuenta que el apartamento daba hacia el este, y por lo tanto, se refrescaba con las brisas que procedían directamente de la bahía. Podía oír el susurro suave de las hojas afuera de las ventanas. Y arriba, los ventiladores del techo se encargaban de la circulación del aire con sus rotaciones elegantes.

Los que diseñaron ese lugar eran unos genios. Una alfombra de henequén tapaba el piso de pared a pared. Había muchísimos metros de muselina colocados por dondequiera, cubriendo los marcos de las puertas, los sofás de mimbre, las mesas, y las sillas, y también estaban colgados de las lámparas. Incluso las palmas altas en las esquinas estaban, en parte, cubiertas con tela blanca. Era increíble. Luther tuvo que haber sabido cuál iba a ser el impacto inicial que este lugar tendría en mí, ya que se quedó atrás, a unos cuantos pies de distancia, y me dejó que disfrutara el panorama sola. Mis ojos los captaban todo, y se percataban de nuevos detalles. Aun así, tengo que reconocer que la gasa blanca me hizo sentir como si estuviera dentro de un merengue enorme. Si no fuera porque yo analizo las cosas demasiado, dijera que el apartamento tenía un carácter muy espiritual.

"¡Dios mío!" dije, en voz baja, sin querer.

"¿Me lo dices a mí?" dijo Luther con una risita. "Aunque he alquilado este apartamento por varios años, todavía no me acostumbro a él. A veces me despierto durante la noche, y cuando huelo la brisa, y veo todo este blanco, por un momento creo que me he muerto y que estoy en el cielo."

Luther me agarró la mano y me llevó a uno de los sofás. Movió un pedazo de la muselina, y me dijo que me sentara.

"¿Quieres tomar algo?" preguntó.

"Sí. Gracias."

Le dije que sí más para alargar el tiempo que por la sed que tuviera. Me quité la chaqueta, puse la cartera en el piso, metí la mano dentro de la misma, y apagué el celular. Mientras veía a Luther entrando en la cocina, traté de respirar profundamente para calmarme.

Pronto lo oí abriendo y cerrando los armarios de la cocina. Unos minutos después, regresó con una bandeja de plata, con una cubeta de hielo—dentro de la cual había una botella—y dos vasos de champán. Con mucho cuidado, puso la bandeja en la mesa que estaba enfrente del sofá donde estaba sentada.

"¿Veuve Clicquot sigue siendo el que más te gusta?" preguntó, en un español perfecto, mientras se sentaba en el otro extremo del sofá para ponerse a trabajar. "Me la jugué que te siguiera gustando."

"Sí. Gracias," dije, agradecida de que se hubiera acordado.

Sacó el corcho de la botella con mucho cuidado, llenó dos vasos, y me pasó uno.

Dimos un golpecito con los vasos, y tomamos unos sorbitos, mientras tratábamos de no mirarnos. Cuando vio que me había quitado la chaqueta, Luther se dio cuenta que todavía tenía el saco puesto. Se puso de pie, se lo quitó, y lo puso sobre la silla más cercana a él.

"Luther, de verdad que esto me tiene muy nerviosa," dije repentinamente, y entonces puse mi vaso sobre la mesa. Me sentía como si no pudiera más.

"A mí también me pone nervioso, Daisy. A mí también," confesó Luther.

Entonces me miró con cara de picardía.

"Y querida, para mí estar nervioso sí es un gran problema."

Me demoré diez segundos en entender lo que me había dicho. Reí, más del nerviosismo que por lo que dijo, pero era lo que nos hacía falta en ese momento. Luther y yo nos acercamos y empezamos a besarnos. Los primeros besos fueron suaves, más bien exploratorios, pero los que siguieron fueron más apasionados. Luther sabía a Binaca y a champán; un momento proustiano que me hizo sentir como si los años que habían pasado desde que nos graduamos de la facultad de derecho nunca hubieran ocurrido.

Nos fuimos para el dormitorio, el cual estaba amueblado al mismo estilo de los otros cuartos del apartamento. Las brisas hacían que la tela blanca se balanceara, ondeara, planeara, y se enredara por dondequiera. La cama era inmensa, con cuatro postes, y con un mosquitero con cantidades enormes de tela. Aparte del gavetero de mimbre que estaba en medio de una de las paredes, y los dos gaveteros pequeños e iguales a los lados de la cama, el único otro mueble que había allí era un televisor de pantalla grande situado en una esquina, que daba a la cama.

Luther había empezado a abrirme el *zipper* de mi vestido cuando fijó la vista en mis ojos.

"No te preocupes. No quiero que te vayas a sentir incómoda ni que tengas pena," dijo con un tono suave. "Me hice la prueba, y no tengo nada. No tengo ninguna enfermedad. No se te va a pegar nada de mí. Te lo juro. Pero si quieres, puedo usar protección."

"Gracias," le dije, aliviada porque me facilitó la información sin yo tener que preguntarle nada, "pero no. Yo confío en ti."

Luther me abrió el *zipper* del vestido, y me aguantó la mano cuando me lo quité para que no me cayera. Me ericé cuando vi la lencería blanca que tenía puesta—un poquito mejor, y nada más, que una pantaleta de niña y un sostenedor de adolescente—pero Luther no se dio cuenta. Puso mi vestido con mucho cuidado encima de la gavetera, regresó a donde yo estaba, y con gran reverencia me recostó en la cama. Me hizo sentir tan cómoda que casi se me olvidó contraer la barriga.

Había mucha luz natural que entraba por las ventanas anchas, pero era una luz indirecta y ensombrecida por la gasa, y por eso empecé a calmarme y a no pensar en mi cuerpo. Como si sintiera mi modestia, Luther me tapó con las sábanas blancas. La tela era tan suave que seguro que tenía un tejido muy complicado. Con suavidad y gentileza, pero con la seguridad de una mano experta, Luther me volteó un poco, me desabrochó el *brassiere*, y me quitó los *panties*. Me tapó con otra sábana, y se quitó la ropa. Le demoró menos que a mí, ya que dejó que la ropa cayera al piso sin moverla de allí.

De repente estábamos otra vez en Duke. La tensión que había entre nosotros se olvidó, e hicimos el amor sin reservas, como siempre lo hicimos, y sin aguantarnos. Sin embargo, aunque hicimos el amor igual que antes, se sentía diferente. Sentí una dulzura y un cariño—casi un amparo—que nunca había existido entre nosotros, pero que en ese momento infundió nuestra lujuria y pasión con una sensación de seguridad y agrado.

Cuando empezamos, sentí que los dos estábamos tratando de no mostrar nuestra experiencia y conocimientos en lo que se refiere al acto del amor. Era como si quisiéramos vernos inocentes, como si no hubiéramos aprendido nada durante los años que estuvimos separados. Pero pronto nos abrimos más, y así, fuimos más atrevidos. La reticencia que teníamos se despareció. El hecho de que habíamos tenido otros amantes durante los años que no nos habíamos visto, le dio más fuerza a la energía sexual que compartíamos, y por lo tanto, nos hizo más sensuales de lo que recordábamos haber sido.

Al fin, después de lo que pareció ser horas, nos separamos. Teníamos tanto calor y habíamos sudado tanto, que nuestros cuerpos hicieron un ruido desagradable cuando nos despegamos. Me quedé recostada sobre mi espalda, muerta de cansancio, sintiendo el sudor correrme por el cuerpo. Fue una sensación que normalmente no me hubiera gustado, pero la sentía sólo como una consecuencia de las últimas horas. La brisa que daba el ventilador del techo empezó a refrescarme, y me sequé con las sábanas. Desgraciadamente, Luther y yo las habíamos empapado de sudor, y sería difícil encontrar algo seco en la cama.

Viré la cara hacia la ventana, y miré para fuera. Me di cuenta de que el sol ya no brillaba con la misma fuerza. Hablé por primera vez desde que entré al dormitorio.

"Luther, me tengo que ir ya," y le vi en la cara cómo se desilusionó con mis palabras. "Ya es tarde. Lo siento."

"Tú sabes que no quiero que te vayas, pero lo entiendo," contestó Luther. "No quiero complicarte la vida."

Luther se apoyó en el codo, y me dio un beso con mucha delicadeza. Luego, sacó las piernas de la cama, y fue para el gavetero donde estaba mi ropa.

"¿Quieres darte una ducha antes de irte?" preguntó.

"No. Esperaré hasta que llegue a casa."

A pesar de lo que acababa de hacer, me parecía que darme una ducha en su apartamento era como cruzar una línea que no quería cruzar. Era una forma ilógica de pensar.

"De todas formas, gracias."

Aunque pasamos horas explorando nuestros cuerpos, todavía Luther no me había visto desnuda de pie. Aunque seguramente lo que habíamos hecho sería un delito mayor en algunos de los estados sureños de los Estados Unidos, yo no iba a atravesar el dormitorio sin la ropa puesta. Podía ser que Luther conociera todos los detalles de mi cuerpo mientras estaba recostada, pero no los iba a ver mientras estuviera de pie. Toda mujer de treinta y cinco años de edad que ha dado a luz conoce la diferencia. Por ahora, iba a asegurarme que Luther sólo viera lo mejor de mi cuerpo. Prefería regresar a casa apestosa, sudada, y pegajosa, antes de que Luther me viera desfilar desnuda por su dormitorio.

Saqué mi ropa de sus manos, y me vestí lo más rápido posible. Luther se quedó recostado en la cama, desnudo, y sin taparse con las sábanas. Cuando terminé de vestirme, se puso de pie, y me abrazó fuertemente.

"Te amo, Daisy," me dijo en el oído. "Te amo con cada suspiro y en todo momento."

"Yo sé," le dije. "Y yo también te amo."

Y de verdad lo amaba.

Que Dios me ampare.

# [ 23 ]

Cuando salí corriendo del apartamento de Luther hacia el ascensor, me di cuenta de que no habíamos intercambiado más de diez palabras durante toda la tarde. No sé por qué, pero no me pareció necesario hablar. Esperé y esperé a que llegara el ascensor, y seguía apretando el botón como si eso lo hiciera llegar más rápido.

Para evitar que se rompiera el botón plástico, y para no volverme loca esperando, saqué el celular de la cartera para revisar los recados que me habían dejado. Me asusté cuando vi que me habían dejado cuatro, pero me calmé cuando los oí. Uno era de Vivian, y el otro de Anabel, las dos pidiéndome que las llamara lo antes posible. Yo sabía lo que querían: estaban locas por hablar de la adopción. Había un recado de María en la oficina en el cual me pedía que regresara enseguida, ya que esa tarde llegaron documentos nuevos que requerían mi atención inmediata. Yo estaba segura que no había ninguna urgencia, y que María sólo quería mandar más facturas. Le pedí a Dios que esa llamada no significara que mi secretaria estaba insegura en lo que se refería a nuestra posición en el bufete. Enseguida supe que iba a tener que pasar un rato aguantándole la mano. El último recado era de mi madre, pidiéndome que le devolviera la llamada, ya que le urgía hablar conmigo. No me preocupé cuando Mamá dijo que "le urgía," ya que si de verdad fuera algo urgente, me hubiera llamado diez veces, sin hablar de todas las llamadas que también hubiera recibido de mis parientes que se atacaban de los nervios cuando ella no podía comunicarse conmigo enseguida.

En otras palabras, no había nada que no exigiera mi atención inmediata. Entre mi familia, amistades, y compañeros de trabajo, todo era urgente, y siempre tenía que devolverles las llamadas rápidamente. Estaba tan acostumbrada a los recados de este tipo que ya podía diferenciar entre las verdaderas emergencias y las llamadas rutinarias. Ya nadie se molestaba en decirme que le devolviera la llamada cuando tuviera un momento libre.

Me tuve que reír cuando borré el recado de Mamá. Como siempre, empezó por decir que no estaba segura si lo estaba haciendo bien, porque ella "no sabía cómo usar esta máquina." Ya hacía años que tenía un celular, y siempre había recibido todos los recados que me dejaban. Bueno, Mamá tendría razón por dudar la fiabilidad de nuestro sistema de recados, pero según yo lo veía, para mí no era ninguna emergencia tener que llamarla para chismear de cómo el dermatólogo de mi tía Norma había metido la pata en su última sesión de inyecciones de bótox.

Cuando terminé con los recados, llegó el ascensor. Entré y apreté el botón de la planta baja. En ese momento, no sabia cuál explicación le daría a alguien con quien me topara. Estaba viviendo una doble vida. Sabía que me tenía que preparar para dichas posibilidades. No importaba cuán grande Miami le pareciera a una persona que no fuera de aquí; para mí, Miami era tan pequeño que podía ser claustrofóbico.

Fui hasta el parqueo reservado para la visita lo más rápido que pude sin que nadie me viera, entré en el carro, arranqué el motor, y me fui. Mientras conducía hacia Miami Beach, llegué a la conclusión que no me podía ir para la casa en este estado físico y emocional. Necesitaba calmarme.

Unas cuadras después de salir del MacArthur Causeway, paré en la gasolinera donde siempre compro la gasolina en Alton Road y la calle quince. Me acerqué a la bomba de servicio completo, y le pedí al empleado—quien me reconoció y vino hacia mí para ayudarme—que me llenara el tanque. El tanque del Escalade es tan grande que demora una eternidad llenarlo, y por eso sabía que me sobraba tiempo para usar el baño y asearme.

He estado en esa gasolinera por lo menos cien veces, pero nunca había estado dentro del baño de mujeres. Con mi inspección inicial de ese lugar, me di cuenta que no me había perdido nada. Ya que la vejiga se me reventaba, no tenía el lujo de buscar un baño que estuviera en mejores condiciones. El baño era incómodo, pero gracias a Dios, no estaba muy bien alumbrado, y por lo tanto, no podía verme muy bien en el espejo cuando terminé de orinar. No sabía qué buscaba en el espejo. Quizá buscaba alguna transformación instantánea de mujer y madre a adúltera. La época de la adúltera puritana Hester Prynne era algo del pasado, y me acordé que no habría ninguna letra escarlata que podrían coserme en la ropa.

La cara que me miró desde el espejo era la misma que tuve por la mañana. La única diferencia era que mis ojos brincaban de lugar a lugar tratando de encontrar alguna señal que algo había cambiado dentro de mí. Le pedía a Dios que me dejara esconder el nerviosismo que sentía por dentro y no darlo a conocer en casa. Allí, frente a ese espejo desconchado y roto, en un baño lleno de pinitos de cartón que estaban viejos y malolientes, me pregunté qué en mí de verdad había cambiado.

Cuando estaba en la escuela secundaria, la gente decía que todo el mundo se daba cuenta cuándo es que una muchacha dejaba de ser señorita. La superstición me hizo pensar en si eso también se aplicaba a las adúlteras. Fijé la vista en mis ojos y me dije a mí misma que dejara de pensar en cosas idiotas y alocadas. No me iba a volver loca. Sería católica, pero no iba a flagelarme por lo que había hecho, ni afeitarme la cabeza, ni tampoco me iba a vestir de saco ni restregarme con cenizas. Tenía que dejar eso a un lado y seguir con mi vida, y mientras tanto, empezar a entender qué significaba mi vida. Un baño maloliente no era el lugar apropiado para hacerlo.

En ese momento me tuve que arreglar lo mejor que pude. Me tiré un poco de agua en la cara, y mojé unas toallas de papel cartucho que había encima del tanque del inodoro. Me las pasé por el cuello, los brazos, y las piernas, horrorizándome cuando sentía el papel áspero en la piel. Boté ese y mojé otro más. Abrí el *zipper* de mi vestido, y me pasé el papel por los senos, por la barriga, y entre las piernas. Ahuequé las manos para coger el agua de la pila, me enjuagué la boca, y escupí en el lavabo. Antes de irme, abrí la cartera y saqué la botella de Chanel No. 5, y me lo eché por todo el cuerpo y la ropa. Sirvió para disimular el olor pútrido de limpiador de aroma de pino que hedía en ese lugar, y por lo tanto, la próxima mujer que usara el baño estaría libre del efecto de "Navidad en julio" que me asqueó un poco. No podía hacer más nada con los pocos materiales disponibles, y por eso salí a buscar mi carro.

Llegué a la hora en punto; el empleado estaba enroscando la tapa del tanque. Esperé mientras limpiaba la ventana trasera, firmé el recibo de tarjeta de crédito, le di la propina de cinco dólares que siempre solía darle, y me fui.

Eran casi las seis de la tarde, pero el sol seguía brillando tanto que cegaba a cualquiera, y por eso tuve que conducir con los ojos entrecerrados por Alton Road. Tenía que tener cuidado, ya que a esa hora, esa calle está llena de transeúntes, ciclistas, patinadores, monopatinadores, gente paseando sus perros, y niños montados en patinetas. Nadie le prestaba atención ni a los avisos ni a los semáforos en South Beach, y lo último sería que atropellara a nadie. La esquina peor y más peligrosa era la intersección de Alton y Lincoln Road. El nuevo cine de múltiples pantallas que construyeron allí había motivado un renacimiento en la sección occidental de Lincoln Road—una vía comercial y de peatones—y por lo tanto, multitudes de gentes iban en tropel a ese lugar, sobre todo en los fines de semana. Por alguna razón, los que visitan South Beach siempre dejan su respeto por la ley en el viaducto, y cuando llegan, se meten de lleno en la palestra.

Ese día pasé por la zona de peligro sin que nada malo ocurriera. Pronto doblé en North Bay Road. Los nervios se me aliviaron muchísimo cuando me di cuenta que el carro de Ariel no estaba parqueado en el espacio que le corresponde a él dentro del garaje. Me hacía falta pasar un tiempo sola antes de estar con él o con cualquier otra persona.

Enseguida parqueé el Escalade al lado del espacio vacío de Ariel, y entré corriendo en la casa. En lugar de gritar que había llegado—como siempre hago—fui derechito para el baño, me quité la ropa apresuradamente, y llené la bañadera con agua caliente, a la cual le añadí una tapita de aceite de gardenias. Mientras esperaba que se llenara la bañadera, puse la ropa interior que tenía puesta en la ropa sucia, y el vestido y la chaqueta en una jaba reservada para la ropa que se manda a lavar a la tintorería. Tenía que hacer una preparación más. Me puse una bata blanca de paño, fui al estudio, y vi que quedaba un poco de champán en el refrigerador, junto a un vaso.

Mientras regresaba al baño, oí las carcajadas que venían del cuarto de Martí. Por lo que podía descifrar, estaba jugando a los escondidos, su juego favorito. Sentí la tentación de meter la cabeza en el cuarto y anunciar que había llegado, pero decidí que me tenía que asear antes de tocar a mi hijo. No me iba a demorar mucho, ya que sentía una gran necesidad de estar con él. En el baño, abrí la botella de champán y llené el vaso. Me acordé del apartamento y el Veuve Clicquot que Luther me sirvió y que casi ni tocamos. Me tomé un vaso entero de champán, y enseguida me serví otro. Este último lo puse, con mucho cuidado, en la orilla de la bañadera.

La hora cero había llegado. No podía evitarla más.

Las paredes del baño estaban todas tapadas de espejos, y las luces en el techo daban tanta claridad y estaban tan bien enfocadas, que se podían usar en un quirófano. Me podía ver desde todos los ángulos. Un sorbito más de champán, y me quité la bata.

Revisé hasta el último centímetro de mi cuerpo, tan detalladamente como lo haría un detective de homicidio buscando evidencias en un cadáver. No encontré ninguna marca, lo que me sorprendió. Luther y yo habíamos hecho el amor con tanto fervor que casi nos pusimos violentos. Me examiné el cuerpo con una brutalidad crítica que me sorprendió, mirándome aquí y allá en los espejos. Decidí que la modestia extrema que había mostrado por la tarde fue innecesaria. A pesar de mi edad y de haber dado a luz a un niño, de verdad que no me parecía que mi cuerpo merecía estar escondido debajo de las sábanas. Me revisé la piel, y no vi ninguna marca, y de allí pasé a revisarme la cara. Me miraba en el espejo como si fuera alguien que no conociera.

Me hice una trenza con el pelo que me llegaba hasta los hombros, y me lo sostuve con un peine de carey. Mis ojos azules, que normalmente son claros, se me veían un poco más oscuros, incluso bajo la luz fuerte del baño.

Qué raro. Por mucho que tratara, no podía encontrar nada que hubiera cambiado en mi cuerpo. Pero lo que me estaba ocurriendo por dentro era otra cosa.

Pronto tendría que salir a enfrentarme al mundo. Los espejos no me daban ninguna respuesta, y estaba consciente que lo que estaba buscando no se podía ver. Iba a tener que reflexionar para entender lo que sentía. ¿Qué más debo hacer? pensé. ¿Un libro de auto ayuda, el yoga, y el vegetarianismo? Sólo pensar en esto me daba escalofríos.

Terminé lo que quedaba del champán y me metí en la bañadera. Por lo menos puedo lavarme el cuerpo, pensé, mientras descendía dentro del agua caliente y llena de perfume. Noté cómo la piel cambiaba de su tono natural oliva a un color rosado. Enseguida sentí cómo los músculos se me relajaban.

Era una cubana dentro del agua: mi elemento. Aun así, tuve que reconocer que el agua puede destruir al igual que dar vida. Lo que más placer da, también puede ser muy peligroso.

# [ 24 ]

El teléfono me despertó. Traté de contestarlo en la oscuridad, medio dormida, con un ojo abierto tratando de mirar el reloj alumbrado que estaba encima de mi mesita de noche. Eran las cuatro de la madrugada. Sentí un mal gusto en la boca. Nadie llama a las cuatro de la madrugada para dar buenas noticias.

"¡Margarita!" me gritó Vivian en el oído cuando contesté. "¡Margarita! ¡Ya llegó! ¡Me acaban de llamar!"

Oí a Ariel moverse al lado mío y quejarse. La única llamada telefónica que él quería oír a esa hora de la madrugada era la que le informara que Fidel Castro había muerto.

"¿Qué coño está pasando?" masculló Ariel.

"Espérate un momento," le dije a Vivian, y puse el teléfono en mudo.

Sin hacer bulla, me quité las sábanas y fui al baño. No quería despertarme del todo, y por eso dejé las luces apagadas. Agarré el auricular de la extensión en el baño y pregunté:

"Vivian, ¿qué te pasa?"

"Margarita, vamos chica. ¡Despiértate!" dijo Vivian, sonando animada y frustrada conmigo a la vez. "¡Estoy hablando de la niñita, tu tocaya!"

"La niñita . . . ¿la niñita llegó?" le pregunté. Me costaba trabajo concentrarme. "¿A las cuatro de la madrugada?"

Vivian se detuvo por un segundo: "Chica, yo no sé la hora exacta cuando llegó, pero el padre Tomás me acaba de llamar y me dijo que podía ir a recogerla ahora en su casa."

"Bueno, ¿y qué vas a hacer?" pregunté, mientras que algo dentro de mí se horripiló por la respuesta que sabía que venía.

De verdad que no me quería meter en este lío pero Vivian era mi mejor amiga, y el hecho de que me estaba llamando a las cuatro de la madrugada significaba que estaba desesperada porque la ayudara. En ese momento, no la podía abandonar.

"Margarita, tú crees que . . ." Vivian se detuvo, tímidamente. "O sea, crees que *pudieras* . . ."

"Voy para allá," suspiré. "Dame unos minutos para vestirme."

Colgué el teléfono, dije una cuantas malas palabras, y fui al lavabo para lavarme la cara y los dientes. Decidí no darme una ducha ya que había pasado media hora en la bañadera la tarde anterior, y desde entonces, no había hecho nada que me hiciera sudar ni que me ensuciara. Fui al clóset a sacar algo que ponerme: unos jeans, una camisa blanca entallada, y un par de alpargatas. Me amarré el pelo en una cola de caballo, y no me molesté en maquillarme. Por Dios, eran las cuatro de la madrugada. Ni Vivian ni la hondureñita esperaban a una reina de belleza.

Antes de irme, regresé al dormitorio para hablar con Ariel.

"Me voy a reunir con Vivian," le dije en voz baja en el oído. "Es algo urgente."

"¿Qué le pasó?" preguntó. "¿Está enferma?"

"No, no es así la cosa," le dije. "Es que llegó su niñita."

"¡¿Su qué?!" preguntó Ariel, mientras se despertaba. "No sabía ni que Vivian estuviera en estado."

No le había contado a Ariel que Vivian iba a adoptar a una niña, ya que a mi modo de pensar, le tocaba a ella establecer el calendario para anunciar sus noticias. Nos lo contó a Anabel y a mí sólo el día anterior, y que supiera yo, ni siquiera todavía se lo había informado a su familia. Y conociendo bien a los padres de Vivian, la cosa se iba a poner del carajo cuando se enteraran.

No debería haberme preocupado por que Ariel se despertara, ya que ya estaba roncando cuando salía por la puerta del dormitorio. Aunque estaba segura que nadie se iba a despertar, caminé en puntillas por la casa hasta llegar al garaje. Bostecé en voz alta cuando abrí la puerta del carro, y entré en él. No era por nada que me sentía tan cansada, pensé, ya que habían pasado dos noches sin que durmiera lo suficiente. Apreté el botón del control remoto que abre la reja de entrada a la casa, y me puse a buscar por las estaciones de radio mientras esperaba a que se abrieran las puertas de hierro para poder salir a North Bay Road.

Seguí hacia tierra firme, pensando en esta situación rara en que se había metido Vivian. No sé mucho de las leyes que regulan las adopciones, pero me parecía extraño que una niñita se apareciera milagrosamente en Miami sin nadie haberle dado previo aviso a la madre adoptiva. Yo pensaba que los padres adoptivos primero viajaban al país de la criatura adoptada, y luego regresaban todos juntos. Vivian me dijo que todo el papeleo estaba en orden. No sé nada del derecho familiar, pero yo sí ejercía el derecho de la inmigración, y por lo tanto, sabía que les era muy difícil a los centroamericanos obtener visas americanas, y que para los hondureños, era casi una imposibilidad. Quizá sería un caso especial debido a que la Iglesia estaba metida en el asunto. Traté de calmarme, y le pedía a Dios que Vivian estuviera consciente de lo que se estaba metiendo.

Nunca había tratado con un caso en el cual una americana estuviera adoptando a una niña, y que a la misma vez estuviera solicitando su visa de entrada. Pero bueno, pensé, seguro que le darían la ciudadanía americana tan pronto como Vivian se convirtiera en su madre. No estaba al tanto de los detalles, ya que yo era una abogada que se dedicaba a la inmigración en lo que se refiere a asuntos de negocios: mi especialidad era ayudar a los clientes con sus estatus migratorios en cuestiones civiles. Jamás había tratado con niños en estos casos, y la situación entera estaba fuera de mi campo. Traté de no preocuparme más.

Pero no podía, ya que Vivian se estaba comportando de una manera que era muy ajena a su carácter, y porque me preocupaba la tensión que estuviera sufriendo, y la que le esperaba.

Para ya, me dije. No puedes mandar en la vida de Vivian. Últimamente, y como iban las cosas, yo casi no podía ni mandar en mi propia vida.

A esa hora de la madrugada, casi no había tráfico, y por eso el viaje entre Miami Beach y Coconut Grove fue rápido. Llamé a Vivian de mi celular cuando me quedaba sólo un minuto para llegar a su casa. No tenía que preocuparme si estaba lista o no.

"Estoy esperándote en la calle," me dijo.

"Ya estoy llegando," le dije, pero sin comentarle que estar parada en la calle, sola, en Coconut Grove, en plena madrugada, no era muy buena idea.

La calle donde estaba localizada la casa de Vivian era típica de esa parte de Coconut Grove: las casas estaban bien apartadas de la acera, y las calles eran serpenteantes y con tanto follaje que le limitaba la visibilidad al conductor. En otras palabras, era un lugar perfecto para los asaltos y las entradas forzadas en las casas, los cuales se daban muy a menudo allí. La casa de Vivian quedaba en la parte sur de Coconut Grove, al final de una pequeña calle sin salida al doblar El Prado Boulevard. Quedaba a sólo unos minutos del *Downtown*, pero el lugar se sentía tan recluido y remoto que Vivian decía que se sentía como si viviera en un pueblo pequeño.

Tal como me lo había dicho, tan pronto llegué a la entrada de la casa de Vivian, se apareció de entre las sombras y salió corriendo hacia mi carro. Tenía un bolso de pañales colgado del hombro, y en las manos tenía un inmenso muñeco oso panda de peluche.

"¡Gracias a Dios que llegaste!" gritó Vivian cuando abrió la puerta del lado del pasajero. "¡Estoy atacada de los nervios!"

La miré, y aunque no le dije nada, estaba de acuerdo con ella. Por primera vez, se le podían ver los treinta y cinco años que tenía. Tenía puestos jeans, un pulóver, con el pelo peinado hacia atrás con una hebilla, y no se había maquillado. No me acordaba de jamás haberla visto tan desaliñada ni tan desarreglada. Me puse a pensar si la maternidad ya le había hecho eso. Normalmente demora un poco que la tensión y el nerviosismo que ocasiona el cuidado de un niño deje sus huellas en la mujer, pero me supongo que la ansiedad y la espera por la adopción podía tener el mismo efecto.

Cuando pensé en la apariencia de Vivian, tuve que reprimir la idea perturbadora que quizá yo también habría cambiado mucho desde que nació Martí. Me acordé de la tarde que pasé con Luther el día anterior, horas de dulce placer que ahora parecían haber ocurrido años atrás. Lo que me había consumido horas antes ya estaba en el pasado. Después de todo, este era el momento de Vivian, y no el mío.

Me concentré en lo que estaba ocurriendo.

"¿Y ahora qué?" le pregunté, mientras doblaba el carro en la entrada de su casa para salir por Douglas Road.

"¿Adónde vamos?"

"El padre Tomás me llamó y me dijo que la podía ir a buscar a su casa," dijo Vivian.

Estaba tan nerviosa que las palabras le salían en tonos bruscos y cortados.

"Margarita, ¿tú sabes dónde queda la parroquia de Santo Eloy, verdad?"

"Sí, cómo no. Yo sé dónde está," le dije, sin ningún tono sarcástico. Ya Vivian tenía demasiado en la mente.

La oí agarrando algo con torpeza, y después oí el crujido de papel, seguido por una fosforera.

"Sí, yo sé, yo dejé de fumar hace años," Vivian explicó defensivamente, mientras inhalaba con toda su fuerza. "Pero en este momento me hace falta algo que me tranquilice."

Al oler una ráfaga del dulce olor a Marlboro, se me antojó uno. Vivian me leyó el pensamiento, encendió otro cigarrillo, y me lo dio.

"Coge," me dijo. "A ti también te hace falta."

Y tanto. No hablamos en el carro, ya que estábamos concentradas en nuestros propios pensamientos. En cuestión de sólo unos minutos, habíamos cruzado la U.S. 1, y ya estábamos en el parqueo parroquial. Le di la vuelta despacio al carro, hasta llegar al fondo de la residencia del padre Tomás, y me parqueé delante de la puerta de la misma. Todas las luces dentro de la casa estaban prendidas, y por eso podía descifrar las siluetas de la gente moviéndose. Sentí cómo Vivian se puso tensa cuando le dio las últimas fumadas al cigarrillo.

"¿Quieres que te acompañe?" le pregunté.

No me contestó. Sólo miraba hacia delante. Agarraba la bolsa de los pañales como si estuviera agarrando un salvavidas en alta mar. Me partió el corazón, pero ya casi era el amanecer, y yo aún tenía la ilusión de regresar a casa para dormir una o dos horas antes de empezar el día.

"Vivian, ya saben que estamos aquí," vi a una mujer abrir las cortinas y saludarnos con la mano. "Chica, ya llegó tu hora."

"Yo sé."

Asintió con la cabeza, pero aún no se movía.

El cigarrillo de Vivian se había consumido hasta el filtro, y por lo tanto, estaba dando un olor químico amargo. Se lo quité da la mano y lo aplasté al lado del mío en el cenicero. Después puse mi mano encima de la suya.

"¿Quieres cambiar de parecer?" le pregunté en voz baja. "¿Quieres finalizar la adopción?"

En ese momento me pareció que sería bueno recordarle a Vivian que todavía podía cambiar de idea. Se lo hubiera podido haber dicho con más tacto, pero se me ocurrió que Vivian se había metido en esto demasiado rápido.

Mis palabras tuvieron su efecto. Vivian frunció el ceño, dijo que no con la cabeza, y abrió la puerta del carro. Con la bolsa de pañales en la mano, Vivian se enfrentó a la mañana húmeda y tranquila.

"Regreso enseguida," me dijo.

Me dejó el oso panda para que me hiciera compañía.

"Oí la radio por casi una hora. Había empezado a aclarar cuando vi que la puerta de la casa del párroco se abría y que Vivian salía, caminando un poco incómoda, con un bulto en las manos. Vi que necesitaba ayuda, y por eso salí del carro para juntarme con mi amiga.

Vivian caminó lentamente a la puerta de pasajeros. Se la abrí, la ayudé a entrar, y le puse la bolsa de los pañales entre los pies. Vivian había tapado a la niña con una frazada rosada, y por lo tanto, era imposible verle la cara. Me aseguré que las dos estuvieran cómodas, las amarré con el cinturón de seguridad, y cerré la puerta. Hubiera preferido que colocara a la niña en el asiento de Martí, pero por lo menos era un viaje corto en el poco tráfico que había. Le di la vuelta al carro, entré, y arranqué el motor.

"Está durmiendo," susurró Vivian, como si estuviera explicándome algo importante, mientras yo ponía el carro en velocidad. "No la quiero despertar."

Me pareció un poco raro que Vivian no quisiera enseñarme a la niña, pero no comenté nada. Jamás la había visto tan nerviosa ni insegura, y por eso quería dejarla tranquila durante este momento que le cambiaría la vida para siempre.

Bueno, basta de querer dejarla tranquila. La voz de Vivian me sonaba rara. Paré el carro antes de salir a la calle, y me viré a mirarla.

Tenía una expresión extraña en la cara, casi como si le hubieran dado un golpe fuerte. Estaba mirando hacia delante sin mirarme a mí. Me había dicho que quería tener a esta niña más que nada en el mundo, y en ese momento se estaba comportando como si le hubieran dado una noticia devastadora. Me estaba asustando.

"¿Qué te pasa?" le pregunté, sin vacilar.

Vivian no me contestó.

Sentí un temor que me heló. Le eché un vistazo al parqueo, y vi que había una esquina apartada que no se podía ver desde la casa del párroco, y por eso conduje el carro hasta allí. Paré, apagué el motor, y me viré hacia Vivian. Algo pasaba. No se estaba portando como una mujer que se sentía felicísima al ser reunida con su hija recién adoptada.

"Vivian, déjame verla," le dije. "¡Ahora! ¡Ya!"

Vivian no me contestó, y seguía mirando hacia el frente. Abrí la puerta del carro, y me bajé. Enseguida empecé a sudar cuando le di la vuelta al carro, y abrí la puerta de su lado. Me extendí por encima de mi amiga inerte y le abrí el cinturón. Viré a Vivian para que mirara hacia adelante, y con mucho cuidado, abrí la frazada que le cubría la cara a la criatura.

Había suficiente luz para poder verla bien. Y lo que vi también me cayó como un duro golpe.

No en vano Vivian estaba reaccionando de esta manera. La niña que estaba durmiendo en sus brazos no era la que estaba en la fotografía que nos había enseñado a Anabel y a mí. Esta niñita era bien prieta, casi negra. Tenía las facciones muy lindas y finas, y un pelo muy rizado, negro como azabache, y cortado muy cortico.

"¿Esta es Margarita Anabel?" le pregunté.

En ese momento entendí por qué las circunstancias de la adopción habían sido tan raras. Por eso llamaron a Vivian en plena madrugada. De alguna manera, en algún punto, le habían mandado otra niñita.

El sonido de mi voz forzó a Vivian a regresar a la realidad. Miró a la inocente durmiendo en sus brazos, y después me miró a mí.

"Sí," dijo, en voz alta. "Esta es mi hija, Margarita Anabel."

Se agachó y le dio un beso a la niña en la frente.

Mis temores se esfumaron. No había duda ninguna que Vivian la quería proteger, y enseguida me di cuenta que Vivian jamás diría nada ni reconocería el hecho de que le habían cambiado la niñita.

La volví a acomodar en el asiento, cerré la puerta, y le di la vuelta al carro para regresar a mi lado. Llegamos a su casa en sólo unos cuantos minutos.

"¿Quieres que me quede?" le pregunté.

"No," contestó Vivian, con su voz que aún le temblaba. "Debemos . . . Creo que las dos debemos estar solas por un rato. Yo te llamo."

Puse mi mano suavemente encima de la hija de Vivian.

"Es muy linda," dije.

"Sí, yo sé," dijo Vivian, virándose para entrar en la casa. Yo sabía que ella era demasiado orgullosa para dejarme verla llorar.

Subí por la U.S. 1 junto a los conductores matutinos. Al contrario de aquellos que iban al trabajo o a la escuela, yo tenía unos planes muy diferentes en mente: mi cama.

## [ 25 ]

Ariel había dejado abierta la puerta entre el dormitorio y el baño, y por eso, cuando regresé a casa, lo pude ver detrás de la nube de vapor que salía de la ducha.

"¡Ya regresé!" grité al entrar al dormitorio. Tiré la cartera en la butaca que estaba al lado de la ventana, y caí muerta en la cama. El cuerpo me pedía sueño, y le iba hacer caso.

Ariel se secó un poco, y se amarró la toalla en la cintura. Fue a la cama, se recostó, y se acomodó al lado mío. Olía tan rico y limpio que sentí un poco de deseo. Me puse a pensar cuál sería el significado que ahora tenía un marido y un amante, y que sentía lujuria por ambos. No era como si me faltara el sexo, ya que el día anterior, Luther me había dado todo lo que iba a necesitar hasta el próximo año bisiesto. No sé cómo podía ser, pero sentía mucha atracción por los dos hombres que estaban en mi vida.

Ariel y yo no habíamos hecho el amor por un par de días, lo cual para nosotros era casi un récord. La noche anterior me aterró la posibilidad de que Ariel hubiera querido tener sexo. Era demasiado para mí acostarme con los dos hombres en un solo día. Pero Ariel me había llamado de la oficina para decirme que estaba preparando unas declaraciones, y que por eso se iba a demorar un par de horas más. Me llamó durante un receso, y no le dio mucho tiempo para hablar. Eso me vino del cielo.

Después de bañarme, me puse una bata de dormir, jugué con Martí, vi un poco de televisión, y leí unos capítulos de una novela de detectives que acababa de empezar a leer. Luego apagué las luces, porque estaba agotada física y mentalmente. Me acuerdo que Ariel trató de despertarme cuando llegó, pero se dio por vencido cuando vio que estaba rendida. Me acuerdo que me podía haber despertado, pero no quise. Lo próximo que recuerdo es la llamada de Vivian a las cuatro de la madrugada.

Ese día por la mañana fue la primera vez que estuvimos solos en más o menos dos días, y por eso me pude dar cuenta que lo extrañaba en el sentido carnal. Me empezó a besar, y me mordió la oreja, ya que sabía que siempre funcionaba. Teníamos tanta experiencia que podíamos ignorar el prólogo y seguir directamente a lo que más nos calentaba.

"Repíteme otra vez cuál fue la emergencia que te sacó de la cama por la madrugada," preguntó Ariel, mientras hacía pausa entre sus besos. "¿Qué es eso de Vivian y una niñita?"

Por un minuto pensé en contarle a Ariel que le cambiaron la niña a Vivian, pero recapacité, ya que me pareció que la estaría traicionando. Sólo le conté lo que Vivian nos contó a mí y a Anabel cuando habíamos almorzado juntas anteayer, y después le relaté cómo la fuimos a recoger en la residencia del párroco. La historia le interesó tanto a Ariel que dejó de tratar de calentarme. Él conocía bien a Vivian, y se asombró que ella hubiera decidido ser madre, y de esta manera.

"¿De veras que no les dijo nada ni a ti ni a Anabel?" preguntó Ariel, con una expresión confundida en la cara. "Qué raro."

"No entiendo por qué no nos dijo nada," le dije. "Me dolió un poco."

Ariel decidió que le había dedicado suficiente tiempo a Vivian y sus problemas, y seguidamente empezó a acariciarme otra vez. Cuando se dio cuenta que le respondí, salió de la cama de un brinco.

"Espérate un momento," dijo, y fue a la puerta y le cerró el pestillo. "Por si las moscas."

Asentí con la cabeza. Ahora que estaba caminando, a Martí le había dado por entrar en nuestro dormitorio tan pronto se levantaba.

"Buena idea," le dije.

Era demasiado temprano para que Martí estuviera despierto, pero lo último que queríamos era que entrara en el dormitorio y nos agarrara en una situación comprometedora. Casi nos ve unas semanas atrás, y por eso, ahora lo vigilábamos. Jacinta estaba al tanto de si lo veía tratando de abrir la puerta del dormitorio, lo agarraba y se lo llevaba a otro lugar hasta que sus padres salieran.

Después de haberle pasado el pestillo a la puerta, Ariel dejó que la toalla que lo tapaba cayera al piso y se recostó al lado mío. Me quitó la camisa y empezó a forcejear el broche de mi ajustador. No importaba cuántas veces lo hacía ni qué modelo yo usara, siempre pasaba trabajo con los broches. Yo antes le tomaba el pelo acerca de esa falta de coordinación, y le decía que debería regresar a la escuela secundaria y aprender esta técnica.

Inmediatamente Ariel me quitó los jeans y los calzoncillos, y encima de las sábanas, hicimos el amor lenta y cariñosamente. Cuando sentí los detalles conocidos del cuerpo de Ariel, me sentí tranquila y consolada. Después dormimos abrazados por un rato.

Allí me quedé, totalmente saciada, medio dormida, hasta que abrí los ojos. No podía resistir la tentación de comparar lo que había acabado de pasar con la experiencia que tuve con Luther la tarde anterior. Cuando estuve con éste, y ahora con Ariel, pude dar y recibir placer con un hombre que conocía y amaba. Debería haber estado muriéndome del remordimiento.

Pero no sentía nada por el estilo.

Me fijé en cómo dormía Ariel tranquilamente a mi lado, con sus facciones fuertes descansadas que resplandecían después de haber hecho el amor. Si hubiera sospechado que había algo que no andaba bien entre nosotros, estoy segura de que me lo hubiera dicho. Ariel me entendía muy bien, y sabía cuándo me pasaba algo. Pero no dijo nada.

Si sintiera que algo me preocupaba, hubiera pensado que se trataba de la inminente decisión que tenía que tomar acerca de si regresaba al trabajo o no. No habíamos hablado del tema en varios días. Pero pronto sí iba a hacer algún comentario. Y yo estaba consciente de que no era una actriz suficientemente buena como para mantener el mismo nivel de pasión y entusiasmo, sin tarde o temprano dar a conocer la confusión que tenía en la mente. Aun así, me preguntaba si la pasión que sentía ese día por la mañana había sido inspirada por el encuentro que tuve con Luther. No me pareció nada raro haber hecho el amor con dos hombres en sólo veinticuatro horas.

Me pregunté si me estaba volviendo como un hombre cubano, dividiendo mi vida en diferentes categorías para salvarme del remordimiento. Había estado preocupada de cómo iba a actuar y sentirme con Ariel, pero esa inquietud se disipó.

Antes de que Luther se apareciera, jamás se me ocurrió tener un amante mientras estuviera casada con Ariel. Al principio, me sentí muy incómoda con las declaraciones de amor de Luther. Sentí más remordimiento antes de acostarme con él que después del acto. Quizá pensé que la fidelidad física era menos importante que la emocional. Me acordé que una vez leí de las prostitutas que hacían todo lo que querían sus clientes, con la excepción de darles un beso en la boca. Eso lo reservaban sólo para sus enamorados.

Bueno, ¿y por qué pensé en eso?

Me estaba volviendo demasiado introspectiva, algo que siempre había temido. Siempre pensé que la introspección era una lujo que disfrutaba la gente a la que le sobraba el tiempo. Por lo general, los cubanos no son muy introspectivos. Somos gente demasiado ocupada con la ambición y con cómo ganar más dinero. Y con las aventuras amorosas.

En ese mismo momento, Ariel se viró hacia mí, y abrió los ojos.

"Se me olvidó decírtelo," dijo, "pero tu madre te llamó hoy temprano, cuando estabas con Vivian."

"¡Ay Dios mío!" y me senté en la cama. "¡Ayer me dejó un recado en el celular, y se me olvidó devolverle la llamada!"

Ariel soltó una risita: "Bueno, yo creo que se huele algo raro. No estabas en casa a las siete de la mañana, y no le di muchos detalles acerca de adónde habías ido."

Me horroricé. Mi propia madre me iba a delatar. Mi marido no sospechaba que yo le había sido infiel con un antiguo amante, y, sin embargo, mi madre enseguida se lo olió. ¡Las madres cubanas!

Antes de que la juzgara muy duramente, tenía que acordarme que yo también era una madre cubana.

"¿De qué te ríes?" preguntó Ariel.

"De nada," contesté. "¿Y qué quería Mamá?"

Ariel suspiró fuerte, como hacen los buzos antes de tirarse en las profundidades del mar.

"Quería recordarnos que vamos a cenar con la familia entera esta noche en su casa," dijo.

Se me había olvidado por completo. Una cena con la familia entera. Coño.

# [ 26 ]

Había planeado dormir unas horas después de que Ariel salió de la cama, pero resultó ser imposible, ya que enseguida los oí a él y a Martí riendo y retozando en el pasillo. Mientras bostezaba, me vestí de nuevo y salí a juntarme con ellos en la terraza, donde Jacinta estaba sirviendo el desayuno. No me quedaba más remedio que aceptar mi falta de sueño.

Ariel estaba concentrado leyendo el *Miami Herald*, y se veía más guapo de lo normal en un traje verde oscuro que le había comprado hacía un mes, y que se lo estaba viendo puesto por primera vez. No llevaba ni corbata ni calcetines, y calzaba mocasines negros. No se había afeitado ese día, y con su ropa italiana—y una barba de dos días—tenía el estilo del programa televisivo *Miami Vice:* severo, listo, informal. De verdad que le quedaba bien.

Me senté donde siempre me siento, y me eché el café de un jarro plateado que estaba encima de la mesa. Me eché doble cantidad de café que la que normalmente tomo. Estaba tan cansada que tenía que aguantar la taza con las dos manos para llevármela a la boca. Después de unos sorbitos que tomé con mucho cuidado, me eché para atrás y así esperar la inevitable sacudida que me daría la cafeína. Para los cubanos, el café cubano es como la leche de pecho, ya que al cubano lo podrán destetar, pero el deseo de tomar café nunca lo pierde. Sólo el aroma es como un orgasmo. Tomé un poquito más, y empecé a sentirme como si la vida volviera a mi cuerpo.

Miré a Martí, ya que me pareció raro que estuviera tan callado. Estaba vestido en un pijama con estampado de cebra—su favorito—y estaba completamente absorto en su proyecto, el cual era formar el reguero mayor con su desayuno en el menor tiempo posible. Debería haber dicho algo, pero no tenía fuerza para hacerlo. Al contrario, viré la cara para no tener que ver a Martí echarle zumo de naranja a los cereales Cheerios que había sacado del plato y amontonaba encima de la mesa.

Ariel miró su reloj, sin darse cuenta de lo que pasaba, y se tomó lo que le quedaba del café de un viaje.

"Más vale que me vaya ya," dijo, y entonces se despidió de mí y de Martí con un beso.

"No sé si me va a dar tiempo regresar a casa, o si me voy a tener que reunir contigo en casa de tus padres. Te llamo y te dejo saber cómo van las cosas."

Se despidió con un gesto de la mano, y se fue. Me preparé otro café con leche—sin hacerle caso a lo rápido que me latía el corazón—y empecé a mirar la bahía. Aunque todavía era temprano, el calor producido por el sol hacía que el aire por encima de la superficie del agua brillara. Iba a ser un día de un calor que quemaba, lo cual no le debería sorprender a nadie. En Miami tenemos dos temporadas: cuando hace calor, y cuando hace demasiado calor. No entiendo por qué los meteorólogos anuncian la presión barométrica en la televisión todas las noches. Aquí todo el mundo puede medir la humedad de acuerdo con el rizo del pelo.

Oí un sonido mojado que venía de donde estaba sentado Martí, viré la cara, y lo vi manoteando dentro de los Cheerios impregnados en zumo de naranja. Debería haberlo detenido, pero no me gustaba hacer nada que inhibiera su creatividad. Nadie en nuestra familia tenía ni un pelo creativo, ya que la triste verdad era que todos estábamos demasiados ocupados ganando dinero. Por lo tanto, yo embullaba a Martí cuando lo veía mostrar la más mínima inclinación artística.

Al fin, se cansó de formar un reguero. Me miró con una expresión como preguntándome qué íbamos hacer. No eran ni las nueve de la mañana, y suspiré cuando me di cuenta de que iba a tener que pasar el día exhausta, y para colmo, sería una jornada que culminaría con el horror de tener que cenar con mi familia en casa de mis padres.

No tenía fuerzas para pensar en eso. En una explosión repentina de sentimiento materno, me viré hacia Martí.

"Oye niño," dije. "¿Qué te parece si vamos a jugar en la piscina?"

La cara se le avivó como si le hubiera dicho que Santa Claus estaba en camino y que se podían oír las pezuñas de los renos en el techo de la casa. Salió corriendo de la silla para el agua.

"¡Espera! ¡No te puedes meter en el agua con tu pijama," dije, riéndome. "Te tienes que poner el traje de baño."

Me puse de pie, y aguanté a Martí en el mismo momento que se iba a tirar en el agua.

"Ven. Vamos. Yo también me lo tengo que poner."

Jacinta se apareció, y le pedí que llevara a Martí a su cuarto y le pusiera su traje de baño. Me di cuenta por su mirada de que pensaba que estábamos locos, pero no dijo nada.

Fui corriendo a mi dormitorio para cambiarme. Mientras me ponía el traje de baño, pensé por qué se me había ocurrido ir a nadar tan temprano por la mañana. Seguro que se debía a que sentía remordimiento. Lo invité a su pasatiempo favorito debido a lo que yo había hecho la tarde anterior. Me puse mi recatado traje de baño negro de una pieza, y me decidí sencillamente a pasar un buen rato con Martí. Me acordé que no estaba trabajando, y que no tenía que ser esclava del reloj. Seguro que eso cambiaría pronto. Por el momento, podía chapotear libremente en la piscina, y no pensar en las otras cosas que también podrían cambiar.

Martí y yo retozamos tanto tiempo en el agua que nuestra piel empezó a arrugarse. Decidí que ya habíamos pasado suficiente tiempo en la piscina, aunque estaba claro que él no quería salirse. Le dije que saliera del agua, lo tapé con una toalla gruesa, y lo llevé cargado a su cuarto. Había crecido tanto, que cuando llegamos a su cama y lo recosté suavemente, me quedé asombrada del trabajo que me costó caminar mientras lo llevaba cargado.

No me acordaba de haber pasado trabajo para cargarlo. Mi bebé se estaba volviendo un niño, y casi ni me había dado cuenta. El cliché debe ser verídico, ya que lo niños crecen sin que los padres se den cuenta. Y entonces, llega el día en que se van. Me preguntaba si era igual con los adultos.

Le quité el traje y le puse ropa limpia en el momento en que el agotamiento lo venció. Le costaba trabajo mantener los ojos abiertos, entonces lo tapé con una frazada y le di un beso. Sabía que iba a estar durmiendo por un par de horas.

Cerré la puerta del cuarto de Martí sin hacer ruido, y pasé por el pasillo hasta llegar a mi dormitorio. Me detuve para ver las muchas fotografías que estaban colgadas en la pared, y me fijé en la foto de Mamá y Papá, tomada cuando acababan de llegar al exilio. Se veían muy jóvenes y llenos de esperanza en aquel entonces, a pesar de haber sido expulsados de su patria. Estaban abrazados, y parecían estar muy esperanzados por el futuro que les esperaba en su nuevo país.

Luego me fijé en una foto que nos tomaron a Ariel y a mí el día de nuestra boda. Estábamos parados uno al lado del otro, pero no estábamos tocándonos ni mirándonos. Aunque teníamos veintipico de años largos, lucíamos muy jóvenes. Parecíamos más como si estuviéramos vestidos para la primera comunión que para una boda. Me acuerdo de la boda como si fuera ayer. Como Ariel tenía muy pocos parientes en este país, la gran mayoría de los presentes en la boda eran invitados de mi familia. Yo estaba muy consciente de que estaban apostando que nuestro matrimonio no duraría, aún cuando estábamos frente al altar. Es que éramos muy diferentes, y aunque el hecho de ser cubanos era la base de un fuerte nexo entre nosotros, la opinión general era que la gran diferencia en nuestras formaciones iba a condenar nuestras vidas juntas al fracaso.

Estar en mi traje de baño mojado en el pasillo con aire acondicionado me estaba dando frío. Tinté, y entré en mi dormitorio, donde me lo quité y me di una ducha caliente. Me di gusto con el agua acariciándome el cuerpo.

Cerré la pila del agua, y me cubrí la cabeza mojada con una toalla; después me puse mi bata blanca de felpa, y me recosté en la cama. Debido al tiempo que pasé con Martí en la piscina, y después en la ducha, me sentía totalmente empapada. Viré la cabeza para ver el reloj que estaba en la mesita de noche, y pestañeé varias veces con asombro cuando vi que sólo eran unos minutos después de las diez.

Sabía que iba a ser un día largo. Quise dormir sólo unos minutos, pero cuando el teléfono sonó, abrí los ojos, y vi que ya era el mediodía.

Unas horas antes me había acordado de que ya no tenía que ser más esclava del reloj. Aun así, no quería que me cogieran tomando una siesta al mediodía, y por eso aclaré mi voz antes de contestar.

Era María, que me llamaba de la oficina. Dije una malas palabras en voz baja cuando me acordé de que no le había contestado su llamada. Tampoco había llamado a Mamá.

"Margarita," la voz de María sonaba más nerviosa de lo normal. "¡Tienes que pasar por la oficina hoy!"

María nunca me hablaba con tanta firmeza, y por eso enseguida me dejó preocupada.

"Recibí el recado que me dejaste ayer, pero perdóname que no te llamé."

Arrastrarse un poco ante María siempre ayudaba en algo.

"Te lo ruego que me perdones. Voy para allá lo antes posible para firmar esos documentos."

"Margarita, es que no sólo se trata de los documentos," dijo María. "Es que la cosa se está poniendo bien seria."

Me senté en la cama. ¿Había algo más serio que firmar los documentos para cobrarle a los clientes? Ahora sí que estaba preocupada, *pero de verdad*.

"¿Qué pasó?" casi no tenía valor de preguntar.

María respiró profundamente y respiró a voz alta por el teléfono: "Acaba de entrar un caso enorme que tiene mucho que ver con la inmigración, y que va traer mucho trabajo. Es un caso muy importante."

"María, ¿qué está pasando?" le pregunté con mucha seriedad. "Sé franca conmigo. Necesito saber la verdad."

"Los socios mayoristas van a contratar a otro abogado de otro bufete," dijo María, en un tono tentativo y callado. "Él ya ha estado aquí como cinco veces, y ha conocido a todo el mundo."

"¿Y?" le dije, ya que no entendía cuál era el problema. "Ellos siempre están hablando con abogados de otros bufetes. Tú lo sabes."

"La cosa no es tan sencilla," dijo María, mientras respiraba profundo. "Es un abogado de inmigración. Por lo que yo me he enterado, están hablando de ofrecerle el puesto de socio mayoritario."

"¡Lo quieren hacer socio mayoritario!" dije, casi a gritos. "¡Si yo soy la abogada del bufete que se especializa en inmigración!"

Silencio.

"¿A qué hora te espero esta tarde?" preguntó María, con un tono cariñoso. "Porque tú sabes bien lo que esto significa."

"Ya voy para allá," y colgué teléfono.

Me quité la bata, y fui para el clóset a buscar la mejor ropa profesional que tenía. Esta era una de esas situaciones que requería ropa de Armani.

# [ 27 ]

Me demoré menos de una hora en ir de mi casa a bajarme del ascensor y entrar en el vestíbulo de Weber, Miranda, y Asociados. Yo sabía de sobra que los chismes se regaban rápidamente, pero ese día la velocidad se tenía que medir en fracciones de segundos, ya que Ashley estaba lista y esperándome cuando llegué.

Ashley habia decidido aparecerse en el trabajo como su propia versión de Carmen Miranda, el bombón brasileño. Estaba vestida en un apretadísimo vestido largo verde con lentejuelas, muy entallado y fruncido, y que acentuaba sus curvas y sobre todo, sus senos, los cuales parecían querer liberarse con cada respiro de sus pulmones sanos. Traté de esconder mi asombro mientras observaba su disfraz, ya que era la única forma de describir lo que tenía puesto. De verdad que sentí un poco de nostalgia por sus minivestidos. Lo único que le faltaba era una cesta de frutas en la cabeza, y un tucán encima de su hombro cantando. Comparada a ella, me sentía totalmente anticuada en mi traje de gabardina de dos piezas color gris.

"¡Hola Margarita!" dijo Ashley en un tono alegre, pero a la vez, un poco nervioso, mientras yo atravesaba el vestíbulo.

Algo en su saludo no me sonaba bien. Estaba claro que ella sabía que los socios mayoritarios estaban buscando a otro abogado.

"Hola Ashley," le dije con una voz inexpresiva. "¿Cómo estás?"

Hablarle en una manera tan desinteresada era mi manera de evitar una conversación prolongada. Quería decirle algo acerca de lo que tenía puesto, pero no se me ocurría nada adecuadamente neutral. Durante todos los años que habían pasado desde que empezó a trabajar en el bufete, no me acordaba de haberla visto vestida tan escandalosamente. Si no hubiera estado tan furiosa por lo que mis socios me querían hacer, hubiera estado de mejor humor para conversar con ella un poco.

Cuando vi a Ashley, me acordé de lo asombrada que me quedé cuando hace un par de años fui a hacerle una visita a una amiga y a su hijo recién nacido. Cuando me enseñó al niño, me di cuenta de que no era como cualquier otro bebé, era el niño más feo jamás visto en la historia del mundo. Tenía los ojos achinados, la cara arrugada, la piel amarilla, y la cabeza calva y manchada. No sabía qué decir. Lo único que pude decir fue, "¡Qué niño!" En el caso de Ashley, no podía fiarme en sólo decir "¡Qué vestido!" y por lo tanto, sabía que tenía que irme de su presencia rápidamente.

Fui corriendo hasta la puesta que abre hacia los despachos de los socios mayoritarios, y marqué mi código secreto. Oí el clic conocido, lo que significaba que todavía no me habían botado. La puerta abrió. Respiré profundo, me eché los hombros para atrás, y adelante con mi campaña.

En lugar de ir directo a mi despacho, caminé adrede lentamente el pasillo entero, y saludé a todas las secretarias, y a los oficinistas y asistentes de los abogados por sus nombres. Hasta conversé con el reparador de las fotocopiadoras. Me sentía como un político buscando votos. Después de esa actuación, sería imposible que hubiera alguien en la oficina que no supiera que yo estaba allí.

María me seguía mientras saludaba a todo el mundo, sin decir nada. Cuando entramos en mi despacho, cerramos la puerta, y me miró con una sonrisa traviesa.

"¿Te quieres ganar un premio Óscar?"

Los ojos de águila de Maria ya se habían percatado de mi traje nuevo de Armani, de mis zapatos negros de tacón finito, y de mis medias color de la piel: todo era señal de que había tomado mi misión de esa tarde muy en serio.

"Estamos en guerra," le dije, y luego añadí, "e igual que yo, tú sabes lo que esto significa. Estoy segura de que tú no quieres regresar a trabajar con las demás secretarias."

María palideció, e inmediatamente se tranquilizó: "No," dijo. "No, por supuesto que no."

Me dejé caer en la silla de mi escritorio.

"Perdóname María. No te debí haber hablado así."

Sonreí con cierto desgano.

"Creo que el estrés me está afectando. No lo debo coger contigo."

"Está bien," dijo, y se sentó en una de las sillas color verde y blanco frente a mi escritorio. "Yo estoy preocupada también."

"Bueno, ¿cuáles son las últimas noticias?" pregunté, atemorizada de cuál sería la respuesta.

María metió la mano en el bolsillo de su austero vestido color azul oscuro, y sacó una cajetilla de cigarrillos Kool. Me los enseñó con una mirada como preguntándome si quería uno, asentí con la cabeza, y estiré el brazo por encima del escritorio para que me lo diera.

No se podía fumar en nuestra oficina, y cada despacho tenía un detector de humo. Como ya antes habíamos pasado por otras crisis, yo sabía qué hacer. Tiré de un taburete pequeño hasta que estuvo debajo del detector, me monté encima de él, y tapé el aparato con el chal negro de pashmina que siempre tenía en mi despacho, por si el aire acondicionado estuviera demasiado fuerte. Luego, regresé a mi escritorio y abrí la ventana un poquito. Yo sabía que estas dos precauciones nos librarían de la humillación de que nos agarraran fumando en el trabajo. Saqué un cenicero de la última gaveta de mi escritorio y lo puse en el marco de la ventana. María y yo tomamos nuestras posiciones a cada lado de la misma.

María y yo encendimos los cigarrillos con la fosforera dorada que ella siempre cargaba. Las dos fumamos e inhalamos profundo. Inmediatamente me sentí mejor, y me pasó por la mente que quizá me estaba convirtiendo en una fumadora clandestina. En ese momento, la posibilidad de que nos pudiéramos morir de cáncer era una preocupación secundaria. Lo que sí importaba era que mi puesto en el bufete no fuera saboteado por mis propios socios.

"Te lo quería contar ayer, pero tú no estabas," dijo María. "Me dijiste que ibas a regresar, pero no lo hiciste."

"Yo sé. Es que me tardé," dije. "Te pido que me disculpes."

María siempre aflojaba cuando alguien se arrastraba delante de ella. Esto era parte de la dinámica que compartíamos, y, además, ella requería cierto nivel de sumisión de mi parte. Me pasó por la mente lo que pensaría ella si supiera lo que de verdad estaba haciendo en la tarde del día anterior.

Y me acordé de Luther.

María tomó otra fumada del cigarrillo.

"Yo soy amiga de Susana, la secretaria de Luis Miranda."

Miranda era el socio mayorista principal del bufete. Yo conocía a Susana, una mujer cincuentona y seria que siempre parecía estar cargando todos los pesares del mundo en sus hombros. Oí decir que estuvo comprometida para casarse, y que la dejaron plantada en el altar.

"Bueno, después de que te fuiste, me pidió que tomara mi tiempo de descanso con ella, pero no en la oficina," dijo María, "sino en la plaza, ¡en el calor de las dos de la tarde!"

Le prestaba atención a cada palabra que pronunciaba María. Nadie, pero nadie, jamás se sentaba en ninguna de las cuatro mesas de *picnic* de cemento que estaban en la plaza en el fondo del edificio, salvo cuando no le quedaba más remedio. En lo que se refería a lo estético, las mesas eran impresionantes y modernas, con mosaicos de vidrio de colores, pero de verdad que eran tan incómodas que nadie nunca las usaba. Estaban al aire libre, sin ninguna sombra que las tapara del sol, y ni hablar de la población de palomas que vivía allí, y cuyas contribuciones constantes solían formar un reguero asqueroso. Casi todo el mundo en el bufete tomaba sus descansos y almorzaba en la oficina, sobre todo durante los calurosos meses veraniegos. Había dos salas de conferencia: un salón formal que usaban los abogados para las reuniones, y otro al lado de la cocina, el cual los abogados y los otros empleados usaban para almorzar. La cocina estaba equipada con todos los hierros, y por eso mucha gente la usaba.

"¿Y qué quería Susana?" le pregunté a María.

Me imaginé a las dos señoras cincuentonas sentadas en las mesas de *picnic* en el calor sofocante de julio, tratando de evitar las palomas mientras almorzaban e intercambiaban noticias.

"Primero me hizo que le jurara que no se lo iba a decir a nadie. Me dijo que le podía costar el trabajo si se enteraban que había hablado conmigo."

María tomó otra fumada del cigarrillo, y con la mano que tenía libre, trató de alejar el humo.

"Le dije que lo que me decía iba a quedar entre nosotras, pero que si se trataba de ti, iba a tener que usar mi discreción sobre lo que te iba contar."

"¿Y que te contestó Susana cuando le dijiste eso?" pregunté.

"Lo pensó, y luego me dijo que yo tenía razón," dijo María. "Ella entiende que hay algunas cosas que no te puedo ocultar."

"Te lo agradezco," le dije a María.

"Pero acuérdate," me advirtió María, "no podemos meter a Susana en este lío."

"Te lo prometo."

"Bueno, hace como dos semanas, tres de los socios se reunieron en el despacho de Luis," dijo María. "Como no cerraron bien la puerta, Susana pudo oír lo que estaban hablando. Lo oyó casi todo."

Quise sonreír. Cualquier abogado que piense que el personal subalterno no sabe lo que está pasando, se está engañando a sí mismo.

"Los socios estaban hablando de si ibas a regresar después de que se venciera tu permiso para ausentarte," me explicó María. "Estaban hablando de lo que pensaban, y si habían hablado contigo sobre el tema."

Hice una mueca de disgusto mientras oía lo que me decía.

"María, tú sabes cuáles son las estipulaciones y condiciones del permiso para ausentarse de los socios mayoritarios," dije. "Yo no tengo que informarle nada al bufete de mis intenciones hasta el día antes de que se me venza el permiso."

"Yo lo sé," contestó María. "Pero también estoy enterada de que tú eres la única socio que ha usado el permiso de esta forma. No debe ser así, pero así son las cosas."

"Tienes razón," dije.

"Susana me contó que todos los socios se reunieron otra vez unos días más tarde," dijo María. "Pero esta vez se reunieron en la sala de conferencias. Susana oyó que uno de los temas más importantes que discutieron fue tu futuro en el bufete."

"¡Mi futuro en el bufete," repetí, enfurecida. "¡¿Y qué coño quieren decir con eso?! ¡Si yo soy socia mayoritaria!"

María hizo caso omiso de mi arranque. Ella sabía que yo reaccionaría así.

"Parece que no creen que vas a regresar," explicó. "Y no quieren que los dejes plantados cuando decidas lo que vas a hacer."

"Pero yo no tengo que . . ."

"Margarita, hazme caso. Yo estoy contigo," dijo María.

María me contó que hablaron del caso nuevo que viene, y que necesitaban a un abogado de inmigración. No querían tener que informarle al cliente que no podían aceptar el caso porque no tenían un socio calificado que se encargara de él. Le pedí a Susana que me contara más, pero no me quiso decir más nada. Así y todo, le debo mucho por lo que me dijo.

"¿Crees tú que Susana te ocultó algo?" pregunté. "Es decir, ¿ya se decidieron?"

"No sé," dijo María, mientras apagaba su cigarrillo. "Susana y yo hemos sido amigas por largo tiempo. Creo que sólo quería que supiéramos lo que se nos venía encima. Ella comprende lo que significaría para mí si trajeran a un abogado de inmigración nuevo. Ella no quiere verme regresar al piso de abajo. O sea, no hay ninguna garantía que me vayan asignar al nuevo abogado."

Asentí con la cabeza. María tenía razón en lo que pensaba, y estaba agradecida por la candidez con la cual me había explicado sus propios intereses. Era mejor dejarlo todo bien claro.

"Entonces, por eso están entrevistando al abogado nuevo," dije, mientras me calmaba.

Apagué mi cigarrillo.

"Pero María, me podían haber llamado, y hubiera venido a trabajarle al caso. Ellos saben que lo hubiera hecho."

No sólo estaba enojada porque mis socios me querían joder, sino también porque yo tenía que reconocer que entendía los motivos de sus acciones. Sus preocupaciones siempre eran prácticas. Si suponían que yo iba a renunciar, entonces sería mejor que la persona que me fuera a remplazar estuviera lista para empezar enseguida. No iban a querer que yo me encargara de un caso, que empezara a trabajar en él, y que luego renunciara. Le tocaría al próximo abogado empezar de nuevo con el caso. Por lo que había escuchado, éste era un caso grande, y por lo tanto, el bufete no podía darse el lujo de rechazarlo. Y en mi condición de caso perdido, yo representaba el fantasma más espantoso que podía existir en un bufete: horas sin trabajo que no se podían facturar a un cliente.

Hasta ese momento pude manejar bien mi ausencia del trabajo. De hecho, me parecía que todo había ido bien, sobre todo si se tomaba en cuenta mi indecisión. Pero este caso me forzó a enfrentarme a la realidad. El bufete necesitaba a un abogado de inmigración, y rápidamente.

Lo que sí no sabía era si mis socios me iban a hablar del asunto. Después de todo, estaban en planes de contratar a un nuevo abogado como socio mayoritario. Si lo contrataban a él y yo regresaba, entonces habría dos abogados que se especializaban en un tipo de derecho que era de importancia vital para el bufete. No había suficiente trabajo en este campo para emplear a dos abogados a tiempo completo.

Yo iba a tener que leer mi contrato de socia mayoritaria con lupa, y ver cuáles eran mis derechos. Estaba consciente de que tenía que tener mucho cuidado de no cruzar la línea entre reclamar mis derechos y ofender a mis socios. Pero tampoco los iba a dejar que me trataran como un trapo.

El chisme corre rápido, y aunque Susana le había pedido a María que jurara que no iba a decirle nada a nadie, no me sorprendería en nada si ya se había corrido la voz que se avecinaban cambios. Cada uno de los socios tenía una secretaria, y todas hablaban entre ellas. No quería sacar conclusiones precipitadas, pero me acordaba de la reacción de Ashley cuando me vio llegar. Quizá me lo imaginé, o quizá me estaba volviendo paranóica. Pero eso sí, de lo único que yo sí estaba cierta era que nadie me iba a sacar del bufete. Si me iba, sería sólo bajo mis condiciones.

Al ver que no había más nada que decir, María se puso de pie despacio.

"Siento que te tuve que dar tan mala noticia," dijo, mientras se acercaba a la puerta. "Si me necesitas, tú sabes dónde encontrarme."

Me senté y encendí otro cigarrillo de la cajetilla que dejó María en el marco de la ventana. Me di cuenta de que tenía que tomar mi decisión antes de que se me venciera el permiso para ausentarme. Tenía que decidir qué iba a hacer y dejárselo saber a mis socios lo antes posible, por el bien de ellos y el mío. Y tenía que tener mucho cuidado de no dejarle saber a nadie quién me había contado lo que sabía, ya que le buscaría a María tremendo lío si se enteraban que ella fue la que me dio la noticia.

Fumé el cigarrillo hasta el filtro, y esperé a que las colillas se enfriaran para echarlas encima de una hoja de papel blanco, y hacer una pelota con el reguero de cenizas. Me encaramé encima del taburete y quité el chal de pashmina del detector de humo. Eché un poco de desodorante en el aire, y agité el aire con el chal para circularlo en dirección de la ventana abierta. Pronto no habría ninguna evidencia de los cigarrillos que María y yo nos habíamos fumado.

Después de quedar satisfecha de que no me iban a sorprender in fraganti, como una muchacha en los baños de estudiantes en una escuela secundaria, me senté en el escritorio y saqué el celular de la cartera. Marqué un número de teléfono que ya me sabía de memoria, y esperé que contestara Luther. Estaba pensando en él, en cómo estaba, y qué pensaba sobre lo que había pasado el día anterior. Y quería oír su voz.

Oí sonar su teléfono, pero se me cayeron los hombros cuando su contestador fue el que respondió.

"Es Margarita," dije. "Te llamaba para . . . saludarte."

Y colgué.

Recé una oración corta a la Virgen de la Caridad del Cobre, la patrona de Cuba. Me paré, y decidí ir a hacerle una visita larga a cada uno de mis socios. Hasta que yo no tomara una decisión sobre lo que iba a hacer, los iba a manipular con el cariño.

Cuando salí del despacho, me acordé de algo. ¿Y qué clase de vidente era Violeta? No había visto a Luther volver a entrar en mi vida, ni tampoco había visto cómo mis socios me traicionaban.

Me traicionaban. Como un cónyuge que va a ver qué hay en el mercado antes de cometer adulterio. La ironía me hizo sonreír tristemente.

# [ 28 ]

Como me tuve que asegurar de que todo el mundo en el bufete se diera cuenta de mi presencia, me demoré más de lo que esperaba, y por lo tanto, no tuve tiempo de regresar a mi casa en Miami Beach antes de ir a cenar a casa de mis padres. Hubiera querido ver a Martí y cambiarme de ropa, pero charlar con mis socios era una necesidad más urgente. Cuando me di cuenta de lo tarde que se me había hecho, llamé a Ariel. Su primera respuesta fue un silencio sepulcral que decía mucho: yo sabía que él recordaba la época en que recibía una llamada de este tipo todos los días.

Ninguno de mis socios me dio indicio de que habían hablado de mi futuro en el bufete a espaldas mías. Puede ser que quisieran evitar un conflicto hasta que no les quedara más remedio, o que de verdad creían que el chisme de la oficina no llegaría a mis oídos. Por la razón que fuera, fueron muy cordiales conmigo y me dieron una bienvenida muy calurosa. Me preguntaron sobre mi familia, y me contaron chismes de los otros bufetes de Miami. Si no hubiera confiado tanto en la palabra de María, hubiera creído que estaba loca y que se lo había imaginado todo, debido al miedo que tenía de que la mandaran a trabajar con las demás secretarias.

Aproveché mi visita a la oficina, y me aseguré de que mis socios supieran que estaba vivita y coleando, y que todavía podía formar parte del equipo. El que me convirtiera en madre, no significaba que había dejado de ser una abogada que le gustaba lanzarse sobre la yugular. Puede ser que las caderas se me hubieran puesto más anchas, pero el dar a luz no había cambiado lo básico de mi carácter.

De verdad que no me había preguntado por qué estaba luchando tanto por asegurar mi puesto en el bufete, ya que no había decidido qué iba a hacer cuando se me venciera el permiso de ausencia. Creo que lo hice como una reacción súbita a la noticia que me dio María de mi posible reemplazo. Me puse en pie de guerra, sin de verdad pensar en las consecuencias de mis acciones a largo plazo. Me di cuenta por la reacción de mis socios que por el momento había apagado el incendio. Pero no iba a tener mucho más tiempo, y también había comprendido que ninguno de ellos había hecho ninguna mención del caso nuevo importante.

Mi celular sonó en el momento preciso en que estaba apagando las luces de mi despacho. El número que apareció en la pantallita era el de Luther. El alivio que sentí al ver que me llamaba, y el miedo que me produjo lo que me podría decir, hicieron que me sintiera el corazón en medio del pecho. Fue la segunda vez ese día que me sentí como una adolescente tonta que estaba cursando la secundaria. Esta vez era como si mis ojos estuvieran fijos en el teléfono princesa de mi cuarto, esperando a que me llamara el capitán del equipo de fútbol, para invitarme al baile de graduación.

"¿Cómo estás, Daisy?" dijo Luther rápida y suavemente. "Perdóname que no te pude llamar hasta ahora, pero he estado ocupado toda la tarde con unas declaraciones. Me inventé un descanso para tener un minuto para llamarte."

"No te llamé por ninguna razón importante," le dije.

"Todo lo que tú tienes para decir es importante," dijo Luther.

Sonreí en la oscuridad de mi despacho.

"Te llamaba para ver cómo estabas," le dije.

Traté de sonar informal, y no como si le estuviera reclamando nada. Estaba consciente de cómo los hombres odiaban eso en las mujeres. Aunque sonaba calmada, no lo estaba. De repente, ya no estaba en la escuela secundaria. Esto era mucho más serio. Para mí era primordial saber qué sentía él acerca de lo que pasó ayer. Aunque no lo quería reconocer, necesitaba que Luther me asegurara que el hacer el amor significaba para él lo mismo que para mí. Todas sus declaraciones de amor eran muy cariñosas, pero nuestra relación tenía que moverse a un nivel más profundo, y por lo tanto, tenía que saber como se sentía él. Yo no me veía como una persona insegura, pero necesitaba que Luther me asegurara que lo nuestro era verídico, que era significativo, y algo sumamente importante, ya que yo había traicionado a Ariel, y eso no se podía cambiar.

"Oye Daisy, están regresando a la sala de conferencias," dijo Luther, con voz de apuro. "No puedo hablar más. ¿Estás libre el lunes? Necesito verte. ¿Nos podemos ver?"

Quizá ese anhelo que se oía en su voz era las únicas palabras tranquilizadoras que yo necesitaba. Pude ver a Ariel y a Martí en la mente, pero eso no bastó para detenerme.

"Sí. El lunes sería perfecto."

Hicimos planes de reunirnos al mediodía en su apartamento, y luego colgamos. Me detuve allí por un segundo, oyendo el silencio.

Cuando miré mi reloj, me asusté cuando vi que eran casi las siete de la tarde. Tenía que estar en casa de mis padres en media hora. Al contrario de la mayoría de los cubanos, la familia Santos era muy puntual en cuanto a las reuniones familiares. Si alguien no llegaba temprano, se volvía la víctima de condenas mudas, sobre todo por parte de mi madre. Mis hermanos y yo antes bromeábamos cuando decíamos que uno de nuestros antepasados tenía que haber tenido una aventura amorosa con un anglosajón, y así nos quedamos con el gen de la puntualidad en el vestigio de sangre blanca, anglosajona, y protestante que teníamos en las venas.

Quería llamar a Vivian para ver cómo iban las cosas con Margarita Anabel, pero no me iba a dar tiempo sostener la conversación que resultaría de mi llamada. Por lo tanto, la tendría que llamar más tarde.

Debido a mi lucha con el bufete y a mis citas con mi amante, no me quedaba mucho tiempo para mi familia, ni para mis amistades. Parecía que no iba a tener más remedio que manejar mi agenda mejor.

Aunque ya eran las siete, la oficina seguía trabajando igual que durante las horas laborales. Seguro que algunos de los abogados no se irían para sus casas esa noche. Se daban una ducha y se cambiaban la ropa en el gimnasio que abría las veinticuatro horas en el sótano del edificio. No era nada raro ver a un abogado allí a las cuatro de la madrugada haciendo ejercicios para aliviar el estrés de la oficina. Después regresaban a la oficina, con la cabeza mojada de la ducha, y con las caras resplandecientes, acabados de afeitar, y vistiendo camisas limpias para empezar la labor del nuevo día.

Extrañaba el ambiente cargado de adrenalina de la oficina, en los días antes de un juicio importante. Aun así, no echaba de menos el estrés que me hacía nudos en el estómago cuando temía meter la pata y hacer que el bufete perdiera el caso. Muchas veces desayunaba con el antiácido Maalox, y me quitaba su sabor con café cubano. Es un milagro que no tuviera un hueco en el estómago del tamaño del estrecho de la Florida.

Sin embargo, a veces el estrés de la oficina era mejor que la tensión nerviosa que me ocasionaba cenar con la familia Santos. Nos llevábamos bien, pero siempre llegaba el momento—después de haber ingerido grandes cantidades de alcohol; la única manera en que se podía aguantar la noche juntos—cuando la cosa se ponía del carajo. Hasta la madre Teresa de Calcuta hubiera hecho una mueca de rabia si hubiera estado presente en una de nuestras reuniones periódicas.

Apreté el botón para llamar el ascensor. Lo único que tenía que hacer era aguantarlo todo. Así, el lunes podría ver a Luther.

# [ 29 ]

Me emperifollé lo mejor que pude con los recursos que tenía a mi disposición en la cartera. En el camino, la mayoría de los semáforos tenían la luz roja, y por lo tanto me pude maquillar sin tener que conducir el volante con la rodilla, algo que se acostumbra hacer en Miami. Cuando me miré en el espejo retrovisor y vi los resultados, me di cuenta de que me había maquillado bien.

Pensé en cómo se iba a portar Ariel conmigo. No sonó nada contento cuando le dije que me iba a quedar tarde en la oficina. Normalmente no estaría tan nerviosa por su reacción, ya que sabía que lo podía complacer sin mucho esfuerzo, pero eso era antes de Luther. Ahora tenía que tener cuidado. No quería que Ariel se diera cuenta de ningún cambio en mi carácter que lo hiciera sospechar de mí.

Una cena con la familia Santos no era el ambiente ideal para apaciguar el enojo de Ariel por haberme quedado trabajando hasta tarde. Hubiera sido mejor haberlo visto en casa, donde podía controlar la situación. Podía haber sido que Ariel trabajaba hasta más tarde que yo, y por eso nunca sabía cuánto tiempo pasaba en la oficina. Pero ahora nos íbamos a reunir en la olla de presión que era la familia Santos.

Lo más probable era que yo no estuviera del todo en mis cabales.

Estaba sumamente preocupada con la política de la oficina y por lo de Luther. La invitación de Mamá llegó en el peor momento. Ya sabía lo que me esperaba esa noche, y nada iba a ser bueno. Me acordé de no caer en la trampa de Mamá y empezar a discutir con ella, aunque lo más probable sería que termináramos así.

Éramos una familia unida, como suelen ser los latinos. Todos vivíamos en Miami, con la excepción de mi prima Magdalena—la hija de tía Norma y tío Román—una actriz que trabajaba en Nueva York como camarera mientras hacía audiciones para papeles teatrales tan lejos de Broadway, que se montaban en Nueva Jersey. Papá era el patriarca cubano ejemplar, y a Mamá le gustaba lucirse, y por eso, nuestras reuniones casi siempre se llevaban a cabo en casa de mis padres.

En total, éramos dieciséis. Estaban mis padres y mis dos hermanos mayores, Mickey y Sergio. Mickey era soltero, pero Sergio se acababa de casar con Victoria. También estábamos Ariel, Martí, y yo, aunque mi hijo se salvaba de las cenas con la familia. Mamá era la única de su familia que aún vivía. Sus padres y hermana mayor habían fallecido hacía tantos años que ni mis hermanos ni yo jamás los conocimos. Aparte de parientes lejanos con quienes teníamos poco contacto, nuestra familia consistía de los hermanos de Papá, de sus cónyuges, y de sus hijos.

Papá tenía tres hermanos. Román estaba casado con Norma, los cuales eran los padres de Magdalena y Francisco, a quien llamábamos Frank. Félix estaba casado con Verónica, pero no tenían hijos. Ricardo estaba casado con Maureen, pero últimamente se habían separado; se corría la voz que lo habían cogido in fraganti, en una aventura amorosa. Las tres hijas de estos—Bridgette, Moira, y Shannon—eran mis primas.

Cuando éramos más jóvenes, nos hacía gracia ver cómo los adultos hacían el ridículo cuando el efecto del alcohol se ponía en marcha, pero cuando nos pusimos más viejos, nos dimos cuenta de que los tragos funcionaban como un suero de la verdad, y que por eso, los sentimientos escondidos por largo tiempo salían a relucir en la mesa del comedor. In vino veritas era la pura verdad en las reuniones de la familia Santos.

Entré en North Greenway Drive, pidiéndole a Dios que la noche fuera diferente a las demás, y que no me metiera en ningún lío. No tenía energía para eso. Quizá tendríamos la suerte de poder coexistir por una sola noche sin tener que discutir de política, de religión, ni de quién decepcionó a quién.

Todavía no había hablado con Mamá, ni sabía cuáles de mis parientes iban a estar presentes, pero por la cantidad de carros parqueados en la calle, parecía que la cena iba a estar muy bien concurrida. Había carros por toda la entrada y por ambos lados de la calle: a todo el mundo en mi familia le gustaba conducir en su propio carro. No había espacio para parquear el Escalade, entonces tuve que salir de la entrada y regresar a la calle, donde me metí entre el Escarabajo negro de Bridgette, y el Cabriolet verde oscuro de Moira. Parqueado entre esos dos pequeños vehículos, el mío lucía como un carro enorme, que brillaba y tragaba gasolina, sacado del barrio de los negros. Mientras lo metía en el estrecho espacio, traté de sentir algún remordimiento por la cantidad de gasolina que consumía y cuánto ensuciaba el aire, pero no podía, ya que me gustaba mucho.

Cuando llegué, sentí un gran alivio cuando no vi el Lexus de Ariel, ya que me pareció que todavía no había llegado, pero después lo vi casi escondido detrás del roble gigantesco que estaba al lado de la entrada. Yo quería haber llegado antes que él, ya que sabía que sería la mejor manera de eludir los comentarios de mi familia que yo trabajaba más que mi marido.

Me arreglé la ropa delante de las puertas de caoba, me pellizqué las mejillas para darles un poquito de color—para que así no me dijeran que me veía pálida de tanto trabajar—y toqué la puerta. Mamá se había vuelto loca con lo del estilo español, incluso en el exterior de la casa. Hasta la aldaba estaba hecha de hierro fundido, y seguro que pesaba casi veinte libras. La muñeca siempre me dolía un poco después que tocaba la puerta con ella.

Aunque la puerta de la entrada tenía un grosor de más o menos seis pulgadas de ancho—Mamá la compró pensando en una posible ofensiva por parte de los moros—estaba segura de oír el frufrú del uniforme bien planchado—pero con demasiado almidón—de

Yolanda, mientras se acercaba a la puerta para abrirla. Tuvo que usar las dos manos y mucho esfuerzo para abrir esa puerta que parecía una plancha de mármol. Cuando entré, la expresión de esa pobre empleada decía mucho sobre la infelicidad en que vivía. No se tenía que ser vidente para darse cuenta de que Yolanda odiaba estas reuniones familiares. Aunque siempre era una persona de carácter difícil, Mamá se volvía maniática con el estrés que le provocaba por querer darles una buena impresión a los parientes de Papá.

"¡Señora Margarita!" dijo Yolanda cuando me vio. "La señora Mercedes le estaba preguntando al señor Ariel dónde estaba usted, porque usted es la última en llegar. El señor Ariel le dijo que usted estaba trabajando tarde en la oficina."

El estómago me dio un salto cuando recibí esta noticia que hubiera preferido no haber oído. No sería la primera vez que Mamá y Ariel se unieran en contra mía. Yo comprendía que por decirme esto, Yolanda estaba tratando de advertirme que mi madre estaba en pie de guerra, y que tuviera cuidado si no quería que me comiera viva. Yolanda y yo nos llevábamos muy bien, y éramos aliadas en tener que aguantar el malhumor de mi madre. Mutuamente nos tratábamos de ayudar cuando la cosa se ponía del carajo, pero hasta ese momento, no había podido hacer nada ante la insistencia de mi madre que se pusiera medias todo el año. Aun así, no había dejado de tratar de convencer a mi madre.

No era nada raro que Yolanda me llamara a casa para informarme que mi Mamá estaba insoportable, para que así yo apaciguara el lío que había formado. Las dos sabíamos que Mamá se portaba así, no por que fuera mala, sino porque tenía una vida triste. Tendría todas las cosas materiales que necesitaba y que quería, pero a mí me parecía que en lo emocional, tenía una vida vacía.

Casi todos los meses yo tenía que pedirle disculpas a la compañía que limpiaba las piscinas, ya que Mamá insultaba a sus empleados. No dejaba de regañarlos, ya que ella decía que no sabían cómo limpiar una piscina, y hasta una vez quiso que reconocieran que ella tenía razón cuando decía que había una colonia de ranas viviendo dentro del drenaje. Mamá les enseñaba unos pedacitos pequeños de basuritas en el agua, y les decía que eran renacuajos. Ni el dueño de la compañía—quien vino en persona a la casa—pudo, ni con toda su cortesía, convencerla que los renacuajos no podían vivir en agua con cloro.

"Gracias, Yolanda," le dije, y en voz baja añadí, "gracias por advertírmelo."

Suspiré, dejé la tranquilidad del vestíbulo, y fui hacia la sala, donde la familia se había dividido en pequeños grupos. Dentro de este ambiente decorativo gótico, de luces tenues, y al estilo español artificial, cada grupo parecía que estaba conspirando en contra del otro. Por el momento, reinaba la calma, aun así, yo sabía que eso pronto cambiaría. Con sólo un vistazo a lo que me rodeaba, ya sabía cómo iba a transcurrir la noche. Nino, el camarero octogenario que Mamá contrataba cuando invitaba gente a la casa, tenía una bandeja de plata en las manos, de la cual ofrecía a todos los allí reunidos, mojitos que se desbordaban de los vasos. Ya que los mojitos son una combinación deliciosa—pero letal—de ron, zumo de limón, azúcar, y menta, cuando se toman unos cuantos, es igual que si uno se inyectara alcohol en las venas.

Saludé a mis hermanos y a dos de mis tíos, Román y Félix, los cuales estaban sentados uno frente al otro, con sus cuerpos doblados encima de una mesa cuadrada. Estaban tan concentrados en el dominó, que casi ni me hicieron caso. El dominó es una pasión entre los hombres caribeños, y los de mi familia no son la excepción. Debido a que el dominó es tan absoluto y que les da a los hombres una excusa para no conversar con los demás, Mamá lo había prohibido durante nuestras cenas familiares. Este era uno de sus decretos que todo el mundo ignoraba.

Al darme cuenta que no iba a tener mucho intercambio con mis tíos ni con mis hermanos—los cuales estaban concentrados en Román y Félix, gritándoles y dándoles consejos por igual—seguí adelante. La próxima persona que vi fue a mi tía Norma, la adicta a la cirugía plástica. Estaba hablando en un tono animado con mi otra tía, Verónica, la reina de las liposucciones. Las dos dejaron de hablar para saludarme, y por poco me desmayo de la impresión que me dio cuando me incliné hacia delante para darle un beso a tía Norma.

Yo suponía que Mamá estaba exagerando cuando me contó lo de la última cirugía plástica que se había hecho. Por primera vez, el análisis de Mamá no fue sólo un chisme inventado por ella. La cara de mi pobre tía estaba tan estirada que reflejaba las luces del techo, como un espejo color de piel. Sentí la tentación de acercármele más, sólo para ver cómo tenía yo el pelo, pero me asusté cuando pensé que de verdad lo podía hacer. Me fui para no tener que ver más los resultados de la última expedición de mi tía al infierno de la cirugía plástica.

Me viré hacia tía Verónica, quien, según Mamá, se acababa de hacer otra liposucción más. No sé dónde el cirujano plástico le encontró más grasa, ya que mi tía estaba tan delgada que se le podían ver las venas. Yo estaba segura que todas las liposucciones que se había hecho estaban pagando las matrículas de las escuelas privadas de los hijos de su cirujano. Yo les tenía cariño a mis dos tías, aunque sabía de sobra que eran mujeres confundidas y con vidas que eran básicamente tristes. Tendrían que pasar años en sicoterapia para mejorarse.

Seguí hasta donde estaban mis primas. Bridgette, Moira, y Shannon estaban vestidas como putas, y, además, se podía ver que estaban haciendo todo lo posible por establecer el récord mundial de consumo de mojito, en el plazo más corto. Pude ver la expresión sufrida de Nino, y me di cuenta que a él no le caía nada bien estar exprimiendo limones verdes como un esclavo en la cocina para que estas jovencitas se emborracharan. La madre de ellas—la irlandesa americana Maureen—jamás las hubiera dejado vestirse ni comportarse así, pero no estaba presente.

"¡Margarita!" dijo Bridgette, la mayor, con una alegría claramente producida por el mojito. "¡Ven, siéntate con nosotras! Tómate un trago."

"Ya voy," dije. "Tengo que encontrar a Ariel."

"Ay, que bonito," dijo Moira, con tono burlón. "Siguen enamorados, aunque estén . . . estén . . ."

"¿Viejos y casados?" dije, y reí.

"¡No quise decir eso!" dijo Moira, aterrada. Casi se le cae el trago encima de uno de los cojines del sofá de Mamá. "Lo que quería decir era que . . ."

"Yo sé, Moira," le dije, mientras le puse la mano en el hombro. "Ahora regreso y me tomo un trago con ustedes. Te lo prometo."

Papá y tío Ricardo—y Francisco, mi primo que no sirve para nada—estaban de pie al lado de las puertas francesas. Había varios vasos de mojitos vacíos en la mesa aledaña, mientras ellos fumaban puros y hacían chistes. Por lo alto que reían y su regocijo exagerado, me di cuenta que estaban en competencia con mis primas, las jovencitas, para ganarse el récord de cuántos mojitos se podían tomar. Sentí que el volumen general había ascendido en el poco tiempo que había estado allí, ya que las voces graves de los hombres estaban en competencia con las risas de las mujeres. Puse todos los vasos de los hombres en una bandejita vacía que estaban en la mesa, ya que sabía que Mamá iba a regañar a Nino y a Yolanda por no retirar los vasos vacíos, enseguida. Por dentro de la espesa nube de humo de tabaco, le di un beso rápido a cada uno de los tres hombres, y seguí. Sentí cómo se alegraron cuando mi presencia femenina—la cual no era bienvenida—se fue, y por lo tanto, podían seguir con sus cuentos verdes.

Y entonces los vi, a Mamá y a Ariel, hablando en el comedor, y tan concentrados en lo que decían, que me dio miedo acercármeles. Por la cara de remordimiento que pusieron cuando me vieron llegar, me pude dar cuenta de que estaban hablando de mí.

"¡Margarita!"

Ariel se me acercó con tanto entusiasmo, que cualquiera hubiera pensado que no me había visto en meses.

"¿Cómo estás, querida?"

Me dio un beso, y nos acompañó a mí y a Mamá hasta unas butacas que estaban vacías. Me agaché a darle un beso a Mamá, quien estaba vestida impecablemente en su vestido de Valentino favorito. Me di cuenta que se había pasado el día entero en la peluquería, y que el peinado le quedaba muy bien con el maquillaje que le puso un maquillador profesional. Mamá se botó para esta cena: abrió la caja fuerte, y se puso los aretes, el collar, y el pulso de brillantes que habían sido de mi abuela materna, y los cuales fueron sacados clandestinamente de Cuba.

"Margarita, mi amor, te ves de lo más bonita," dijo Mamá, mientras me miraba de pie a cabeza. "De verdad que me gusta ese traje. Es un Armani del año pasado, ¿no es cierto?"

Asentí con una sonrisa, pero por dentro, estaba atacada de los nervios. Debido a las experiencias previas, sabía que Mamá nunca hablaba tan bien de mi ropa ni de cómo me veía, si no era que sentía remordimiento por algo que me había hecho o que había dicho de mí.

Ariel puso su brazo en el espaldar de la butaca de Mamá, como si fueran los mejores amigos. En ese momento me acordé de la primera vez que se conocieron, cuando Ariel vino a casa a recogerme la primera vez que salimos. Mamá estaba completamente en contra de él, ya que era un joven abogado cubano, liberal y sin dinero. Y encima de eso, venía de un barrio malo. Con el pasar del tiempo, y mientras nuestra relación se volvía más seria, Mamá se suavizó un poco y empezó a conocer a Ariel mejor. Por supuesto, la compensación por el caso Matos concretó la aceptación de Ariel por parte de mis padres. De ese día en adelante, Mamá se convirtió en una de sus más fervientes partidarias.

Mamá sabía que, en lo que se refería a mí, Ariel era su mejor aliado. Tendrían posiciones políticas totalmente opuestas, pero, respecto a mí, pensaban igual. Mamá hasta le podía perdonar a Ariel haber votado por Bill Clinton, porque estaba de acuerdo con ella en que ya yo había probado tener éxito en el mundo feroz de la jurisprudencia miamense. Ya que había llegado a ser socia mayoritaria de un bufete importante a los treinta y pico de años, los dos pensaban que ya era hora que me dedicara totalmente a mi familia.

Yo estaba segura que los dos hablaban con frecuencia, y que yo era el tema principal de sus conversaciones. Ni Mamá ni Ariel pensaban que estaban haciendo nada malo ni que estaban conspirando sin yo saberlo, sino que creían estar haciendo lo mejor para mí, y cuidando mis intereses. Los dos suponían que yo estaba demasiado metida en mi carrera para entender lo que sería mejor para mí. El éxito y los derechos de la mujer me habían confundido, y por lo tanto, les tocaba a ellos agarrarme por la mano y enseñarme lo que sí importaba en la vida. A veces me sentía como si me insultaran al pensar de mí con tanta condescendencia, pero también yo comprendía que lo hacían porque me querían. Así era la manera de ser de una mujer cubana con una madre dominante y un marido que me quería proteger.

Aun así, a veces me encabronaban.

Lo más probable era que esa noche estuvieran hablando de la posibilidad—mejor dicho, de la probabilidad—que yo regresara al bufete después que mi permiso para ausentarme se venciera en sólo unas semanas. Ninguno de los dos se atrevía a decirme nada, pero yo sabía lo que pensaban los dos de mi decisión. Según ellos, debería quedarme en casa con Martí, y tener otro hijo enseguida. Eran dos personas muy allegadas a mí; sin embargo, yo no podía contar con su manera de pensar algo confusa, ni tampoco podía contar con ellos para que me dieran una opinión sin prejuicios. Los dos tenían sus propias prioridades, y para ambos, yo era la primera.

Ariel daba la apariencia de ser un hombre cubano liberado. Sólo votaba por los candidatos del partido demócrata, e incluso lo decía en público, algo asombroso para un cubano miamense. Aun así, en el alma, era tradicionalista. Él quería que la mujer lo estuviera esperando en casa, y cuando regresara de un día de trabajo, quería que lo recibieran muchos hijos y el olor a comida preparándose en la cocina. Estaba orgulloso de mí y de mis logros, pero según él pensaba, ya era tiempo que nuestra familia se dedicara a lo fundamental. Todos los hombres cubanos—ya fueran demócratas o republicanos, liberales o conservadores—querían que sus mujeres estuvieran descalzas y en estado, cocinando arroz con pollo, mientras lo niños jugaban a sus pies.

Las razones que tenía Mamá para que yo tuviera más hijos eran más complejas. Ante todo, ella quería más nietos—Mickey era soltero, y Sergio estaba recién casado, y por lo tanto, no se podía contar con que él y su mujer produjeran hijos pronto—y yo era la mejor candidata para cumplir con ese deseo. Mamá entraba en una contienda cuando se trataba del tamaño de la familia. Todas sus amigas más allegadas tenían muchos nietos, pero ella tenía uno sólo. Me daba cuenta por la expresión que tenía en la cara, que Mamá sentía que estaba perdiendo la carrera.

Había otra razón que ella no se atrevía decir. Debido a que yo trabajaba y tenía una carrera, ella pensaba que no podía compararse a mí, como si el valor que tuviera como persona se disminuyera porque era ama de casa, y porque sus logros más grandes sólo habían sido amueblar la casa de diferentes formas radicales. La verdad era que no se esperaba que las mujeres productos de su generación y de su clase social trabajaran fuera de la casa, ni que tuvieran sus propias carreras. Yo estaba segura que si de verdad Mamá hubiera querido trabajar fuera de la casa, lo hubiera podido hacer. Ella no quiso hacerlo, y todavía creía que las mujeres sólo deberían trabajar si lo requería la necesidad económica. La verdad era que a Mamá le faltaban las habilidades y la instrucción formal para conseguir un trabajo que fuera aceptable en su nivel social. Cuando me daba sus razones sobre este tema, Mamá hablaba mucha mierda, y yo se lo había dicho discretamente, pero siempre me había hecho el caso del perro. Sé que era algo brutal de mí parte pensar así, pero yo estaba segura que algo en el carácter de Mamá, deseaba que yo dejara el trabajo para que estuviera a su nivel.

Mamá tenía una tercera razón para que yo no trabajaba: Si no trabajara, podía reunirme con ella más a menudo, y pasar los días juntas en Bal Harbour, un centro comercial muy elegante en North Miami Beach. Lo que ella no entendía era que si yo viviera así, pronto le estaría echando vodka al zumo de naranja en el desayuno.

Con todos sus líos y frenesí cotidianos, la realidad era que Mamá se sentía muy sola y tenía un gran vacío que llenar, y por lo tanto, había decidido que yo era la candidata perfecta para llenárselo. La había embullado a buscar un pasatiempo que la entretuviera—aparte de gastarle el dinero a Papá amueblando la casa—pero jamás mostró ningún interés.

Mamá se puso de pie entre Ariel y yo, y nos agarró por los codos para llevarnos a la sala.

"Vamos a pasar un rato con la familia," nos dijo como si fuera de la nobleza.

Le guiñó el ojo a Ariel pensando que no me daba cuenta, y nos llevó a la bulla y a la humareda de la sala. Nino estaba ocupado repartiendo más mojitos a una velocidad asombrosa. Las voces de mis parientes se estaban volviendo gritos, las risas se tornaban más chillonas, y la bulla de los dominós en la mesa iba en aumento. Una cena familiar como otra cualquiera. Si teníamos suerte, ésta no terminaría como las demás. Pero con la velocidad con que todo el mundo estaba tomando, yo sabía que no podía contar con que resultara así.

"Señora Margarita," dijo Nino, asintiendo con la cabeza, y me dio una sonrisa que yo le devolví en un gesto silencioso de solidaridad.

"Te tenemos muy ocupado," le dije.

"Muchos limones verdes," dijo con una voz ronca. "He usado muchos limones verdes en la cocina."

Me di cuenta que todavía quedaban algunos mojitos en la bandeja que cargaba Nino, y que mis primas aún no habían agarrado.

"Sin pena," dijo Nino. "Tome uno. Aunque no creo que sea posible que usted pueda tomar la misma cantidad que han tomado todos los demás."

Terminé el mojito mientras Nino seguía parado allí, entonces cogí otro, antes de que todos desaparecieran.

"Puedo tratar de tomar tanto como ellos, Nino," le dije al viejo. "Eso es lo único que puedo hacer: tratar."

## [ 30 ]

Mis oraciones para que hubiera paz y orden fueron oídas esta vez. No hubo pelea durante la comida familiar. Todos los mojitos que tomamos durante la hora del cóctel nos habían puesto a todos de muy buen talante. Particularmente, Mamá se comportó maravillosamente bien con todo el mundo, y especialmente conmigo. Ni una sola vez mencionó mi regreso al trabajo, y me cogió la mano con un gesto muy dulce cuando la familia se trasladó al traspatio después de haber tomado café. Yo me sentí tan aliviada que ni pensé en cuestionar su comportamiento.

Más tarde esa noche, en casa, Ariel no mencionó que yo me quedara hasta tarde trabajando en la oficina. Me habló un poco sobre el difícil caso de daños personales en el que estaba trabajando, y de cómo él estaba convencido de que su cliente le estaba mintiendo, pero no sabía cómo ni por qué. El cliente era un chofer de una compañía que distribuía botellones de agua, quien alegaba haberse lastimado la espalda cumpliendo su ruta de trabajo. Según el cliente, la carretilla que usaba para transportar el agua a las casas se había partido cuando estaba llena, causando que algunas botellas cayeran sobre él, y como resultado, había quedado imposibilitado. Reclamaba que no sólo le era imposible trabajar, sino que sus heridas también le impedían tener una vida sexual con su esposa. Ariel estaba demandando a la compañía del agua—al igual que a los fabricantes de la carretilla—por unos cuantos millones de dólares.

Al escuchar a Ariel describir el caso, no era raro pensar que el cliente estaba mintiendo. La mayoría de nuestros clientes generalmente nos mienten; esa era la realidad de la vida de los abogados.

"Contrata a un investigador," le aconsejé. "Haz que siga al cliente por varios días, sólo para ver qué es lo que se trae."

"Claro que lo voy a hacer," replicó Ariel. "Me voy a poner en contacto con Paul Street el lunes."

Paul Street era un antiguo agente federal que Ariel había usado varias veces en el pasado, y al que yo había visto en algunas oportunidades. Me alegraba saber que Ariel iba a usar a un investigador privado, pero deseaba que fuera otra persona que no fuera Paul. Ni me gustaba ni me fiaba del hombre, y nunca se lo hubiera recomendado a mi bufete. Quizá el que Ariel le gustara no era más que una cuestión de química entre ellos, pero yo siempre había pensado que había algo desagradable acerca de Paul, y también siempre estuve interesada en saber la razón por la cual ya no trabajaba para el gobierno federal. Como el caso no era mío, me reservé la opinión.

"Me parece muy raro tener que espiar a mi propio cliente, pero voy a hacerlo," dijo Ariel. "No sé cómo voy a poder pasarle la cuenta por ese trabajo."

Ariel decía esto medio juguetón, y yo me reí también, hasta que un raro pensamiento me vino a la mente: ¿Podría Ariel alguna vez contratar a Paul si sospechara que yo estaba envuelta en algo?

"¿Qué te pasa?" preguntó.

"Nada," dije, mintiendo. "Estoy simplemente exhausta. Tú sabes bien cómo las cenas con la familia me cansan."

"No me lo tienes que decir," dijo Ariel, sonriente. "Pero fue muy agradable ver lo bien que tu madre y tú se llevaron esta noche."

"Demasiado bien," dije, a poca voz.

Ariel no hizo caso de mi comentario y, como ambos estábamos muy cansados, nos deseamos tener sueños agradables esa noche, y apagamos la luz. Yo estaba tan extenuada que me quedé como muerta y ni siquiera repasé los acontecimientos del día en mi mente antes de dormirme, como me gustaba hacer. Mi último pensamiento antes de perder noción de la realidad fue que cada nuevo día para mí era peor que el anterior.

El lunes por la mañana, Ariel estaba claramente preocupado por su caso y ansioso por hablar con Paul Street, por lo que salió para la oficina temprano, cuando yo estaba aún acostada. Eso no me importaba; si hubiéramos desayunado juntos, Ariel me hubiera preguntado qué planes tenía para ese día. Yo no le hubiera mentido abiertamente, pero sí habría cometido un pecado de omisión, y como era católica, eso significaba lo mismo. Me sentía contenta de no tener que cometer más faltas contra los sacramentos y mandamientos de las que ya había cometido.

Iba a ser un día muy atareado. Tenía planes de reunirme con Luther al mediodía, y quería pasar por casa de Vivian a ver cómo le iba con Margarita Anabel. Como estaban las cosas, no iba a tener mucho tiempo para jugar con Martí más tarde, por lo que sabía que tenía que ir a él enseguida, si quería dedicarle algún tiempo.

Gruñendo, me levanté, y me dirigí hacia la ducha. Me tomó alrededor de diez minutos estar parada debajo del chorro caliente antes que me sintiera humana de nuevo. A eso seguiría una buena cantidad de café cubano para revivirme. Después del baño, me empapé con loción de Chanel No. 5, que sabía era muy sutil y duradera.

La primera vez que fui al apartamento de Luther, estaba mal preparada, pero esta vez pude escoger mi vestuario más cuidadosamente. Después de revisar la gaveta de mi ropa interior con gran cuidado, me decidí por un ajustador de satín gris y bragas que hicieran juego. Pensé que encaje negro sería muy provocativo, y ya antes había llevado puesta ropa blanca, por lo que el color gris daría la impresión deseada—sexual, pero sin caer en lo de mujer fatal.

El resto de mi equipo fue fácil de resolver. Escogí una falda estrecha de gabardina negra, una combinación de suéter color verde olivo, y sandalias de cuero negras. Todo muy informal y cómodo, pero que lucía muy bien. Y fácil de quitar y poner. Yo siempre pensaba de manera muy práctica.

Pensé en secarme el pelo con el secador eléctrico para estirármelo, pero sería una tarea inútil con la humedad de Miami. La madre naturaleza ya me había ganado una vez la partida antes de siquiera pelearme con ella. Con razón yo siempre me negaba a ir a los campamentos de verano cuando era una niña. A mí nunca me sentaron los elementos.

En vez de secarme el pelo, abrí una de las gavetas del baño y saqué un tubo de suavizante Alberto VO5, de entre la media docena que guardaba allí. Me eché unas gotas en la palma de la mano, me froté las dos manos, y me las pasé por el cabello hasta estar segura de haber suavizado y cubierto cada guedeja. Ese suavizador me había cambiado la vida. Yo antes creía que sólo lo usaban los calvos, pero también era un temible enemigo del pelo muy rizado. Me trencé el pelo hacia atrás y lo até con una pequeña tira que estaba tejida con filigrana dorada. Me puse bloqueador del sol bajo el maquillaje, y después me coloqué dos dormilonas de brillantes en cada oreja. No iba a trabajar ese día, y por lo tanto, no tenía que prestar atención a las opiniones de mis clientes y podía ponerme dos aretes en cada oreja sin ofender a nadie. Después de rociarme con perfume, ya estaba en camino.

Miré el reloj del pasillo en dirección al cuarto de Martí para ver si ya estaba despierto, y vi con sorpresa que aún no eran las ocho. Inmediatamente me sentí exhausta. No podía creer en toda la actividad que ya había desplegado desde tan temprano—y sin tener ni una sola gota de café cubano en el cuerpo. Si no me cuidaba, me iba a americanizar.

Martí continuaba durmiendo profundamente, tan angelicalmente que no me atreví a despertarlo. Fui a la cocina a darle a Jacinta los buenos días y pedir que me sirviera el desayuno en la terraza. Cogí una taza del mostrador de la cocina y la llené de café con leche de las cafeteras que hervían sobre la estufa, tomando lentamente el líquido fragante mientras salía. Me senté en la silla usual, repasando el periódico. Ya hacía calor. Me imaginaba lo calurosa que iba ser la tarde.

Alrededor de las nueve, Martí salió de su cuarto y se subió a mis piernas. Olía muy sabroso, y estaba aun calentico de su cama. Me sentí embargada por las lágrimas y por una gran ternura cuando se acurrucó contra mi pecho.

Sentimos un chapoteo en el agua de la bahía cercana que nos sorprendió. Los dos alzamos la vista a la vez y vimos a tres delfines saltando fuera del agua a varios pies de altura, con sus pieles grises brillando al sol como diamantes. Uno tras otro entraron de nuevo en el agua y se alejaron nadando a toda velocidad. Martí y yo no dijimos nada, prefiriendo solamente compartir aquel momento perfecto.

Martí y yo continuamos juntos por unos pocos momentos más, contemplando la bahía. Los dos reflexionamos sobre los botes que pasaban, tratando de adivinar hacia adónde iban y de dónde venían. Alrededor de las diez, cuando comenzó a intranquilizarse, se lo entregué a Jacinta. Ya tenía que irme si iba a pasar algún rato con Vivian y su nueva hija antes de encontrarme con Luther al mediodía.

Yo no cambiaría vivir en Miami Beach por ningún otro lugar en el mundo, pero la realidad era que la mayor parte de mi vida sucedía fuera de la playa. Eso significaba añadir veinte minutos o media hora al tiempo que yo pasaba viajando, encima de la usual locura de hacerlo en Miami, pero cuando yo estaba apurada, resentía el esfuerzo adicional. Pero la vida en Miami Beach era diferente a la de Miami— después de todo, Miami Beach no era más que una isla que corría paralelamente a la ciudad. Algunas veces yo me preguntaba si había escogido la playa para vivir, porque era una isla pequeña fuera de la costa de los Estados Unidos, como si, de alguna manera inconsciente, me hiciera sentir un poco más cerca de Cuba,

Yo ponía en duda haber tenido una relación amorosa con Luther si yo hubiera vivido, por ejemplo, en Coral Gables. Vivir en Miami Beach me hacía sentir menos restringida emocionalmente, más abierta a cualquier experiencia y en busca de libertad. Yo sentía que por estar rodeada de agua, de alguna manera me libraba de inhibiciones. Había cambiado desde que me mudé allí, y no estaba segura si era por mi nuevo entorno, o si había algo más profundo dentro de mi persona.

El tráfico era ligero en Coconut Grove y llegué a casa de Vivian con tiempo suficiente para hacerle la visita. Toqué el timbre y esperé a que me diera acceso. Era la primera vez en algún tiempo que iba a casa de Vivian durante el día; podía ver los materiales para añadir un cuarto extra a la casa, que se necesitaba para acomodar a la nueva familia que ya había comenzado a llegar.

La propia Vivian salió a recibirme. Tenía que admitirlo: había envejecido en los pocos días que habían transcurrido desde que la dejé en su casa. Pero según se me acercaba, pude notar que irradiaba una cierta felicidad que nunca antes había visto en ella.

"Margarita," dijo Vivian, inclinándose dentro del carro para darme un beso a través de la ventana abierta del lado del chofer, "gracias por venir a vernos."

Lentamente guié el carro hasta la entrada y parqueé junto a la casa. Cuando salí, Vivian me condujo hasta la puerta.

"Margarita Anabel está durmiendo ahora. Fue una noche muy mala. No hubo descanso," dijo Vivian, sin darme la impresión de que se estaba quejando.

Eso me llamó la atención, ya que Vivian siempre había insistido en dormir ocho horas cada noche. Eso era algo que en ella no cambiaría. Aún cuando éramos adolescentes, cuando nos quedábamos a dormir en otras casas, podíamos poner nuestros relojes en hora de acuerdo con la hora en que Vivian había ido a la cama y se había levantado al otro día.

Me entró en el cuarto de los invitados, donde abrió la puerta ligeramente para que yo pudiera ver. Después que mis ojos se adaptaron a la oscuridad, pude descifrar una pequeña forma en la cama, con el pecho subiendo y bajando lentamente con profundos suspiros. Yo presentí que Vivian estaba esperando que yo dijera algo.

"Es bella, Vivian, una niñita preciosa," dije, por más que era casi imposible ver algo en la penumbra del cuarto.

Yo no habría visto a la niña claramente, pero pude darle un buen vistazo a su nuevo dormitorio. Vivian no viviría en Disney World, pero nada la había detenido para traer todo el parque de diversiones a su casa. Todas las paredes estaban cubiertas por personajes de Disney: Blanca Nieves y los Siete Enanitos, la Cenicienta, el Rey León.

Había un estante color rosado, repleto de muñecas Barbie y una escena bajo el agua de la Pequeña Sirena en el techo. Sería un milagro que la niña durmiera allí todas las noches y que no se volviera loca.

Vivian cerró la puerta, mirándome resplandeciente. Durante todo el camino desde mi casa, yo estuve debatiéndome conmigo misma sobre si debía traer a colación el hecho de que si la niña que habíamos recogido esa noche en la iglesia no era la misma de la foto. Yo sabía que esa noche Vivian había estado muy perturbada, pero no había dicho nada. Aparentemente había decidido aceptar el cambio y, como yo era su amiga, era mi deber respaldarla en su decisión. Después de todo, yo no tenía idea de cómo el cambio se había llevado a cabo y bajo qué condiciones. Tampoco sabía qué pudo haberle dicho el padre Tomás a puerta cerrada en su casa esa noche. Quizá la original Margarita Anabel estuviera muy enferma para viajar, quizá alguien más de la familia había aparecido para sacarla del orfelinato o, hasta peor aún, quizá la niña había muerto.

La abogada en mí encontraba imposible aceptar la situación sin hacer ninguna pregunta. Por la manera como había sucedido la adopción, me parecía bastante turbia, pero la Iglesia estaba envuelta, y por lo tanto, debe haber sido legal. No podía imaginarme al padre Tomás mezclado en nada ilegal. Lo que sí podía imaginarme era una iglesia tan ansiosa por encontrar hogares para los niños, que estaba dispuesta aunque fuera a ignorar ciertas legalidades.

Más de una vez yo había leído en el *Herald* artículos referentes a padres de niños adoptados ilegalmente que aparecían a demandar la devolución del niño. Estas situaciones habían sucedido igual doméstica que internacionalmente. Me horrorizaba de pensar que esto le sucediera a Vivian—que un padre en Honduras saliera de la nada a ponerle una demanda a Vivian en Miami para recuperar a su hija, pero en estos días cualquier cosa era posible.

No le había dicho nada a Vivian sobre mis temores. Me imaginaba que si quería que la niña lo supiera, ella era quien debía decírselo. Anabel estaba tan ciega, que quizá ni siquiera notara que Margarita Anabel no era la niña del retrato. Vivian a lo mejor hasta lo deseaba.

"¿Quieres algo de beber?" preguntó Vivian.

"Por supuesto, gracias."

Me di cuenta que Vivian se había puesto un poco tensa desde que llegué.

"Una Coca-Cola me vendría bien."

Caminamos juntas a la cocina. Cuando ella abrió la puerta movible para entrar desde el comedor, me quedé sorprendida al ver una mujer con camisa y pantalones blancos parada delante del fregadero, lavando platos. Tan pronto como nos sintió llegar, se volteó para mirarnos.

"Esta es Marisa," dijo Vivian, señalando a la mujer de mediana edad quien, al verse presentada, sonrió con una expresión que cambiaba de sorpresa a calma y serenidad. "Ella está aquí para ayudarme con Margarita Anabel."

"Encantada de conocerla," dije.

"Esta es mi amiga Margarita, por quien mi hija lleva el nombre," Vivian le dijo a Marisa.

Marisa asintió, sonrió, y continuó lavando. Pensé que Vivian había hecho una buena elección: Marisa parecía competente, amable, y, por sobre todo, maternal.

Vivian abrió el refrigerador y sacó una lata de Coca-Cola. Me fijé en que el refrigerador estaba completamente lleno. Había pequeños montones de cartones de zumos, pudines, flanes, frutas frescas, pan, huevos, y toda clase de comida para niños. Yo recuerdo la época cuando allí no había nada más que un par de botellas de Cristal para los hombres que venían de visita. Claramente ya esos días se habían terminado. Me hubiera gustado fisgonear más, pero cerró la puerta.

Vivian cogió un vaso del platero y le puso hielo de la máquina que estaba sobre el mostrador. Cuando salíamos de la cocina, tomó una servilleta del servilletero de plata que estaba encima de la mesa. Me condujo al Florida Room donde nos sentamos en lados opuestos del final del sofá de mimbre.

Bueno, me dije, es ahora o nunca.

Tomé un sorbo de mi Coca-Cola y la coloqué a un lado de la mesa junto a mí. Abrí la boca para hablar, pero Vivian me interrumpió. Era como si hubiera presentido lo que yo iba a decir, y que no quería oírlo.

Por todos los arreglos que había visto, especialmente en el dormitorio, era obvio que Margarita Anabel estaba allí para quedarse.

"Tenemos un turno esta tarde con el doctor López, el pediatra, para el chequeo de Margarita Anabel," Vivian balbució, en una voz más alta de lo necesario.

"¿Ah sí? He oído hablar de él. Mis sobrinas iban a verse con él cuando eran pequeñas."

"¿Les gustaba?"

"Sí, mucho," contesté.

"Ah, cuánto me alegra oír eso," dijo Vivian, que sonaba como si yo acabara de decirle que el antídoto para su mordida de serpiente acababa de llegar.

"¿Qué vas a hacer después?" le pregunté.

"Vamos a Bloomingdale's a comprarle alguna ropa," dijo Vivian. "Y después, de regreso, vamos a ir a gastar dinero a manos llenas en Toys-"R"-Us. Va a ser estupendo."

"Suena a eso," dije.

Después de oír todos esos planes, no podía pensar en nada más que decir. Yo deseaba que Anabel hubiera estado allí; quizá entonces me hubiera atrevido a mencionar el cambio. Pero yo estaba sola y me sentía acobardada. Podía entender que Vivian no quería que la verdad apareciera, y probablemente nunca sucedería.

"¡Mi madre, que ocupada estás!" fue lo único que pude decir.

Terminé la Coca-Cola de unos cuantos sorbos.

Vivian estaba radiante como una madre orgullosa.

Y bueno, ¿quien carajo era yo para aguarle la fiesta?

# [ 31 ]

Yo sé que hacer comparaciones puede ser odioso, pero, acostada allí al lado de Luther, después de un par de horas de hacer el amor con todo vigor, me di cuenta que mis experiencias sexuales del pasado habían sido realmente de principiante y de poca imaginación. Yo no había sido en realidad una mojigata antes de que Luther llegara a Miami, pero las últimas dos horas habían sido una demostración vívida de todas las posibilidades sensuales que están a disposición del cuerpo femenino. Yo siempre había sabido que Luther era un triunfador, y en referencia a su actuación en la cama, había llegado al grado más alto. *Así* era de bueno.

Sentía como si Luther se hubiera adueñado de mi cuerpo, moviéndolo por dondequiera, explorando y reavivando cada pulgada del mismo, y como si me lo hubiera devuelto con un nuevo conocimiento sobre lo que cada parte podía hacer. Había aprendido acerca de las terminales de los nervios, en sitios que yo pensaba eran aburridos y poco funcionales. Los descubrimientos me exaltaban y, a veces, me daban miedo. Luther jugaba con mi cuerpo como si fuera un instrumento musical, y cada vez que yo empezaba a perder el control, él se calmaba y me devolvía a la tierra antes de elevarme de nuevo al desenfreno total.

La primera vez que estuvimos juntos, Luther debe haberse aguantado, porque quizá temía que yo me iba a asustar con la maestría que había adquirido desde que ambos éramos estudiantes. No debería haberse preocupado, ya que yo era su sumisa compañera. Me sorprendía que un americano pudiera ser tan atrevido y tener tanta imaginación en la cama, especialmente uno que hacía alardes de ser tan correcto y controlado. Pero así era Luther. Había aprendido todo un idioma para conquistarme, por lo que yo no podía sorprenderme de nada de lo que hiciera.

Me quedé tendida allí en la cama, mientras sentía cómo el sudor se secaba sobre mi piel. Traté de recordar cómo hacíamos el amor en Durham, cuando estudiábamos en Duke. Yo siempre pensaba en mi vida sexual en aquellos tiempos como si fuera ardorosa y apasionada, pero ambos estábamos en la medianía de los veinte años de edad, y en realidad, no teníamos mucha experiencia. Ninguno de nosotros era virgen cuando nos conocimos, pero no éramos mundanos, tampoco. Algo pasó con el transcurrir de los años, y ganamos en experiencia, haciendo desaparecer ciertas inhibiciones.

Perdí mi virginidad en mi último año de segunda enseñanza, con un compañero cubano que yo conocía desde el primer grado. Sucedió durante un fin de semana, en el condominio de su familia en el Club Ocean Reef de los Cayos, mientras mis padres estaban ausentes. Habíamos planeado nuestra escapada, que incluía que yo les mintiera a mis padres sobre nuestro arreglo: les dije que iba con una amiga y que íbamos a estar bajo la supervisión de los padres. Como buena adolescente, era una experta en inventar historias.

En realidad no tuve sexo con mi noviecito porque estuviera enamorada de él; lo hice más bien para satisfacer mi curiosidad, y para poder experimentar en carne propia por qué se armaba tanto lío acerca de eso. Cuando he pensado en este evento, llego a la conclusión que el haber tenido sexo entonces fue completamente idea mía, aunque tuve buen cuidado de que él no lo creyera. Manejé la situación para asegurarme que él creyera que estaba realizando una gran conquista. No quería que me tomaran por una puta, y esto no resultaba muy difícil, en aquella época y en una escuela católica.

Gabriel, mi noviecito, era el fornido y libidinoso capitán del mejor equipo de balompié de nuestra escuela. Él estaba ansioso en extremo de ser el primer hombre que se acostara conmigo, y no podía creer que en realidad estaba sucediendo. Durante todo el tiempo que estuvimos acostados, mantuvo los ojos completamente abiertos, para poder recordar cada instante en que me tuvo sobre la cama gemela de su cuarto, con sábanas que tenían pelotas de balompié impresas. Perdí mi virginidad mientras Pelé me contemplaba desde un cartel en la pared, con su mano derecha levantada en triunfo. Las lámparas al lado de la cama tenían pelotas de balompié de bases. En retrospectiva, era un milagro que Gabriel no gritara "¡Gol!" en el momento en que me desvirgó.

Hubiera sido una experiencia magnífica, pero Gabriel estaba tan enamorado, que sólo le preocupaba lastimarme; continuamente me preguntaba como me sentía, recordándome de hecho que yo estaba supuesta a sentir dolor en vez de placer. El dolor de verdad vino después, cuando fui a una clínica de Miami y me diagnosticaron cistitis. Pasar tres días de sexo sin interrupciones con un atleta a carta cabal resultó ser más de lo que mi pobre cuerpo virginal podía aguantar.

Me imagino que fue entonces cuando entendí a ciencia cierta las lecciones subyacentes del catolicismo: que el placer siempre viene acompañado de dolor, y que yo siempre tendría que pagar un precio si me portaba mal. Esa era una lección que aprendería una y otra vez a través de mi vida. Algunas veces me hacía sentir resentimiento. Yo no creo que los unitarios tuvieran que cargar a todas partes el peso del pecado original, siempre mirando sobre el hombro cada vez que se divirtieran.

Me había reunido con Luther exactamente al mediodía, en la calle paralela a su edificio de apartamentos. No había logrado aún usar por mí misma el juego de llaves que él me había dado. Seguí su carro dentro del camino de la entrada y repetimos lo mismo que habíamos hecho en nuestro primer encuentro, como si ya estuviéramos estableciendo una rutina. Igual que la vez anterior, no encontramos a nadie mientras entrábamos. Yo estaba comenzando a imaginarme que el edificio era tan improductivo como inhabitado.

Yo había parado en camino en Scotty's, una tienda de víveres elegante en la Avenida Bird, donde compré el almuerzo. Como la mayoría de los cubanos, soy incapaz de saltarme una comida, así sea para tener sexo. Compré salmón ahumado y lo que lo acompañaba, alcaparras y limón, además de pan francés, un par de ensaladas, una botella grande de zumo de melocotón, un mango maduro, y un litro de helado de dulce de leche Häagen-Dazs. Pensé que ya era hora que le presentara a Luther el verdadero estilo de comer a lo cubano. También me detuve ante un carretón situado en un lado de la calle, donde un vendedor ambulante ofrecía flores frescas; consciente del decorado del apartamento de Luther, seleccioné dos docenas de rosas blancas y un montón de lirios del valle. Ya había pagado por ellos cuando noté un racimo de orquídeas rosado pálido. Habiendo decidido que la mesura era una cosa del pasado, las compré también. Esperaba que hubiera bastantes búcaros en el apartamento.

Cuando Luther me vio saliendo del Escalade con la bolsa de víveres y las flores, corrió a ayudarme. Pude deducir que estaba impresionado de que hubiera traído el almuerzo, y me dio las gracias con gran aspaviento. Una vez estuvimos dentro, fuimos directamente a la cocina. Entonces me enteré que Luther había hecho algunos preparativos propios.

Primero abrió la botella de Veuve Clicquot, y la sirvió para ambos, y estuvo buscando un par de jarras que sirvieran para las flores mientras yo preparaba la comida. No pude dejar de notar cuán natural parecía nuestra vida hogareña, y la manera tan natural como nos movíamos alrededor de la cocina. Una vez las flores estuvieron en sus jarrones improvisados, las coloqué alrededor del apartamento, mayormente en la sala, y las orquídeas en el dormitorio. El aire del ventilador del techo daba una dulce esencia que perfumaba el ambiente. Dejamos los comestibles sobre el mostrador para más tarde, y cogimos los vasos de champán.

"Daisy, no debías haberte tomado tanta molestia," me regañó Luther suavemente, mientras caminábamos hacia el sofá. "Yo planeaba mandar a buscar comida."

"No fue trabajo alguno," le dije. "Me encantó hacerlo."

Y así era. Yo no era una Martha Stewart, pero sí me gustaba planear y dar cenas.

Nos sentamos en el sofá y bebimos nuestro champán. Luther había regresado directamente de la oficina y todavía estaba vestido con su traje de listas color gris claro, sobre una camisa azul con puños franceses, y discretos yugos dorados. También llevaba puesta una corbata azul oscuro con un diseño plateado. Parecía haber salido de las páginas de la revista de moda masculina *GQ*. Hasta Violeta hubiera estado de acuerdo con que quitaba el hipo. No importaba lo bien que él lucía, no obstante, esta vez yo estaba decidida a terminar de tomarme el champán antes de que entráramos al cuarto.

"¿Cómo va tu caso?" pregunté.

Yo no estaba muy interesada en el trabajo de Luther en ese momento, pero pensaba que al menos deberíamos tener una conversación. No quería volverme como el personaje de la señora Robinson de la película *El Graduado:* recordaba la escena en el cuarto del hotel, cuando Dustin Hoffman se da cuenta que ellos nunca hablan, y que sus encuentros se componen solamente de sexo y más sexo. Luther entró en un largo paréntesis sobre las complicaciones del caso.

"Si no tenemos cuidado," dijo fatigado, "el gobierno nos va a caer encima."

Lo escuché distraídamente, reanimándome únicamente cuando mencionó de una manera casual que el caso estaría concluido en un par de meses. Aparentemente no notó mi reacción, porque continuó hablando sin parar. Por poco le señalo que una vez sus servicios no fueran necesarios, él regresaría a Nueva York. Pero no lo hice. Él sabía la verdad tan bien como yo, y este no era el momento apropiado para hablar de las enredadas realidades. Yo estaba tomando champán a mediodía, en un cuarto blanco que parecía el cielo, mirando a lo lejos el agua, en espera de un sexo magnífico. No había ninguna razón para ser masoquista y echar a perder las cosas. Lo único que podía hacerme más feliz en ese momento era que Fidel Castro hubiera muerto.

Luther se puso de pie y fue a la cocina a buscar la botella de champán; regresando además con la comida. En vez de sentarnos en la mesa del comedor, pusimos la comida sobre la mesa frente al sofá, y comimos como si estuviéramos en un *picnic*. Todo era tan erótico que me costó trabajo no tirármele encima. En ese momento recordé haberme sentido de la misma manera en nuestra primera cita en Durham, cuando me había tenido que contener por tener la regla. Bueno, en el día presente, no tenía preocupaciones tan mundanas.

Debíamos haber tenido un apetito muy voraz el uno por el otro, pero eso no nos impidió que paráramos de devorar toda la comida. Nos comimos el helado de crema de leche directamente del cartón, dándonos cucharadas el uno al otro. Luther dijo que nunca había tenido un mejor almuerzo—probablemente una mentirilla inocente, pero me encantó oírla. Mientras tanto, hicimos tremendo vacío en el Veuve Clicquot.

Había muy poca suciedad que limpiar, por lo que nos vimos exentos de volvernos demasiado hogareños. Y no estábamos dispuestos a echar a andar la lavadora de platos.

Luther me tomó por la mano: "Vamos, Daisy."

Me llevó al dormitorio, y quitó la sobrecama.

Con mucho cuidado me desvistió por segunda vez en una semana, y colocó mi ropa sobre el gavetero con gran cuidado. Entonces él se quitó la ropa y se deslizó junto a mí. Todavía no nos habíamos tocado. Luther se apoyó en un codo y se viró para mirarme. Sus ojos azules eran tan brillantes que casi parecían irreales.

"Daisy, no puedo creer que estás aquí," susurró, con voz cargada de emoción. "Todavía no puedo creerlo."

No parecía esperar ninguna respuesta, por lo que me le acerqué y le di un beso. Un par de horas después me di cuenta de que debí de haberme dormido después que hicimos el amor. Abrí los ojos y me encontré a Luther contemplándome con una expresión seria. De pronto el aire de la habitación se me antojaba pesado.

"Daisy, necesito hablar contigo," me dijo.

"Luther . . ."

"Sé que mi regreso a tu vida ha sido una sorpresa enorme," me dijo apresuradamente antes que yo pudiera detenerlo. "Comprendo que necesitas algún tiempo para ajustarte. Pero tienes que comprender que he estado pensando en ti, y en nosotros, por mucho tiempo."

El corazón se me detuvo. Todavía estaba disfrutando del resplandor de todo lo que habíamos hecho juntos, y, además, no quería romper el hechizo con una conversación profunda sobre el estado y futuro de nuestra relación. Me parecía que era muy pronto y no quería tener que enfrentarme a tener que hacer la inevitable elección entre Luther y Ariel. En el momento en que empecé a pensar en el futuro, mis pensamientos se atropellaron.

"Yo sé, Luther," dije. "Tú me explicaste todo eso cuando estábamos en Dinner Key."

Comencé de nuevo a besarlo, para evitar que la conversación se adentrara en un terreno en el cual yo no quería pensar todavía.

Luther me separó suavemente: "Daisy, por favor. Esto es serio. Yo de verdad quiero hablar."

Me mordí el labio y traté de mirarlo.

"Te amo, Daisy," dijo Luther, y sentí cómo su cuerpo se endurecía. "Te amo y quiero casarme contigo."

Años atrás hubiera podido matar a alguien para oírlo decir eso. Habíamos hablado en Duke de casarnos, pero sólo en sentido figurado, de la misma manera que hablábamos de ofertas de trabajo. Pensando en ello, sentí una repentina sensación de irritabilidad.

"¿Por qué coño no me dijiste eso hace años?"

Las palabras se me salieron antes de que pudiera detenerlas. Aun así, iban llenas de verdad. Era como si hubiéramos abordado una máquina del tiempo para entrar en un posible futuro. Pero yo había cambiado; mi vida tenía ahora peso e irreversibilidad. Yo había creado una nueva vida en Martí. La voz de Luther sonaba a la de un fantasma.

Luther apoyó su cabeza en la mano miserablemente: "Lo sé. Ahora comprendo que lo debería haber hecho."

Extendió su brazo hacia mí y me agarró la mano.

"Créeme cuando te digo que por años me he estado dando patadas acerca de eso."

Sentí una terrible tristeza apoderarse de mí al pensar en haberme casado con Luther tan pronto me gradué de la facultad de leyes. Pensé en la vida que habíamos podido tener juntos, pero de pronto pensé en Martí. Martí, mi angelito—igualito a su padre—nunca hubiera existido. Me era imposible mirar a Martí y no ver a Ariel. Pensé si siempre sería así.

"Luther, mi vida es ahora demasiada complicada," le dije suavemente. "Tú lo sabes. No puedo simplemente dejarlo todo para casarme contigo."

"Mira, Daisy, te dejé escapar una vez," dijo Luther. "Aprendí la lección a las malas. No voy a dejar que me pase otra vez."

Luther me haló hacia él.

"Esto es demasiado, está sucediendo demasiado pronto," le dije. "Necesito tiempo para poner mis ideas en claro. Tú no puedes pretender que yo deshaga mi vida en un momento, sólo porque me lo pides."

Todo esto—el cuarto blanco, la cama, los árboles, el mar, y Luther—se estaba convirtiendo en algo irreal. Luther había vuelto a entrar en mi vida hacía sólo unos días, y ya estaba hablando de casarse conmigo. Era muy fácil para él: no tenía esposa ni hijo, ni otras vidas que desbaratar. Había estado pensando en la situación por años, mientras yo acababa de darme cuenta de que aún lo quería.

Mi vida comenzaba a parecer como un tren precipitándose montaña abajo sin frenos. Yo estaba aún en la barandilla, pero no sabía cuanto duraría. Tenía que reconocer que estar con Luther me hacía sentir bien. Pero el precio a pagar por esos sentimientos podía ser un desastre total. Yo sabía lo que el divorcio le puede causar a los hijos, y odiaba pensar en Martí creciendo con ese dolor y esa incertidumbre en su vida. Yo había tomado la decisión de casarme con Ariel años atrás, y sólo porque Luther había vuelto a aparecer en mi vida no debía olvidar lo que ese compromiso valía. Yo había tomado unos votos y por muchos años había vivido en lo que creía ser felicidad y satisfacción.

Ariel tendría tremendo susto.

"Tómate todo el tiempo que necesites, Daisy," dijo Luther suavemente. "Yo sé lo difícil que es. Parece una locura. Sólo recuerda una cosa. Somos tal para cual. Siempre ha sido así. Tú lo sabes y yo también lo sé. Sencillamente, así son las cosas. Nuestro camino se apartó de alguna manera, pero eventualmente tendremos que poner las cosas en orden."

Dios mío, el americano tenía razón.

# [ 32 ]

"Maggy, ¿cuánto tiempo hace que no nos reunimos las tres?" preguntó Anabel caminando hacia la entrada de la casa de Vivian.

Anabel y yo decidimos que ya era tiempo que le diéramos la bienvenida formal a Margarita Anabel a nuestro grupo. A principios de la semana, le habíamos anunciado a Vivian que pasaríamos por su casa para ver a su hija. Por supuesto que ya yo la había conocido, pero no en la mejor de las circunstancias; una en el carro cuando llevé a Vivian a buscarla, y la otra cuando la bebita estaba dormida, por lo que yo sentía que en realidad no la había conocido. Yo resentía que iba a tener que dejar una de mis preciosas tardes con Luther para visitar a Vivian, pero no tenía más remedio.

No le había mencionado a Anabel nada referente a mis sospechas sobre la adopción, imaginándome que como ella es tan cegata, no iba a poder relacionar a la niña en casa de Vivian, con la que aparecía en el retrato que nos habían enseñado en Greenstreet's hacía unas semanas. Vivian era quien tenía que aclararlo si lo consideraba necesario.

Esa tarde Anabel se había sobrepasado a ella misma escogiendo su atuendo, y, dada sus patrañas, eso resultaba tremendo historial. Yo había conducido hasta su casa para recogerla, para ir en un solo carro. Yo creo que todavía estaba pasmada cuando vi salir a mi amiga de su casa en distintos tonos de amarillo, luciendo como un pollo loco que acababa de escaparse de una cesta de Pascua. Pude resistir la tentación de ponerme los lentes oscuros para resguardarme del brillo. Anabel llevaba puestos unos jeans apretados color amarillo canario con una camiseta aún más clara sobre ellos. Pienso que quizá fuera mi imaginación, pero yo creía que podía adivinar un ajustador amarillo debajo de la camiseta.

Por alguna razón incomprensible, Anabel había decidido lucir un sombrero de pajilla color verde limón, adornado con narcisos. Aparentemente, los motivos florales la complacían, porque tanto sus zapatos de plataforma como su cinturón tenían algunas variantes de la misma flor. Tan pronto Anabel entró en el carro, podía jurar que sentía la fragancia de jacintos, cualquiera que fueran, emanando de ella.

Me quedé tan sorprendida con la presencia de mi amiga, que me quedé muda por buena parte del tiempo que me tomó llegar a casa de Vivian. Sin embargo, Anabel no pareció enterarse, porque habló durante todo el tiempo de cosas sin importancia. Yo conocía a Anabel lo suficiente para saber que algo la preocupaba. Yo también sabía no presionarla, ya que ella eventualmente llegaría a contar lo que la preocupaba.

Efectivamente, justo cuando llegábamos a la calle de Vivian, paró súbitamente de contarme una prolija historia sobre la clase de natación de los trillizos en Waters-R-Us y me preguntó: "Maggy, ¿qué tú crees acerca de Vivian adoptando esta criatura?"

Anabel se inclinó y me apretó el codo derecho, sorprendiéndome con su intensidad.

Con el corazón latiéndome muy fuerte, quité los ojos del camino por un momento y miré de frente. Los enorme ojos azules de Anabel se fijaron en los míos, como si un láser hubiera encontrado su objetivo. Era casi imposible pensar que ojos con una mirada tan intensa pudieran tener tan poca vista. Para no tener un accidente, volví a mirar al camino y me concentré en conducir. Claramente, Anabel no esperaba una contestación, porque continuó: "Ella mantuvo escondido un secreto tan importante de nosotras. ¡De nosotras!"

Anabel sacudió la cabeza con incredulidad. No podía mantener su ira fuera de la voz: "¡Sus mejores y más cercanas amigas! Tú sabes la regla que siempre hemos acatado desde que teníamos ocho años y jugábamos en el equipo de balompié. No hay secretos entre nosotras. Nunca los ha habido y nunca los habrá."

Me encogí de hombros tratando de parecer lo más indiferente que podía, aunque ya sentía que comenzaba a sudar ligeramente. Yo, por mi parte, había recibido la furia de Anabel en algunas ocasiones y por lo tanto sabía por triste experiencia personal que con mi diminuta amiga no se podía jugar.

"Bueno, en el almuerzo, ella nos explicó las razones por las que lo había hecho."

Sabía que mi contestación era débil, pero en ese momento no me sentía a gusto hablando de Vivian, ya que yo tenía un secreto trascendental propio.

Por suerte llegamos a casa de Vivian en ese momento, y la conversación terminó. Tenía la idea que las acciones de Vivian habían molestado a Anabel, lo mismo que a mí, pero yo no me había dado cuenta de cuánto hasta que ella habló. Yo sabía que mi respuesta no había dejado satisfecha a Anabel, pero no había nada más que hacer que parquear el carro y entrar.

Como era una visita formal, Anabel y yo habíamos venido preparadas. Las dos llevábamos enormes paquetes, cajas grandes envueltas en los papeles de regalo brillantes, y reconocibles de FAO Schwarz, la tienda de juguetes de primera. Me di cuenta que nuestras cajas eran casi del mismo tamaño y esperaba no haber comprado el mismo regalo: una casa de muñecas en miniatura victoriana. ¿Qué más daba? Vivian podía cambiar uno o las dos. Ella era muy buena en eso.

Cargando el regalo enfrente de mí, me costaba trabajo balancearme sobre los tacones altos que llevaba mientras caminaba sobre las piedras del camino de la entrada. Anabel, con sus plataformas de tres pulgadas de alto, no la estaba pasando mejor. Pero aún así, yo estaba agradecida de tener una ventaja sobre Anabel, porque, contrariamente a mi amiga, yo podía ver por dónde iba caminando.

Vivian debe haber estado vigilando nuestra llegada desde una de las ventanas que daban a la calle, porque nos abrió la puerta tan pronto llegamos a ella. Me quedé asombrada de ver lo gastada que lucía. Lo que más deseé en ese momento era que Anabel no pudiera ver el deterioro de la apariencia física de nuestra amiga, que había sucedido desde la llegada de la bebita. Hasta las raíces del pelo se le veían. ¿Acaso Vivian no había ido a retocarse a la peluquería Great Locks? Yo estaba verdaderamente preocupada.

"¡Margarita! ¡Anabel!" Vivian nos recibió efusivamente, besándonos y abrazándonos, como si hubieran pasado meses en vez de días desde que nos había visto. "Es maravilloso volverlas a ver."

Debe haber sido verdad, porque no hizo ningún comentario sobre el atuendo de Anabel.

Anabel y yo nos miramos alarmadas. Aunque Anabel no podía ver bien a Vivian, ella sabía que nuestra amiga no nos hubiera tocado voluntariamente. Vivian ciertamente no era conocida por ser demostrativa, especialmente con las mujeres. Habíamos sido amigas durante casi treinta años, y por lo tanto no podía recordar habernos sentido tan raras entre nosotras.

"¿Dónde está la bebita?" pregunté, mostrándole el regalo a Vivian. "¡No puedo esperar a verla y entregarle esto!"

"Yo también," exclamó Anabel, enseñando su propio regalo.

Marchamos a la casa en una sola fila, como si fuéramos a alguna clase de ceremonia. Vivian nos llevó al Florida Room donde nos detuvimos en la puerta para mirar a Margarita Anabel que estaba sentada en el medio del corralito, vestida con unas pijamas que no estaban muy limpias, a pesar de que ya era la media tarde, jugando tranquilamente con uno de las docenas de juguetes que la rodeaban. No pude por menos de notar que la habitación era un desastre, con ropa y juguetes tirados por dondequiera.

"¿Dónde está Marisa?" me preguntaba si sería su día de descanso, y era por eso que la casa estaba tan desarreglada.

"En realidad, ella ya no trabaja aquí," Vivian balbuceó pasándonos por delante cuando se dirigía al corral. Se dobló y levantó a Margarita Anabel, quien inmediatamente comenzó a chillar.

Mientras más trataba de consolarla Vivian, más fuerte se volvían los gritos de la niña.

"Acabará por tranquilizarse, finalmente," explicó Vivian. "Lo siento."

Anabel y yo nos quedamos paradas allí sin poder hacer nada, aferrándonos a los regalos como si nuestras vidas dependieran de ello, mientras contemplábamos a nuestra amiga tratando de callar los gritos de la niña.

Esperando que no se me rompieran los tímpanos con los enervantes gritos, comenzaba a comprender por qué Marisa se había ido.

"Quizá quiera quedarse en el corral," sugerí.

Si eso no funcionaba, iba a sugerirle a Vivian que le diera un válium, sabiendo que guardaba montones de ellos en el botiquín. Cualquier cosa para callarla.

Vivian la volvió a poner dentro del corral y la niña se tranquilizó inmediatamente. Después de haber observado este breve pero ruidoso intercambio entre madre e hija, no era fácil discernir quién era la jefa del grupo.

"Bueno, siento lo que pasó."

Vivian nos quitó los regalos y nos llevó a la cocina. Abrió la puerta del refrigerador, buscó un poco dentro, y sacó una botella de Cristal. Sin decirnos, descorchó la botella y sirvió ampliamente el líquido dorado en copas acanaladas que sacó de un gabinete. Igual que en el pasado—beber champán a las tres de la tarde.

"¡Por la maternidad," brindó, inclinando el vaso hacia el Florida Room, antes de vaciarlo.

Se bebió el vaso entero antes que Anabel o yo hubiéramos tenido oportunidad de probar el nuestro, y rápidamente lo llenó de nuevo: "Sé que mejorará, pero hasta entonces, ¡pa'l carajo!"

"¿Qué le pasó a Marisa?" no resistí dejar de preguntar.

"Renunció," fue la contestación de Vivian, sin elaborar mucho sobre ello.

Anabel puso el vaso sobre el mostrador y se paró al lado de Vivian: "¿Cuándo fue la última vez que fuiste a la oficina?"

Vivian se encogió de hombros: "No sé, hace unos días."

Yo estaba casi cierta que nuestra amiga no había ido a la oficina desde la mañana en que trajo la niña a la casa. También pude observar por la cara de incrédula de Anabel que ella pensaba lo mismo que yo. Estábamos paradas en la cocina, tomando nuestros tragos, cuando la niña en el cuarto adyacente comenzó a llorar otra vez.

"Mira, Vivian, necesitas ayuda con la niña," comencé a decirle. "¿Quieres que yo indague por allí para tratar de encontrar una sustituta de Marisa?"

Los gritos se volvieron más fuertes. Anabel se viró y comenzó a caminar hacia el Florida Room.

"Quizá tenga hambre."

Vivian nos miró con ojos que echaban chispas de ira.

"Yo me las puedo arreglar perfectamente por mí misma. Gracias."

Puso el vaso vacío sobre la mesa, y declaró: "Ustedes dos tienen hijos, y se creen que lo saben todo. Son muy altaneras por lo bien organizada que tienen la vida y lo bien que han manejado ser madres. Vienen aquí a averiguar como lo estoy haciendo, y a encontrarme faltas. Y ahora que también yo tengo un hijo, ustedes me resienten."

Anabel y yo nos quedamos paradas, totalmente mudas. ¿De qué diablos estaba Vivian hablando? ¿De dónde salía toda esta rabia y resentimiento? ¿Qué le estaba sucediendo a nuestra amiga? ¿Cuándo había sido la última noche que durmió? Los manchas oscuras debajo de los ojos no eran siquiera bolsas. Eran más bien baúles.

"No, Vivian, no. Hemos venido a celebrar a tu hija."

Vivian no se lo tragaba.

"No. Ustedes vinieron hoy a hacer alarde de las buenas madres que son, lo mucho que saben de niños, y lo poco que sé yo."

"Vivian, por favor, déjanos ayudarte," suplicó Anabel, por más que los gritos del cuarto de al lado se convertían en alaridos de rabia. "Todo el mundo necesita ayuda cuando de niños se trata."

"Bueno, ¡yo no! Sé exactamente lo que estoy haciendo. No me hace falta ayuda de nadie. Me puedo manejar perfectamente sin ustedes," y después Vivian añadió: "Quizá sea mejor si se marcharan ahora."

Yo no podía creer que Vivian nos estaba botando de su casa. Agarré a Anabel por el brazo y la empujé hasta la puerta de entrada. Sin decir una palabra, salimos por nuestra cuenta y caminamos hacia el carro. Lo que acababa de suceder era como una pesadilla.

Fue sólo a los pocos minutos de estar en marcha que Anabel habló: "Ves, yo sabía que ella debía habernos dicho lo de la adopción. Hubiéramos podido ayudarla."

Continuamos en silencio hasta llegar a su casa. Entonces, cuando se estaba bajando del carro, Anabel dijo sobriamente: "Los secretos son malos. Vivian debería habernos dicho lo que estaba pasando en su vida. La hubiéramos podido ayudar a pasar esta crisis."

Según veía a Anabel caminar hacia su casa, mi corazón latía más rápidamente. ¿Qué precio iba yo tener que pagar por guardar mi secreto?

# [ 33 ]

En las semanas que quedaban de julio, mi vida se desarrolló en un patrón distinto que yo aprobaba sin reservas. Después de pasar varios días haciendo juegos malabares con mis planes, me di cuenta que era posible balancear los tres ingredientes principales de mi vida: tiempo con Ariel y Martí, días en que tenía que ir a la oficina a trabajar, y reuniones en la tarde con Luther. Algunas veces también me las arreglaba para ver a mis parientes y a mis amigos, pero no con regularidad. Por el momento, tenía cosas más importantes que resolver.

Por suerte, Vivian había raciocinado y hecho las paces con Anabel y conmigo, echándole la culpa al cansancio por actuar de esa manera, y aceptó nuestra oferta de ayudarla. Estaba tan avergonzada de su comportamiento que Anabel y yo decidimos perdonarla. Sabíamos de sobra lo que es estar cansada por tener que cuidar niños, lo cual nos hace actuar fuera de lo corriente.

A pesar de haber sido botada de la casa de una manera tan poco ceremoniosa, Anabel le encontró una ama de casa al día siguiente, una experimentada y recta madre de diez niños, que sabía de sobra cómo manejar a Margarita Anabel y, en muy poco tiempo, Vivian estaba bien encaminada. Yo le había regalado un día completo en el *spa* conectado con la peluquería Great Locks, y, tan pronto como se retocó el cabello, se arregló las uñas de las manos y de los pies, y se dio un masaje, Vivian regresó a su vida normal.

La razón por la cual Vivian había arreglado la adopción sin consultarlo con nosotras no fue tema de conversación otra vez. Quizá lo discutiéramos más tarde, pero por ahora, no íbamos a arriesgarnos a otra refriega. Por supuesto que yo no precisé el asunto, ya que tenía mi propio esqueleto en el clóset en lo que se refería a tener secretos.

Algunas veces me aparecía en su casa para una breve visita, pero no volví a ver más los regalos que Anabel y yo le habíamos llevado aquel día fatal. Yo estaba casi segura que las dos casas de muñeca de madera estaban de nuevo en FAO Schwarz, pero estaba demasiado ocupada para preocuparme en averiguarlo.

Tres veces a la semana me encontraba con Luther en su apartamento. Siempre iba primero a Scotty's para comprar el almuerzo, pagando en efectivo para no dejar ninguna pista que Ariel pudiera descubrir. Después de comer, Luther y yo nos íbamos al dormitorio. Con toda seguridad que me estaba acostumbrando a beber champán a la hora de almuerzo. Mientras más tiempo pasábamos juntos Luther y yo, más agradablemente nos sentíamos el uno con el otro y, aunque nuestra mutua atracción probablemente iba en aumento con cada encuentro, nuestro apremio por hacer el amor constantemente comenzó a disminuir. Era un acontecimiento bien recibido. Nuestra relación se estaba volviendo más natural, sensual igual que sexual, y definitivamente más relajada.

Nos apartábamos del mundo mientras estábamos juntos, retirándonos dentro de uno propio hecho por nosotros. Una vez que estábamos en el apartamento, desconectábamos los celulares, nos quitábamos los relojes, y asegurábamos que el timbre del teléfono de Luther estuviera apagado. El rato que estábamos juntos era precioso, y queríamos poder concentrarnos en nosotros sin todas las distracciones del vivir cotidiano del que ambos nos escapábamos. El decorado del apartamento reforzaba la sensación de que estábamos en nuestra propia crisálida, con la encrespada tela blanca enmarcando las copas de los árboles, y el suave ondulante océano frente a las ventanas. Luther decía que de noche, cuando él regresaba solo a la casa, sentía que estaba en una isla desierta. A mí me hacía sentir en el cielo, como si yo estuviera viviendo en las nubes y escuchando la música de la naturaleza.

Todavía podía hablarle a Luther de cualquier cosa, como siempre lo había hecho. Él era comprensivo, servicial, y de ninguna manera era criticón. Tan sincero como éramos cuando estábamos juntos, sin embargo, había ciertos temas que no tocábamos, tales como el matrimonio, y el hecho de que el caso que lo había traído a Miami pronto iba a concluir. El futuro se había convertido en tabú entre nosotros, y parecíamos vivir bajo una orden divina de no discutirlo.

Sí discutíamos el plazo previsto de mi carrera que yo tenía que enfrentar, ya que sólo me quedaban unas pocas semanas para decidir lo que iba a hacer. Le dije a Luther todo lo que se refería a mi bufete, los varios personajes con los que tenía que lidiar, y la complicación inoportuna de que había un abogado de inmigración que estaba esperando para hacerse cargo de mi posición en expectativa de mi renuncia. Yo me presentaba allí regularmente y demoraba la amenaza, pero sabía que ya se había planeado mi reemplazo. Los socios esperaban saber mi decisión, pero, claramente, su paciencia se estaba acabando.

En la mente de Luther, no existía ninguna razón para mis angustias respecto a tomar una decisión. Él creía que ya yo, subconscientemente, la había tomado, y que la estaba procesando. Yo no estaba segura de estar de acuerdo con él. Sería católica, pero no experimentaba ningún placer en torturarme. Por alrededor de una hora esa tarde, Luther me escuchó exponerle todos los pros y los contras de la situación.

"Mira, deberías en realidad regresar al bufete," dijo Luther finalmente, después de escuchar en silencio. "Tú sabes lo que quieres. No quieres quedarte en casa todo el día. No estás hecha para eso, y te volverías loca. Necesitas el reto y el estímulo de tu trabajo."

"Tienes razón," le dije.

"Por el amor de Dios, es una cosa tan típica de la naturaleza," añadió Luther. "Nadie está presionando a ninguno de tus socios masculinos a que dediquen todo su tiempo a criar a sus hijos y abandonen su negocio."

"Me gustaría ver qué reacción tendrían si alguien les sugiriera eso," dije yo.

"Por eso lo que necesitas hacer es inventar una manera práctica de hacer tu vida más llevadera," dijo Luther, tocando mi mano ligeramente. "¿Te quemaste antes, verdad? ¿Por qué?"

"Por las horas," dije. "Y la presión de regresar a casa, a Martí, sin mencionar la sensación constante de sentir que volvía demasiado tarde y nunca pasaba suficiente tiempo con él."

"Está bien," dijo Luther, deteniéndose. "Por lo que estoy oyendo, tu bufete no es muy diferente al mío. Eres una socia, por lo que tienes influencia. Tienes que ajustar tus horas y no permitir ser devorada por un horario frenético como antes."

"Pero es que hay otras consideraciones que tener en cuenta," dije. "Yo soy la primera socia hispana, Tengo que pensar en . . ."

"Tienes que pensar en tu propio bienestar," dijo Luther, "y dejar que toda esa comemierdería se resuelva por sí sola. Tú misma colocas sobre ti demasiada presión. En realidad puedes básicamente decir: 'Estoy de vuelta, y esta vez no me voy a quemar. Yo soy una socia, y puedo darme el lujo de mandar.' "

Luther sabía cuán duro yo había trabajado en Duke, y comprendía lo mucho que significaba para mí tener éxito como abogada, y cuánto le costaba a mi identidad y a mi autoestima abandonarlo. Luther me dio un montón de sugerencias constructivas: conseguir que me asignaran una subalterna a tiempo completo, comenzar a buscar una escuelita cerca de mi trabajo para que yo pudiera ver a Martí por las tardes cuando ya estuviera en edad escolar. Sin embargo, no llegó a sugerirme ningún arreglo a mi situación doméstica.

Yo sabía que Luther no era una parte desinteresada de mi vida, pero podía distanciarse lo suficiente como para ofrecer consejos prácticos teniendo en cuenta mis propios intereses. Con Ariel resultaba imposible hablar de la situación del bufete: su prejuicio era tan fuerte que yo sabía que le cambiaba el color a cualquier cosa que yo dijera.

No se trataba de que Ariel fuera incapaz de ser imparcial; era que él deseaba tanto que yo me quedara en casa, que le era imposible separar sus deseos de lo que sería mejor para mí.

Hablando del problema con Luther, sentí una sensación profunda de que le estaba siendo desleal a Ariel. Pero entonces me acordé que yo le estaba siendo tan infiel como una esposa podía. En los días que yo no veía a Luther, pasaba horas en la oficina—y no siempre se lo decía a Ariel. Después que me dieron el permiso para ausentarme, le prometí a Ariel que solamente regresaría a la oficina esporádicamente cuando mis servicios fueran requeridos en casos de emergencia. Ahora que estaba volviendo a meterme en un horario regular y trabajando duro para mantener mi presencia tan alta como fuera posible, me estaba volviendo a familiarizar con la cultura de la oficina. En el mes de julio, yo me las había arreglado para traicionar a Ariel de dos maneras diferentes. No podía siquiera echarle la culpa de mi comportamiento a la temporada de los ciclones, porque no había ningún pronóstico de que hubiera huracanes esperando para atacar el sur de la Florida.

Yo sabía que estaba tratando de negarlo todo. Por más que mi función de malabarista había sido muy placentera, no podía mantener una vida secreta para siempre. Ariel no era un tonto, y tarde o temprano iba a deducir que yo estaba cambiando. Él todavía parecía creer que cualquier preocupación que yo tuviera era el resultado de que yo estaba tratando de arreglar mi vida profesional. Ya que él no había traído a colación el tema últimamente, debía haber pensado que la mejor estrategia era dejarme tranquila para que yo hiciera la decisión "correcta" sin que él interviniera. Quizá Ariel, como yo, estaba practicando una cierta forma de negación.

Mientras tanto, yo tenía que reconocer que se comportaba como el esposo perfecto, tanto más considerado y dulce que usualmente. Eso me hacía sentir horrible en algunos momentos por lo que estaba haciendo a sus espaldas. No sólo yo estaba pasando demasiado tiempo con mi amante, sino que iba a la oficina regularmente, y no se lo decía. Por alguna razón, Ariel nunca había estado interesado en cómo yo pasaba mis días. Si yo no le ofrecía la información, generalmente él no preguntaba. Eran tiempos extraños, y a causa de su falta de interés, yo tenía que mentir un poquito.

Yo también era más dulce y considerada cuando estaba en casa de noche—algo distinto de mi personalidad ligeramente agria—y seguramente compensaba por que yo me escondiera durante el día. Ser dulce no me era fácil, y a veces me sentía como que estaba actuando. Si Ariel notaba algún cambio, no obstante, él no lo decía. No podía atribuir mi cambio al tiempo determinado del mes, ya que la tensión de la última semana había hecho que el periodo se me atrasara. Fue en realidad un alivio, porque no quería estar fuera de acción por unos pocos días siquiera. El regreso de Luther a Nueva York era inminente, y cada minuto que pasáramos juntos, contaba.

Había otro factor que yo no podía negar, que era el aumento de la atención amorosa de Ariel. Siempre habíamos tenido una vida sexual muy activa, pero últimamente él estaba más activo que nunca, deseando hacer el amor más a menudo y de muchas maneras aventureras. Él se acercaba a nuestra vida sexual con más gusto del usual y mejor concentración : dos atributos de los que él no había carecido en el pasado. Antes de que Luther apareciera en mi vida, yo le hubiera dado la bienvenida a este nuevo ardor, pero en el momento actual, no hacía más que complicarme la vida. Cuando yo estaba con mi amante, me sentía infiel a mi esposo; cuando estaba con mi esposo, me sentía infiel a mi amante. Nunca pude imaginarme que la vida sería tan complicada.

Este último acontecimiento me puso en una posición incómoda más de una vez, porque si Ariel quería hacerme el amor en el día que yo había estado con Luther, en realidad, no estaba de humor para eso. Obviamente no podía decírselo, por supuesto. Los días en que tanto mi amante como mi marido estuvieran inspirados en particular, resultaban sacarme la vida del cuerpo, aunque no podía hacerle saber a Ariel que yo me sentía como una máquina de sexo.

Nunca discutía con Luther los aspectos íntimos de mi vida con Ariel; si acaso, hacíamos como si esa vida no existíera. Como no veía a Luther durante los fines de semana, me aseguraba de que Ariel se sintiera inspirado sexualmente los sábados y domingos. Los días pasaban y yo continuaba haciendo juegos malabares con mi vida secreta. A veces podía percibirme calculando, planeando, y sentía surgir una frialdad interior que me espantaba.

Comencé a dudar si este aspecto astuto de mi personalidad siempre había existido, y si sólo había aparecido cuando la situación lo requería. ¿Sería quizá un virus, agitado por las circunstancias? Yo siempre fui calculadora y fría en mi vida profesional: todo abogado tiene que serlo. Pero ahora mi vida personal me exigía las mismas destrezas.

Transcurría el tiempo, sin importar cuánto me preocupaba o tratara de apagar mi miedo negando la verdad. Las cosas iban a cambiar, yo lo sabía.

Al menos pensaba que lo sabía. Para ser una mujer inteligente, a veces resultaba ser demasiado estúpida.

# [ 34 ]

Era la última semana de agosto. Yo nunca me preocupaba por el paso del tiempo, pero ahora mi vida era toda acerca del tiempo: tiempo escondido, tiempo gastado, plazos previstos, y presión. A veces por la mañana temprano me sentía como el Capitán Garfio de *Peter Pan*, oyendo el tic tac del reloj dentro de la barriga del cocodrilo, donde quiera que éste fuera.

A menos de que algo cambiara, Luther se marcharía de Miami dentro de una semana, justamente al mismo momento en que yo debía anunciarle al bufete mi decisión. Había tratado de ignorar las difíciles opciones que se me presentaban, perdiéndome en los juegos malabares de las prioridades, rutinas, y lealtades. Me daba miedo ver cuán fácil me resultaba mantener cada parte de mi vida a discreta distancia de las otras, y cómo me había vuelto una experta en evadir la realidad.

Debería haberme dado cuenta de que iba a tener que pagar algún precio por mis acciones. Siempre resulta así, cuando alguien hace algo malo. Era una de las pocas cosas que yo podía asegurar era verdad.

Ariel estaba embebido en su caso de daños personales, el que se refería al chofer distribuidor de agua que estaba demandando a su patron y a cualquier otra persona que pudiera meter en el asunto. Ariel pasaba muchas horas en la oficina, yéndose temprano y regresando tarde a la casa, algunas veces después de la cena. Había trabajado esa cantidad de horas anteriormente, cuando trabajaba en un caso importante, pero nunca por un período de tiempo tan extenso. No se me había ocurrido cuestionar su comportamiento, y lo creía cuando me decía que estaba en la oficina. Cada vez que lo llamaba, contestaba el teléfono.

Normalmente debería haberle dicho algo acerca de que estaba descuidando el tiempo que pasaba conmigo y con Martí, pero yo estaba muy ocupada con mi propia agenda y, por supuesto, las largas horas de trabajo de Ariel hacían que las cosas fueran mucho más fáciles para mí. Yo estaba ocupada todos los días, o bien con Luther, o yendo a mi oficina. Me sentía mejor que Ariel y yo no pasáramos mucho tiempo juntos, porque así nos evitábamos los comentarios livianos usuales sobre cómo habíamos pasado el día.

Cuando Ariel estaba en casa, ni siquiera se daba cuenta que no nos comunicábamos como antes, y que sólo lográbamos acercarnos cuando estábamos en la cama, haciéndonos el amor. Suponía que estaba evitándome inconscientemente, para así no discutir lo que iba a hacer yo referente a mi trabajo. Si era eso, me imaginaba que lo hacía por consideración y no influenciarme en mi decisión con algo que pudiera hacer o decir. Probablemente, también estaba trabajando tan intensamente en su caso que no quería ni necesitaba ninguna distracción por el momento. No significaba mucho. Durante esos días yo me sentía feliz dejándolo solo.

En aquellos momentos cuando me permitía dejar de correr para examinar mis emociones, comenzaba a sentirme cada vez más culpable de mi infidelidad con Ariel. Cuando Ariel estaba en la cama a mi lado, después de habernos hecho el amor con todo ardor, roncaba suavemente a mi lado, con sus facciones totalmente relajadas y su cuerpo en descanso. Él solía dormir profundamente, la imagen de un hombre cuyo mundo estaba en paz y a quien nada lo atormentaba. Decía que raramente soñaba, nunca tenía pesadillas y, una vez que se dormía, rara vez se movía en la cama.

Ninguna mujer hubiera podido desear tener un marido y padre mejor que Ariel. El hombre nos quería a Martí y a mí con todas las fibras de su cuerpo. Y sabía que él hubiera muerto por nosotros. Era un gran proveedor, y nunca nos negó nada. En resumen, se deleitaba con malcriarnos hasta más no poder. Tomaba con moderación, y su único vicio era una gran afición por los puros cubanos Montecristo No. 1 que entraban de contrabando en los Estados Unidos, en desafío del embargo. Era muy listo, cómico, siempre sabía de lo que estaba hablando, e invariablemente estaba listo para una buena carcajada.

Yo no podía explicar por qué lo estaba traicionando. Antes que Luther llegara a Miami, la idea de envolverme con otro hombre estaba muy lejos de mi pensamiento. Yo me preguntaba que, de no ser Luther, ¿hubiera tenido yo en definitiva una aventura amorosa con otro? Yo quisiera pensar que no, que Luther había llegado en el momento preciso y por eso yo había respondido fácilmente a sus requerimientos. Yo no pensaba haberle sido nunca infiel a Ariel con nadie más. Luther había sido el gran amor de mi vida y yo era el suyo. No lo habíamos reconocido en ese tiempo, en Duke, ni en los años que siguieron. Quizá en ese momento no estábamos listos, aunque hubiéramos tratado de seguir juntos y casarnos. Quizá hubiera sido un tremendo error y hubiéramos arruinado las cosas para siempre entre nosotros. Podía volverme loca a mí misma con todas estas especulaciones, pero yo anhelaba una explicación sobre qué me había ocurrido a mí este verano. El sol seguía abrasando la tierra, las aceras parecían hornos, y me sentía como si flotara.

A pesar de que me pasaba la mayoría del día en el aire acondicionado, el calor me estaba matando. Comencé a sentirme cansada todo el tiempo, aun después de haber dormido bien toda la noche. Sin embargo, no le puse mucha atención.

Pero una mañana experimenté un síntoma que no podía ignorar. Era la mañana siguiente al día en el cual yo había estado con Luther y Ariel, y sentí una sensación que me quemaba cada vez que iba al baño a orinar. Mi vejiga estaba tan llena que tenía que vaciarla, pero al final, tenía lágrimas en los ojos. Por suerte, Ariel ya se había ido a la oficina, por lo que pude enfrentarme al problema sin que se enterara.

Me di cuenta que al fin, mi comportamiento me había traído problemas. Había contraído la dolencia llamada "enfermedad de la luna de miel": la cistitis, el resultado de tener demasiado sexo. Maldije en silencio porque me di cuenta que iba a estar imposibilitada mientras tomara la medicina para curar la infección. El tiempo que nos quedaba a Luther y a mí se estaba acabando rápidamente, y la idea de abstinencia sexual por unos cuantos días me parecía un terrible infortunio.

Me acosté en la cama tratando de pensar con claridad, a pesar del dolor que irradiaba de entre mis piernas, y consideré mis alternativas. Pensé en ir a una de las farmacias de mi familia, la que estaba en la Calle Ocho. Conocía a Rodrigo, el farmacéutico. Él había trabajado allí por muchos años, y quizá pudiera pedirle una medicina que resolviera mi problema sin receta. Sabía que él lo haría, pero yo también sabía que no podía fiarme de su silencio. Rodrigo estaba ya enterado de demasiada información acerca de nuestra familia, ya que él despachaba todas las recetas, desde las píldoras anticonceptivas, hasta los antibióticos de Martí cuando se enfermaba. Rodrigo podría burlarse de mí por tener demasiado sexo con Ariel al llenar la receta. Él era un buen amigo, pero yo no podía contar con su discreción. Era totalmente leal a mi familia, por eso era más factible que fuera con el chisme a mi Mamá.

No, iba a tener que ir a mi ginecólogo regular, el doctor Kennedy, para terminar con este problema. Miré el reloj en la mesita de noche y vi que aún no eran las ocho. Iba a ser una agonía tener que esperar a las nueve para que la consulta se abriera. Pensé en montarme en el carro y manejar hasta allí, con la esperanza de que me pudieran acomodar entre pacientes, pero cambié de parecer. Podría terminar sentándome en la consulta por horas.

Me sentía horriblemente mal, pero recibí alguna piedad para mis pecados cuando, precisamente a las nueve, llamé a la consulta de mi médico. La enfermera que contestó me dijo que tenían tres cancelaciones y me dijo que me podía dar una cita, si llegaba allí a las nueve y media. Ni siquiera me di una ducha. Me puse una saya, una camiseta y alpargatas; inmediatamente corrí hacia la puerta.

La oficina del doctor Kennedy estaba en Coconut Grove, y el tráfico era ligero, por lo que llegué justo a tiempo. Encontré un espacio vacío en el parqueo, frente al hotel Mayfair House, precisamente al lado de la consulta del médico, pero cuando me apuraba para entrar, recordé que me había olvidado de poner dinero en el parquímetro. Conociendo las implacables restricciones en Coconut Grove, estaba segura que iba a encontrar una multa al regreso. Tenía tal dolor en ese momento, que preferí ser multada que tener que rehacer mis pasos. Hubiera pagado por cinco multas sin quejarme, si pudiera tener algún alivio.

Llegué a la consulta completamente sin aliento, y estremeciéndome con cada paso que daba. No quería aparecer demasiado dramática, pero mantenerme ecuánime me estaba siendo demasiado difícil. Una vez estuve dentro, firmé mi nombre en el tabloncillo que estaba cerca de la partición de cristal que separaba la oficina de la enfermera de la sala de espera. Unos pocos minutos después, la puerta se abrió y una de las enfermeras—una aburrida veinteañera que mascaba chicles y parecía acabada de salir de la escuela—echó una mirada al papel donde yo había escrito mi nombre.

"Margarita," dijo ella.

Yo odiaba ser llamada por mi primer nombre por gente que no conocía, especialmente si le llevaba más de diez años.

"Presente," dije débilmente.

"Lo siento, pero el doctor Kennedy ha sido llamado a una emergencia," explicó. "Tuvo que ir al Baptist Hospital a recibir un niño."

Sentí cómo los ojos se me llenaban de lágrimas y tuve que esforzarme a mantenerme en una pieza.

"¿Cuándo va a regresar?" pregunté.

La enfermera se encogió de hombros.

"No lo sé."

Mascó el chicle, me miró, y al fin pareció notar el dolor que yo sentía: "Usted sabe, la doctora Macía está aquí. Si usted no puede esperar por el doctor Kennedy, ella puede verla."

No tenía idea de quién era la doctora Macía, aun así, había pasado de odiar a la enfermera, a querer besarla.

"Eso sería magnífico," dije.

La puerta de cristal ahumado se cerró. Me levanté y me encontré que tenía demasiado dolor para sentarme de nuevo. A excepción de mí, el salón de espera estaba vacío, y por lo tanto, no había nadie allí que le importara si yo me paseaba haciendo muecas. Yo adoraba al doctor Kennedy: él había sido mi ginecólogo desde mi primer año en la Universidad de Pennsilvania, cuando el pediatra de la familia dijo que ya no podía verme más por haber cumplido los dieciocho. Yo pensaba que iba a ser algo raro ser examinada por una médica. Me sentía tan miserable, sin embargo, que me hubiera consultado con Atila el huno, "El Azote de Dios," si me hubiera ayudado.

Continué caminando de arriba abajo para distraerme de la quemazón que sentía dentro de mí. Me acordé de todas las visitas prenatales que había hecho a esa oficina cuando estaba embarazada de Martí. Pero no había mirado alrededor, ya que estaba demasiado tensa mientras esperaba. En realidad, había sido una bendición, Ahora que podía mirar bien, el lugar parecía la fantasía de una adolescente, de color rosa pálido, papel de pared de rayas, tapicería color rosado para el sofá y las butacas, una alfombra roja floreada, y cortinas a cuadros color lavanda, sujetas con amarres de ojetes blancos. Hasta las persianas de las ventanas resplandecían con un color carmelitoso. Revistas de maternidad y crianza cubrían todas las mesas pintadas con manchas rosadas que había en las cuatro esquinas del local.

Era extraordinario ver el lugar como era de verdad, y comprendí que yo nunca había estado sola en aquella habitación. No podía imaginarme razón alguna para decorar el lugar destinado a mujeres adultas como si fuera una guardería para niñas pequeñas. Quizá algún decorador equivocado había pensado que las pacientes femeninas se sentirían más cómodas en un cuarto que evocara su niñez. En cambio, allí parada yo sola, la habitación me parecía infantil y deprimente. Si mi dolencia no me hubiera puesto enferma, lo que me rodeaba ciertamente lo hubiera logrado.

De repente, el vidrio ahumado se abrió y la enfermera Lolita me llamó. Fui tan rápido como pude hacia la puerta cuando la abrió, y entré a un baño cuando me conminó a que orinara en un vaso plástico.

"Abra la puerta pequeña junto al lavabo cuando termine," ella dijo con cierto disgusto. "Simplemente empuje el vaso a través de ventanita. El laboratorio está al otro lado. Y no se olvide de escribir su nombre en el vaso. Encontrará un lápiz allí mismo."

La sola idea de orinar me llenó de horror, pero sabía que tenía que pasar por eso. El dolor que me quemaba era caso inaguantable, pero, de alguna manera, seguí las órdenes de la enfermera. Cuando terminé, me lavé las manos y abrí la puerta, esperando a ser acompañada al cuarto de reconocimiento. Miré mi reloj. Si la doctora Macía trabajaba como el doctor Kennedy, yo estaría fuera de allí, receta en mano, en menos de veinte minutos.

En cambio, una segunda enfermera vino a buscarme.

"La llevaré al laboratorio," me dijo.

"¿Para qué?"

"La doctora Macía ha ordenado un examen de sangre," me explicó.

Yo sólo necesitaba algún antibiótico, pero fui con ella sin protestar. Me imaginé que esta era solamente la manera de la doctora de tratar a los pacientes que nunca había visto antes; después de todo, los doctores son demandados cada día y yo era una abogada. No sería la primera vez que mi ocupación me hacía sentirme paranoica.

La técnica del laboratorio hizo lo mejor que pudo para llevar a cabo la arrogante tradición del conde Drácula. Extrajo cerca de veinte litros de sangre de una vena del pliegue del brazo. Era tan entusiasta que me sorprendió que no hubiera tratado mejor de darme una mordida en el cuello. Cuando terminó, me plantó una curita en el brazo y me sonrió ampliamente. La enfermera regresó y me llevó al cuarto de examen. Me sentía totalmente miserable: mi brazo me daba punzadas y mi interior estaba ardiendo, pero yo seguía repitiéndome que muy pronto todo terminaría.

Dentro del cuarto de examen, la enfermera me ordenó que me quitara la ropa; a continuación me dio una bata rosada de papel que tenía una tira roja alrededor de la cintura. De ninguna manera iba yo a caminar por las pasarelas de París pronto. Entonces la enfermera me tomó la presión arterial y me hizo preguntas sobre mi estado general de salud. Tuve que resistir el impulso de sencillamente pedirle una receta para poder marcharme.

"La doctora estará aquí enseguida," me dijo, firmando sus papeles y asintiendo con gran diligencia.

Suspiré, resignándome a una larga espera. Aparentemente la doctora Macía no trabajaba tan rápido como el doctor Kennedy. Para olvidarme del dolor, me puse a doblar la ropa.

Había una revista en un andamio de la pared, cerca del banco donde yo esperaba. Hojeé unas cuantas páginas de chismes sobre personas célebres, entonces abrí las persianas y me puse a observar el tráfico que pasaba por la calle. Tanto tiempo había transcurrido que estuve casi tentada a abrir uno de las revistas sobre crianza, pero me libré de ese tipo de martirio por la llegada de la doctora Macía.

De entrada yo no podía creer que la persona que acababa de entrar por la puerta era una doctora. Lucía demasiado joven para pagarse un trago. Era pequeña, con cabello negro corto y cerquillo, sin maquillaje, y llevaba jeans debajo de su bata blanca de médico. Entró llevando en las manos el tabloncillo que contenía mi diagrama, el cual parecía contener información que me podía incriminar.

"Soy la doctora Macía," me dijo sin levantar la vista.

"Eso me lo había figurado," le dije con voz apretada por el dolor.

La doctora Macía pareció ignorar el sarcasmo. Respecto a mí persona, sentada allí, envuelta en mi manto rosado, con punzadas entre las piernas, y sin haberme dado una ducha, me sentía lista para solicitar el seguro social. Nunca pensé anhelar la presencia del viejo doctor Kennedy.

"Por favor, acuéstese allí," dijo la doctora Macía, señalando la camilla de examen.

Con mucho cuidado hice lo que mandaba, sintiendo ansiedad sobre el prospecto de tener una mujer poniendo su mano en el interior de mi cuerpo. Apreté los dientes y traté de sentirme como si fuera otra persona, mientras la doctora escudriñaba y daba golpecitos alrededor. Tenía que admitir que había algo de gentileza en la doctora Macía. Tan pronto como terminó, me senté bien derecha sobre la camilla y traté de arreglar la bata que llevaba puesta, tapándome lo más posible. Fue un gesto inútil—la joven doctora me conocía ya físicamente, tanto o más que cualquier persona—pero me hacía sentirme mejor.

La doctora Macía se quitó los guantes de cirugía blancos y se lavó las manos en el lavabo. Después de haberse frotado la piel fuertemente, se secó las manos con alardes meticulosos. Entonces cogió el tabloncillo con mi información y leyó por largo rato la página superior.

"Es lo que usted había sospechado, señora Silva. Tiene cistitis."

La doctora Macía levantó la vista de la página, y pareció haberme visto por vez primera como algo más que un nombre en una planilla médica.

"Entonces, necesito antibióticos," dije yo.

"No, no," ella replicó, frunciendo el seño. "Por su estado, no podemos curarla con antibióticos."

Cuando oí la palabra *estado*, me cerré la bata fuertemente alrededor de mi cuerpo.

"No comprendo," le dije.

La doctora Macía miró nuevamente mi planilla médica.

"No podemos usar antibióticos debido a su embarazo," dijo ella. "Es demasiado peligroso."

"Mi hijo tiene tres años," le dije. "Él no ha tomado pecho por años. No entiendo por qué eso podría implicar ninguna diferencia."

La doctora Macía pestañeó.

"Yo sé que tiene un hijo," me dijo. "Pero yo estoy refiriéndome a su embarazo actual."

"Y . . . ," yo misma me detuve. "No sé de qué me habla. Yo no estoy embarazada."

"Sí lo está."

La doctora Macía ladeó mi planilla médica para que yo pudiera verla, y entonces señaló un cuadradito en medio el centro, marcado en rosado.

"Yo hago que el laboratorio lleve a cabo pruebas de embarazos a mis pacientes como una cuestión de rutina. El suyo resultó positivo."

La doctora Macía tomó una tarjeta plástica redonda y la miró: "Vamos a ver; usted le dijo a la enfermera que el ocho de junio fue la última vez que menstruó. Su embarazo es, por consiguiente, de seis semanas. Usted dará a luz el ocho de marzo."

*¡Dar a luz!* Yo deseaba estar soñando, pero el dolor nauseabundo que sentía me aseguraba que todo esto era real.

"Yo tomo la píldora," insistí. "La tomo sin falta, por lo que no puedo estar embarazada. Su laboratorio ha cometido un error."

La expresión de la doctora Macía se ensombreció, como si yo impugnara su capacidad profesional.

"Me doy cuenta de que usted no estaba enterada de estar en estado," dijo.

"¿Estar enterada? ¡No!" balbucí. "No lo estaba. . . . Esto no tiene sentido. Aquí ha habido un error."

"Me temo que no," dijo la doctora. "Usted está embarazada. Noto que esto es una gran sorpresa, pero va a tener que enfrentarlo."

Todavía no estaba dispuesta a darme por vencida. Mis instintos de abogado eran fuertes.

"¡Si yo tomo la píldora a diario!" grité.

La expresión de la doctora Macía dio muestra de su falta de paciencia ante mi problema. Ella tenía que ver otros pacientes, y ese día cargaba el fardo de los pacientes del doctor Kennedy, además de los suyos propios.

"Hay una proporción de fracasos referentes a la píldora," dijo. "Seguro que usted lo sabe."

La doctora Macía comenzó a escribir en su recetario, dejándome sentada allí, sumida en consternación. Yo estaba atontada cuando me dio dos pedazos de papel.

"El primero es para la infección," dijo. "El otro es para pastillas de hierro prenatales. Su conteo globular está bajo."

"Gracias," le dije con voz apagada.

"Usted ha tenido un hijo, por lo que debe saber sobre dietas y abstención de bebidas alcohólicas," dijo la doctora. "Haga una cita con el doctor Kennedy para que él siga su embarazo. Cuando lo vea, él podrá explicarle sobre el porcentaje de fracaso de la píldora."

Debo haberle parecido especialmente infeliz, porque la doctora Macía se detuvo a la salida.

"¡Felicidades!" me dijo de una manera extrañamente sinuosa. "Y buena suerte con su segundo hijo."

Con eso, se había marchado. Pensé que quizá mi profesión la había hecho tratarme con frialdad, y por ello traté de no tomarlo personalmente. Esperaba que no fuera la barrera generacional. La sequía me resultaba muy deprimente.

Me vestí a cámara lenta y regresé para salir por el área de la recepción. Pagué la cuenta con un cheque: no había manera de que yo lo fuera a cargar a la compañía de seguros para su reembolso.

Espérate, pensé. Estoy en estado. Eso no puedo ocultarlo.

Dejé la oficina y crucé la calle como si estuviera caminando en medio de una neblina. Una vez que estuve dentro del carro, me senté detrás del volante como por un minuto, hasta que me sentí en disposición de guiar.

Miré hacia fuera, a los limpiadores del parabrisas. Era una sorpresa que no hubiera ninguna multa debajo de ellos, aunque no había puesto ninguna moneda en el parquímetro.

Bueno, ya era tiempo de que me tomara un descanso.

## [ 35 ]

Vamos a lo primero. Después de que salí del médico, conduje el carro directamente a la próxima farmacia Eckerd's para comprar las medicinas. Estaba tan alterada que tenía escalofríos y temblaba. Mis manos temblaban tanto que me era difícil guiar el carro; pero aun así, mi espíritu de sobreviviente se posesionó de mí y me las arreglé para evitar un accidente. Me sentí como si hubiera puesto el carro en piloto automático y casi no existiera dentro de mi cuerpo. Podía ejecutar las cosas corrientes de la vida, pero sentía hacia todo frialdad y un sentido de sereno desprendimiento.

Había un espejo grande justamente afuera de la droguería. Me detuve, sorprendida de notar todo lo normal que lucía a pesar de todo mi torbellino interno. No comprendía cómo podía ser así. Mi mundo se había virado al revés, pero no había evidencia de ello que yo pudiera ver.

"Estamos realmente atrasados," dijo el farmacéutico, un hombre de mediana edad, con espejuelos de cristales gruesos. "Va a demorar alrededor de dos horas para poder despachar esto. Usted debería haber hecho que su doctor nos llamara por teléfono para avisarnos."

Todas las lágrimas que yo había reprimido delante de la doctora

Macía, finalmente estaban saliendo. Me quedé parada allí, con la cabeza sobre el pecho. Debo haber lucido bastante patética, porque el farmacéutico miró a su alrededor apenado.

"Vamos a ver," dijo. "Me voy a ocupar de usted inmediatamente."

Cinco minutos después, pagué en efectivo por las recetas. Apreté el preciado cartucho de papel blanco y pregunté dónde estaba el baño de señoras. Me arrastré hasta el fondo de la tienda, me encerré en la caseta del inodoro, y me puse el ungüento yo misma. Sentí alivio casi inmediatamente, a tal punto que le perdoné a la doctora Macía lo brusca que había sido conmigo.

Me fue posible caminar al carro sin estremecerme de dolor; una mejoría definitiva. Arranqué el Escalade y me dirigí instintivamente para Dinner Key Marina. Una vez allí, me dirigí al este, hacia los muelles. Me parqueé en el mismo espacio reservado donde yo había estado hacía unas semanas, me apeé y me senté en el mismo banquillo donde Luther me había declarado su amor.

Miré hacia el agua, deseando que devolviera algún sentido de paz a mi espíritu. Era sólo la media mañana y no había tanto calor como la tarde en que me reuní con Luther, pero yo sabía que era solamente cuestión de tiempo para que el calor volviera a emanar de las aceras.

Escuchando cómo el agua rompía contra las proas de los barcos, sentí cómo me iba tranquilizando. Docenas de pelícanos estaban parados sobre los demarcadores del canal, buscando alguna que otra caza del océano. Debían haber desayunado, porque no mostraban interés alguno en las manadas de peces que se veían rastreando la superficie, con sus escamas plateadas brillando bajo los esplendores del sol. Las gaviotas daban alaridos según pasaban volando, en formación de picada, dirigiéndose mar afuera. Me fijé en una pareja de hombres que trabajaban en un bote, raspando escaramujos de los lados, y lavando la proa. Algunas personas estaban pescando y de algún lugar cercano, un radio transistor enviaba música enlatada a través de la tranquilidad de la mañana hacia donde yo estaba sentada.

Me hubiera podido quedar allí por horas, aspirándolo todo, pero tenía que enfrentarme con mis problemas. Me acordé que la doctora Macía había hablado acerca del porcentaje de fallo de la píldora. Yo creía firmemente en las estadísticas, pero nunca había creído en la ley de los promedios en lo que a mí concernía. Cuando Ariel y yo decidimos empezar una familia, yo simplemente paré de tomar la píldora y salí en estado un mes después. No había nada complicado acerca de eso, ni nada que exigiera pensar mucho en ello. Mientras que yo tomara la píldora, pensaba, no iba a quedar embarazada. El momento en que paré, salí embarazada, y en todos los años que había tomado la píldora, nunca había dejado de tomar ni siquiera una sola dosis.

Durante las seis semanas pasadas, yo había estado teniendo más sexo que lo usual, pero eso no tenía por que ser un problema para la píldora. Estaba diseñada para proteger contra el embarazo, por más que una mujer tuviera sexo una vez al mes o varias veces al día. Ariel estaba realmente capacitado para ser padre, y Luther era muy viril, pero eso no debería importar.

Me mordí el labio y me agarré de los dos lados del banquillo para serenarme, al sentir que me invadía una ola de ansiedad. No sabía quién era el padre de mi bebé. Había un cincuenta por ciento de probabilidad de cualquier parte. Yo había tenido sexo con Luther y Ariel el mismo número de veces en el tiempo en que había concebido. A menos de que yo los sometiera a ambos y al bebé a una prueba de ADN—y, créanme, eso no iba a suceder—era posible que nunca lo supiera. Comprendí que me iba a pasar el resto de mi vida vigilando al niño, buscando rasgos que pudieran identificar quién era el padre.

Terminar con el embarazo no era una opción. Yo podría no ser una calambuca católica, pero no creía en el aborto. Sé que era selectiva acerca de cuál sacramento seguir, y también había faltado a los diez mandamientos, pero el aborto era un pecado que simplemente nunca cometería. Quizá era una católica indiferente, pero no estaba tan separada de las enseñanzas de la Iglesia como para abortar una criatura. Así me gustara o no, él o ella ya formaban parte de mí.

Estaba poniéndose caliente, y apareció un lustre de sudor sobre mi frente. Miré al reloj y me sorprendí al ver que había pasado una hora sentada allí. Hasta el momento no había decidido nada, ni sorteado la situación. Todo lo que había hecho era sentirme infeliz conmigo misma, y repasar la situación que ya se volvía familiar, en que me había metido. Tenía que salirme de eso, porque iba a tener que ser muy cuidadosa en lo que decidiera hacer.

El hecho de que estaba en estado aún no me parecía real; era como si alguien me tocara la puerta repetidamente y no me animara a abrirla. No me sentía embarazada, ni tampoco había mostrado ningún síntoma de esa condición. Pasé mis manos sobre mi barriga, que sentía tan aplastada como antes. Mis pechos no estaban irritados, y no había experimentado ninguna molestia por las mañanas. Últimamente me sentía cansada—realmente exhausta—pero eso era una consecuencia natural de la vida estresada y doble que había estado llevando.

Tenía que aceptar el hecho de que iba a ser madre otra vez. *Un bebé*. No lo había planeado, por lo que me costaba trabajo comprenderlo y aceptarlo. Sabía cómo funcionaba mi mente y no me iba a permitir el lujo, aunque fuera por poco tiempo, de un periodo de negación.

Me estiré y bostecé, cerrando mis ojos para no ver el sol. Y, en ese momento, me di cuenta de algo. No sé como ni por qué, pero de pronto, comprendí que el que yo estuviera embarazada no había sido un accidente. Yo sabía que yo no era parte de esa escasa fracción de mujeres que salen en estado mientras toman la píldora. No podía decir que estaba segura de esto, pero hubiera apostado todo lo que tenía a que era verdad. Tenía que saber en dónde había habido una equivocación que me causó el embarazo. Necesitaba saber algo concreto antes de tomar una decisión.

La remesa de píldoras que yo tomaba cuando había concebido podía haber sido defectuosa. Yo quería saber si eso era posible, y cómo poder averiguarlo. No había manera de que el fabricante admitiera que había algo malo con su producto, especialmente una vez que supiera que yo era abogada. Se esconderían detrás de las estadísticas, e invocarían la posibilidad remota de que la píldora pudiera fallar. Hasta podían llamar al doctor Kennedy como testigo, y hacerle declarar bajo juramente, que él me había advertido del insignificante porcentaje de fallos de la píldora anticonceptiva. No, ponerme en contacto con el fabricante no me iba a resolver nada.

Me quedé mirando a los pelícanos, como si uno de ellos fuera a volar sobre mí y darme alguna información. Pero no me ofrecieron ayuda; se estaban preparando para irse de pesca y todo lo que hacían era mover las alas con verdadera impaciencia.

Recordaba haberme despertado esa mañana. Yo creía que tenía unas decisiones muy difíciles que tomar. Resultó ser que pasarle revista a mi vida marital y profesional era más fácil que enfrentarse con este niño. Podía haber bajado la cabeza: estaba embarazada e ignoraba quién era el padre. Me sentía que era un castigo del cielo por la forma en que me había estado comportando, y la católica que había dentro de mí me decía que tenía lo que me merecía.

Una vez, hace muchos años, yo había ido a Dallas para tomar una declaración en un caso, y me había quedado en un hotel de una cadena que hace negocios con viajeros de negocios. La ventana de mi hotel estaba enfrente de un anuncio gigante que se encendía durante la noche. No había manera de ignorarlo, y podía cerrar los ojos y verlo años después con entera claridad. Éste mostraba un espermatozoide gigante, con la cabeza apuntando hacia el cielo, y su movediza cola apuntando a la tierra. La leyenda decía: "¿Está embarazada? ¿No sabe quién es el padre?" Resultó ser un anuncio de una compañía que hacía exámenes de ADN para determinar la paternidad de las criaturas. La imagen me había parecido triste y deprimente, y odiaba pensar en un mundo en el cual tales servicios eran necesarios. Pero ahora tenía mucho más sentido.

Me sentía como una adolescente que había estado jugando con dos tipos y la habían cogido en el brinco. Era una sensación terrible, y me quemaba la vergüenza. Yo era una profesional, una mujer casada, la madre de un pequeñín. Esta era el tipo de cosa que podía pasarle a cualquier otra, pero no a mí.

Dios, pensaba yo, si Ariel se enterara. Y Mamá. Y hasta Martí, y mis ojos se llenaron de lágrimas cuando me imaginaba lo que pensaría de mí cuando fuera lo suficiente mayor para comprender.

Decidí hacer dos cosas: Iba a parar de humillarme a mí misma, e iba a averiguar en dónde estaba de verdad la equivocación. Entonces podría seguir adelante y resolver la situación.

Porque, gustarme o no, eso era lo que iba a tener que hacer.

# [ 36 ]

Con los brazos abiertos para recibirme, Rodrigo salió de atrás del mostrador de la sucursal de la Calle Ocho de la Farmacia Santos.

"¡Margarita!" dijo en su voz ronca. "¡Qué alegría me da verte!"

Me sentía un poco rara que Rodrigo me abrazara, ya que su cara me quedaba a la altura del pecho. Además, siempre parecía asegurarse que su cabeza terminara entre mis senos. Cuando yo era adolescente, lo veía como un viejo verde, pero desde entonces, me he dado cuenta de que sencillamente esa es su forma de saludar a las mujeres, y sobre todo a las jovencitas y bonitas. Y bueno, ya tenía ochenta y pico años, y no valía la pena explicarle cómo era correcto saludar a las mujeres en los tiempos modernos.

Rodrigo era un viejo flaco y arrugado, viudo desde hacía casi cincuenta años. Según decían, quería tanto a su Zoraida que nunca siquiera miró a otra mujer después que falleció. Rodrigo no tenía hijos, pero había adoptado como suyos—extraoficialmente—a los hijos de los Santos. Mis hermanos y todos mis primos lo adoraban, sobre todo cuando eran adolescentes, ya que él era una fuente infinita de chistes muy verdes.

Salvo por el tiempo que pasé en la universidad, no recuerdo pasar una semana de mi vida sin ver a Rodrigo. Él había sido empleado de mi familia en La Habana, en la Farmacia Santos de la esquina de San Rafael y Galiano. Cuando Fidel Castro llegó al poder, y se adueñó de todos los negocios, Rodrigo partió hacia el exilio con mi familia. Incluso, durante una época, vivió con mis abuelas mientras estudiaba para sacar su licencia de farmacéuta en los Estados Unidos. En el momento en que le revalidaron su licencia, Rodrigo estaba de regreso detrás del mostrador de una Farmacia Santos.

"¡Hola Rodrigo! ¿Cómo estás?"

Le devolví el abrazo, y pude sentir su cuerpo flaquito por dentro de los dobleces de su bata blanca de farmacéutico, la cual estaba hecha de una tela de algodón grueso. Su figura pequeña y nervuda, daba la sensación de ser la de un jockey.

"Bien, bien, muchachita," y dio un paso hacia atrás, me miró con los ojos entrecerrados, y ladeó la cabeza para poder verme bien.

"Te ves tan linda como siempre."

"¿Y cómo está Perrita?" le pregunté, ya que me refería a su fiel compañera: una perra sata sarnosa que encontró en una callejuela detrás de la farmacia hacía más o menos doce años atrás.

Perrita era una mezcla de varias razas, y por eso todo el mundo decía que hacía muchos años, su madre tuvo que haber pasado una tremenda noche de sábado. Casi ni pesaba veinte libras, tenía el pelo carmelita oscuro con manchas blancas, y le faltaban el ojo derecho, la oreja izquierda, y casi todo el rabo. Caminaba muy extraño, virada hacia un lado, como un marinero que trata de no perder el equilibrio mientras camina por la cubierta de un barco en medio de una tormenta. Claro estaba que Perrita había tenido un pasado sórdido. Iba dondequiera con Rodrigo, y pasaba muchos de sus días durmiendo en una butaca bien gastada detrás del mostrador de la farmacia, a sólo unos pies de distancia de donde estaba él. Normalmente, nadie se quejaba que Rodrigo trajera a Perrita al trabajo, pero en el último año, a Perrita le había dado por una manía muy desagradable: se tiraba pedos constantemente, y el aire acondicionado circulaba el olor a gas por toda la farmacia. Daba gracia verle la cara a un cliente cuando olía uno de los pedos de Perrita, y empezaba a mirar a los demás para ver quién era el culpable.

Todo el mundo sabía muy bien cuál era la raíz del problema. Durante todos los años que había pasado con ella, Rodrigo sólo le daba comida cubana a Perrita. No era la comida más fácil de digerir, y por lo tanto, le estaba destruyendo los intestinos. Todo el mundo en la farmacia había tratado de darle a Perrita Purina Dog Chow u otra marca de comida de perros hecha específicamente para los de mayor edad. Pero Rodrigo no permitía que le dieran esa comida, ya que según él, ella era una perra cubana con gustos cubanos, y que jamás se le iba a dar comida de perro americana hecha de los cadáveres de caballos.

Nadie se atrevía pensar qué le iba a pasar a Rodrigo cuando Perrita muriera, ya que ella había jugado un papel muy importante en su vida por mucho tiempo. Nadie sabía cuántos años tenía el can, y por eso no había forma de calcular cuánto le quedaba de vida. Hasta el día triste en que falleciera, los otros empleados y los clientes iban a tener que aguantar los gases nocivos de Perrita.

La cara color castaño de Rodrigo se le resplandeció con orgullo y cariño: "Perrita está bien. Muy bien. ¿Y Martí?"

"Está creciendo rápido," dije. "Pronto empieza la preescolar."

"Ya es hora que tengas otro, ¿eh?" dijo Rodrigo, y me guiñó un ojo.

Fijó los ojos en mi barriga, y en ese momento decidí dejar de hacer excusas por él. Sí era un viejo verde. Me moví para así evitar que continuara fijándose en mí. No lo pude detener.

"¿Quizá una hermanita para Martí?"

"¿Tú crees?" pregunté.

Me sorprendió la coincidencia de su comentario, y aún más, su manera tan fresca de revisarme el cuerpo. Yo sabía que no lo hacía por malo, y que era un amigo de confianza de la familia, aun así, había sido viudo por demasiado tiempo.

"Sí, sí, sí."

Y si fuera posible que la cara de una persona con la piel color castaño se pusiera colorada, así fue el caso de Rodrigo. Bajó la cabeza, se habló a sí mismo, y empezó a poner en orden los condones que estaban al frente del mostrador. Las manos le temblaban un poco, y de repente pareció haberse dado cuenta que estaba andando con los condones frente a mí, lo cual le provocó una tos muy fuerte, y después se hizo como si no los hubiera tocado, y terminó por ponerlos en su lugar otra vez.

Esta forma de comportarse tan misteriosa no era típica de Rodrigo. Siempre había sido como uno más de la familia, y por ser nuestro farmacéutico, sabía mucho de nuestras vidas privadas. Créanme, quien despacha las recetas sabe mucho de uno.

De pronto sospeché algo raro, y por eso fijé la vista en Rodrigo. Había ido allí para pedirle pastillas anticonceptivas, y ahora estaba claro que me estaba escondiendo algo.

"Rodrigo, ¿qué está pasando?" le pregunté, y me moví entre él y el mostrador para que no se me pudiera escapar. "Dime, ¿por qué te estás portando así? ¿Tienes algo que contarme?"

El viejo no contestó. Al contrario, se movió a unos cuantos pasos de distancia, haciéndose que estaba concentrado en los termómetros que estaban al lado de los condones. Él sabía algo que no sabía yo. La abogada que llevo por dentro enseñó los dientes.

"Rodrigo . . . ," empecé.

"Mira Margarita, tengo muchas recetas que hacer," dijo en un tono nervioso. "Entonces, si me lo permites, me tengo que ir."

Se subió en las puntas de los pies para darme un beso de despedida. Tenía que pensar rápido, o si no, no le iba a sacar nada.

"Rodrigo, te tengo que pedir un favor enorme."

Le dediqué mi mejor sonrisa y agarré su mano con la mía. Puse mi otra mano encima de su barriga, y se la acaricié. Después me agaché, y le dije en la oreja: "Últimamente, he engordado un poco. No mucho; sólo unas libras. Pero la ropa me está quedando apretada. Necesito hacer algo."

En ese momento, Rodrigó soltó una sonrisa de alivio. La cara sde este hombre era como un libro abierto. Daba pena lo fácil que era leérsela. Tan pronto noté su reacción a lo que había dicho, sentí escalofríos.

"¿Te acuerdas cuando nació Martí, y que estaba pasando trabajo adelgazar las libras que aumenté cuando estaba en estado?" pregunté, y desapareció su sonrisa. "Tú me diste unas pastillas para adelgazar. Eran bien fuertes. Adelgacé enseguida."

Rodrigo se puso serio.

"Sí, yo me acuerdo. Te di Fen-Phen," y sacudió la cabeza. "Lo han quitado del mercado. Algunas mujeres tuvieron problemas cardiacos cuando lo tomaron. Las válvulas dejaron de funcionarles bien. Algunas mujeres murieron, y hubo demandas enormes. De millones y millones de dólares."

"Oí algo de eso," le dije. "Pero hay nueva información que dice que tal vez el Fen-Phen no fue responsable por sus muertes. He leído mucho sobre el tema, y yo nunca creí que esas pastillas fueran peligrosas."

"Margarita, yo no sé," dijo, en un tono molesto.

"Rodrigo, ¿tú guardaste algunas de esas pastillas, no es cierto?" le insistí. "¿Tú no las devolviste todas, ni tampoco las destruiste, no?"

Rodrigo retiró su mano de la mía.

"Margarita, ¿por qué me estás pidiendo Fen-Phen?" preguntó. "Yo te conozco por mucho tiempo, y yo sé cuando me vas a pedir algo."

Me incliné sobre él.

"Si te quedan algunas de esas pastillas, quiero que me las des," dije. "Me funcionaron muy bien cuando las usé, y las quiero tomar otra vez. No tengo nada en el corazón. Lo único que hacen esas pastillas es ayudarme bajar de peso."

Rodrigo hizo una mueca de horror. Frotó las manos contra su bata, como si de repente se hubiera puesto nervioso.

"¡No! ¡No las puedes tomar!" dijo, casi gritando. "Margarita, ¡Tú no puedes tomar ninguna pastilla de dieta!"

Yo tenía razón. Me estaba ocultando algo.

"¿Y por qué no?" pregunté. "De verdad que funcionan bien, y quiero bajar las libras que tengo de más. He estado haciendo ejercicios, pero no están ayudando para nada. Entonces, ¿por qué no las puedo tomar?"

"Margarita, no," dijo Rodrigo, casi con tristeza.

"Bueno, no tengo que tomar Fen-Phen," y así suavicé mi posición un poco. "¿No tienes otra cosa que me puedas dar?"

Rodrigo sacudió la cabeza con toda fuerza: "No. No. No te voy a dar nada."

"Pero no entiendo por qué," dije. "Tú me las habías dado antes sin receta. Lo único que tenía que hacer era pedírtelas. Eso fue lo que me dijiste."

Rodrigo se movió hacia la puerta del mostrador de la farmacia.

"Lo siento," dijo. "Es que no puedo."

Encogí los hombros.

"Bueno, está bien. Entonces voy a la Farmacia Montes."

Cuando me oyó mencionar una farmacia que nos hacía competencia, la cual también era de cubanos, y conocida por dispensar medicinas sin recetas, Rodrigó se detuvo.

"¡No puedes hacer eso!"

"¿Y por qué no?" increpé. "Quiero adelgazar, y yo sé que las pastillas me pueden ayudar. De verdad que no entiendo por qué ahora no me quieres ayudar."

Me dolía ver a Rodrigo sufrir por su conciencia. Obviamente quería hacer lo indicado, pero también estaba tratando de ver cómo me podía ocultar la verdad. Sencillamente, su sentido de la moralidad pudo más que el de la privacidad. De una manera muy nerviosa, Rodrigo se pasó la lengua por los dientes, y miró a sus alrededores para asegurarse que nadie lo estuviera escuchando.

"Margarita, tú no puedes tomar ese tipo de medicina en tu estado."

Gagueó, y habló tan bajito que casi no lo pude oír bien. Estaba claro que el hombre estaba sufriendo, y que yo era la causa de su amargura. Bueno, lo siento. Ya le había mordido las nalgas, y no lo iba a soltar.

"¿Estado?" repetí. "¿De qué estado estás hablando?"

Rodrigó dio un gran suspiro y respiró profundamente. En ese momento me di cuenta que yo había ganado.

"Me botan si se enteran que te lo conté," dijo.

Me sentí con ganas de levantarlo y agitarlo hasta que las respuestas le salieran de la boca.

"¿Si me cuentas qué, Rodrigo?"

Agarró mis manos con las suyas, y me miró a la cara. Sus viejos ojos resplandecían con emoción.

"Tú no estás engordando porque estás comiendo demasiado, ni por falta de ejercicios," dijo. "Es porque vas a tener otro niño."

Ya. Lo dijo.

Había una sola razón que le permitiría saber esta información. Aunque me aturdió y me dejó desilusionada, algo en mi sintió un alivio espeluznante, ya que mis sospechas fueron confirmadas. Mis instintos me habían dicho que debía ir a hablar con Rodrigo acerca de las pastillas anticonceptivas, ya que él era quien me despachaba las recetas. No me gustaba mentirle, pero no me quedaba más remedio.

Todo ya tenía sentido. No deberían haberse metido con una abogada. Ahora lo único que me hacía falta era que Rodrigo me lo contara todo.

"Dime, ¿qué pasó?" le pregunté suavemente. "Te lo juro que no te voy a a buscar ningún lío con mi familia."

"Margarita, lo siento," dijo, con un gemido.

"No te preocupes," dije. "Habla. Cuéntamelo todo."

No había razón para acusarlo de haberme traicionado, debido a que ya todo eso había pasado. Lo único que yo quería en aquel momento era que me diera los detalles de lo que había transcurrido.

Y así fue como me enteré de la manera como mi madre y mi marido me habían traicionado.

# [ 37 ]

Estaba tan cansada por lo que me había contado Rodrigo, que sólo me quedó suficiente fuerza para regresar a mi carro. Empecé a mirar la consola, y descansé la cabeza encima del reloj, pero estaba tan disgustada que me demoré un poco en darme cuenta de los números verdes digitales. Me quedé asombrada cuando vi que ya había pasado la una de la tarde, y que no me había bañado, ni tampoco había tomado café. Me habían virado la vida al revés en sólo unas cuantas horas.

Cuando oí a Rodrigo explicarme detalladamente todo lo que había pasado—lo que me había hecho y por qué—me sentí destruida por la enormidad de la traición. Cuando vi a Ariel y a Mamá portándose como amiguitos en la cena de la familia, debería haber sospechado que estaban inventando algo. Pero jamás se me hubiera ocurrido que me harían algo tan nefasto y sucio para asegurar que dejara el trabajo y que me quedara en casa con otro niño.

Y ellos suponían que nunca me iba a dar cuenta.

Yo sabía que Ariel y Mamá siempre estaban de acuerdo, ya que ellos pensaban que sabían lo que me beneficiaría, pero que hicieran una cosa tan baja, era algo difícil para mí de entender. Me habían infantilizado, tomando decisiones por mí como si yo fuera incapaz de tomarlas por mí misma. En otras ocasiones ya me habían tratado como si fuera una niña, y por lo tanto, les seguía la corriente cuando se burlaban de mí, ya que suponía que no lo hacían con maldad. Ahora me daba cuenta que mi actitud floja había sido un gran error.

Me mantuve calmada mientras hablaba con Rodrigo, aun así, me sentí traumatizada, como si me hubiera enterado de la muerte de un pariente. Ya había ocurrido la tragedia, y no se podía hacer nada más, salvo enterarme de todos los detalles. Me sentí como una espectadora en una escena teatral en la cual yo desempeñaba el papel principal; una sensación horrible.

Por supuesto que Rodrigo me hizo que le jurara que no se lo iba a comentar a nadie, ya que me dijo que si Mamá se enteraba de que había hablado conmigo, no sólo lo botaría, sino que también lo expulsaría para siempre del seno de la familia Santos. Mamá sabía muy bien lo que hacía cuando lo amenazó con expulsarlo de la familia. Nosotros éramos la única familia que le quedaba.

Una vez que empezó a hablar, no había modo de que el viejo se aguantara. Mamá le había dicho que yo estaba cansada de trabajar, y que de verdad quería renunciar y tener otro hijo, pero me preocupaba que mis socios en el bufete fueran a pensar que los había defraudado. Le dijo que como yo era la única socia mayoritaria cubana, me preocupaba que estableciera un mal precedente si renunciaba del trabajo sin razón. Mamá también le contó que yo había comentado que había trabajado demasiado para irme del empleo como si nada.

En otras palabras, ella utilizó mis propios pensamientos y preocupaciones en contra mía.

Mamá le dijo a Rodrigo que si salía en estado, tendría una razón muy buena para renunciar al trabajo, y que eso era lo que de verdad yo quería hacer, pero que no se lo decía a nadie. Y para colmo, le dijo a Rodrigo que por culpa del trabajo había problemas entre Ariel y yo, y que si tenía otro niño, éste nos ayudaría hacer las paces. Según Mamá, lo único que estaba tratando de hacer era desempeñar su papel de buena madre al tratar de ayudarme con mis problemas.

Por ser un hombre cubano, Rodrigo entendía perfectamente lo

que ella decía. Hablaban el mismo idioma, y por eso estuvo de acuerdo total con ella en que yo saliera en estado enseguida. Después de todo, ¿quién podía saber lo que sería mejor para mí, sino mi marido y mi madre? Pero como el buen farmacéuta que era, Rodrigo sabía que estaría cometiendo un delito si hacía lo que le había planteado Mamá. En fin, el temor de ser expulsado del mundo de los Santos para él llevaba más peso que el juramento que tomó cuando se hizo farmacéuta. Por lo tanto, cedió ante los argumentos de mi madre, y olvidó las dudas iniciales que tuvo acerca de su plan.

Yo estaba muy consciente de lo persuasiva que podía ser Mamá, y por eso no me sorprendió que pudiera intimidar a Rodrigo para violar la ley. Por eso fue que cuando fui a recoger mi última receta de píldoras anticonceptivas, él sustituyó las píldoras con placebos. Claro estaba que Rodrigo había hecho lo que él pensaba que sería mejor para mí. Cuando me contó lo que había pasado, hablaba como si fuera algo lógico.

Jamás me había sentido tan sola. No tenía a nadie en quien confiar ni con quién consultar. No importada lo allegada que fuera a Vivian y a Anabel; yo no podía acudir a ellas para que me ayudaran. Tenía confianza total en ellas, pero esta era una noticia que sencillamente no podía compartir con ellas. No podía contarles de mi aventura amorosa con Luther, y creo que jamás se los diría. Ariel les caía bien a las dos, aunque al principio, cuando empezamos a salir, sospecharon de él y de sus motivos para estar conmigo. Pero esas dudas se desvanecieron con el pasar de los años, ya que las pudo convencer de sus intenciones honorables. Yo estaba segura que en esta situación defenderían a Ariel, sobre todo porque no les había contado la historia completa. Y no había forma ninguna que ellas entendieran los problemas que yo tenía que enfrentar sin saber de mi aventura amorosa.

Después de la primera conversación que tuvimos en Starbucks, cuando les conté que Luther estaba en Miami, no mencioné más su nombre. Seguro que se sentirían mal cuando se enteraran que no había confiado en ellas, aunque me tuve que acordar que Vivian había adoptado a una niña sin decir una palabra. Quizá la época de confianza mutua había llegado a su fin. Me daba tristeza pensar que fuera cierto, pero en ninguna circunstancia podía yo acudir ni a Vivian ni a Anabel para que me ayudaran.

Me di cuenta que a veces en la vida nos sentimos sencillamente solos. Y claro estaba que este era uno de esos momentos. Yo misma me metí en este lío—aunque tengo que reconocer que no fue totalmente mi culpa—y que me iba a tocar a mí resolverlo todo. Quizá la única opción que me quedaba era una consulta celestial.

Pasaron diez minutos hasta que me sentí lo suficientemente calmada como para echar a andar el carro. Lo conduje, sin en realidad pensarlo bien, en camino a la Ermita de la Caridad, el santuario dedicado a la Virgen de la Caridad del Cobre, la patrona de Cuba, situado en Coconut Grove. Casi estaba en un trance cuando doblé hacia la izquierda en South Bayshore Drive, y entré al recinto de la Ermita. Este santuario es un lugar sagrado para los exiliados, un edificio redondo a sólo unos metros de distancia de las aguas de la bahía de Biscayne.

Había estado allí anteriormente para buscar consuelo, pero había transcurrido mucho tiempo desde que la había visitado. Las manos me temblaban, y respiraba con mucho esfuerzo. Me sentía como si entrara en el último lugar que me quedaba en la tierra.

Le di la vuelta al edificio y parqueé en un espacio justamente enfrente a la bahía. El viento que venía de la misma era tan fuerte, que me costó trabajo abrir la puerta del carro. La Ermita estaba abierta, y por lo tanto, entré sin problemas.

La iglesia estaba vacía; algo que no me debería sorprender, ya que era el mediodía de un día laboral. Caminé despacio hasta el altar mayor, donde hice una genuflexión, me persigné, y me senté tranquilamente en el primer banco. Fijé la vista sobre la imagen de la Virgen de la Caridad del Cobre, una pequeña estatua de la Virgen mulata situada en el centro del altar mayor. Estaba vestida en su vestimenta blanca de siempre, y una cascada de perlas le enmarcaba su pequeña cara.

Paz y tranquilidad. Por un instante, sentí como si agua fresca me cayera por todo el cuerpo.

En el momento preciso que entré en la Ermita, sentí un nexo con mis raíces cubanas. El edifico era un testamento al exilio y a sus héroes y heroínas. La pared detrás del altar mayor estaba cubierta por un mural que representaba sucesos importantes de la historia cubana. Aunque Fidel Castro había estado en el poder por más de cuarenta años, estas pinturas de los hombres y mujeres que habían contribuido a la formación de la historia cubana durante sus quinientos años, eran un recuerdo conmovedor que la totalidad de la historia de la Isla era mayor y más fuerte que un solo dictador. El mural me decía que la pesadilla pasaría, y que quizá habríamos de aprender algo de esta experiencia trágica y dolorosa que nos tocó vivir.

Aunque había consultado a Violeta, y confiaba en su cordura, mis problemas eran demasiado grandes para ella. Yo iba a ver a la Virgen sólo de vez en cuando, ya que no quería molestarla demasiado con mis problemas. Era pequeña—no llegaba a los treinta centímetros de altura—pero para los cubanos, su importancia era monumental. En ella podíamos confiar, ya que era una fuerza sosegada que nos unía a todos los doce millones de compatriotas, tanto en el exilio como en la Isla. Siempre sentía que me hablaba directamente, y en más de una ocasión, me pareció que presencié que se le movían los labios.

Me puse cómoda, ya que sabía que iba a ser una conversación larga. Aunque estaba segura que ya ella estaba enterada de todos los detalles, fijé mis ojos en los suyos, y le empecé a explicar lo que había hecho.

Yo sabía que por medio de mi aventura amorosa con Luther, violé los votos que había tomado cuando recibí el sacramento del matrimonio. No había excusa ni razón que justificara lo que había hecho con Luther. Creía que tenía un matrimonio feliz con Ariel, aunque tenía que haber algo que no estaba bien dentro de mí o entre nosotros. Aun así, había traicionado a un hombre bueno que me amaba. Hice algo imperdonable, e iba a tener que cargar esta cruz por toda la vida.

Pero Ariel tampoco estaba libre de culpas. Había conspirado con mi madre para forzarme a dejar el trabajo, y se había burlado de mi derecho a vivir mi vida como mejor me pareciera. Así no se debería comportar un hombre digno. Claro estaba que se imaginó que yo nunca me iba a enterar de lo que había hecho, pero tanto él como Mamá me habían menospreciado. Por supuesto que Ariel no sabía nada de Luther. Pero el complot de Ariel y Mamá para que saliera embrazada había creado la posibilidad que ahora estuviera llevando el hijo de Luther en mi vientre.

Y qué atrevido era Luther, ya que reapareció en mi vida, y me declaró su amor sabiendo que estaba casada y que tenía una familia propia. Sólo estaba pensando en sí mismo cuando se presentó en mi vida y volvió a hacerse parte de la misma. Por supuesto, yo tampoco lo resistí.

Todo el mundo tenía culpa, y ya había llegado el momento de hacerle frente a la situación. Los aspectos cubanos y americanos de mi vida se habían fundido, habían causado chispas, y ahora amenazaban con destruirme la vida. No podía permitir que eso pasara. Tenía un hijo, y otro en camino. Eso era lo único que importaba. No me podía preocupar por lo que sintieran Ariel ni Luther. Y me importaba un bledo lo que fuera a pensar mi madre.

Me fijé en la carita de la Virgen, desde sus ojos hasta sus labios, los cuales vi moverse.

"Dime. ¿Qué hago?" le pregunté.

Y me quedé allí tranquila, oyendo lo que quería decirme.

# [ 38 ]

Tan pronto oí el carro de Ariel llegar, salí corriendo para el dormitorio, y me recosté en la cama. Una hora antes, lo había llamado a la oficina y le había pedido que regresara a casa lo antes posible. Esta era la primera vez que recordaba haberle pedido algo por estilo, y por eso no me sorprendió que primero estuviera curioso, y que después se enojara cuando no quise decirle lo que tenía en mente. Suponía que como buen abogado que era, él sabía que yo no iba a divulgar tan fácilmente lo que tenía que decirle.

Ariel continuaba llamando mi nombre mientras andaba por la casa. Muy tranquilamente, esperé hasta que llegara a la puerta del dormitorio para contestarle.

"Hola Ariel," y abrí los ojos como si me hubiera acabado de despertar.

Si me interesaba saber si yo podía ser actriz o no, ese era el momento propicio para enterarme.

"Me quedé dormida."

Aunque estaba furiosa por su traición, tenía que reconocer que se veía guapo, en su traje verde olivo de hilo, y con la cara bronceada por conducir su carro descapotado.

"Margarita, ¿qué fue?" preguntó, y cuando me vio recostada en la cama, preguntó: "¿Te sientes mal?"

"Ariel, ven acá," dije, me senté, y le di un golpecito a la cama al lado de donde yo estaba. "Te tengo que contar algo."

El corazón se me hundió cuando me percaté de la mirada que tenía, la misma que hacía cuando interrogaba a un testigo, y que indicaba que se estaba moviendo alrededor de la presa. Él sabía lo que iba a decir, pero estaba esperando a ver cómo lo hacía. Con su mirada me confirmó lo que me había contado Rodrigo, y por lo tanto, lo único que me tocaba a mí hacer ahora era seguirle la corriente.

Le agarré la mano y se la aguanté.

"Ariel, hoy fui a ver al doctor Kennedy para hacerme un chequeo."

Ariel sabía muy bien cómo se llamaba mi ginecólogo, y tan pronto oyó su nombre, estaba casi seguro hacia dónde iban mis palabras.

"Tengo algo que contarte," le dije.

Ariel frunció el seño, ya que no quería que yo me diera cuenta de lo que él sabía.

"¿Qué tienes que contarme, Margarita?" dijo, y empezó a pasarme las manos por el pelo. "¿Hay algún problema?"

Quise alejarme de él, pero pude mantenerme tranquila. La única forma que mi plan—y el plan de la Virgen—iba a funcionar era si hacía un buen papel. Sin duda alguna, me iba a ganar un premio Óscar. Lo único que tenía que hacer era pensar en Martí.

"Me acabo de enterar que voy a tener otro bebé," le dije sin emoción. No quería que Ariel supiera nada de cómo me sentía acerca de la situación.

Ariel se agachó, y me dio un beso.

"¡Un niño! ¡Ay Margarita, qué maravilla! ¡Martí va a tener una hermanita o un hermanito!"

Me aguanté y no dije nada. Al contrario, esperé un minuto antes de hablar.

"Bueno Ariel, tú sabes que yo tomo la píldora, entonces esto es un accidente."

Ariel me apretó la mano, y me dio otro beso.

"¿No estás contenta, querida? Habíamos hablado de tener otro hijo."

No me podía aguantar más, ya que lo quería insultar.

"¡Sí, pero habíamos hablado que teníamos que planear el embarazo, y no que fuera un accidente!" dije, y me recosté otra vez en la cama. "Todavía no he decidido qué voy a hacer con el trabajo."

Cerré los ojos.

"Así no se debe tener un hijo," dije.

"Margarita," dijo Ariel, recostado a mi lado y pasándome las manos por el pelo. "Es la voluntad de Dios."

Con los ojos todavía cerrados, entré en territorio peligroso. Si no hablaba en ese momento, callaría para siempre.

"Yo me tomé la píldora todos los días sin falta. Y a pesar de eso, salí embarazada," dije, mientras respiraba profundo. "La única posibilidad es que las pastillas estuvieran defectuosas."

Sentí cómo Ariel sufría a mi lado. Me alegró verlo así.

"Bueno, Margarita, tú sabes que esas pastillas no siempre funcionan. Tú lo sabes bien."

Abrí los ojos y otra vez me senté en la cama.

"Enseguida que regresé de la consulta del doctor Kennedy, me metí a la Internet, e investigué el índice de fallos de la marca de las píldoras que tomo."

En ese momento, Ariel se veía preocupado. Y ya que me conocía bien, tenía mucha razón para estarlo. Él sabía que yo no dejaba pasar ni una.

"¿Pero por qué?" dijo él.

"Porque voy a ver cómo le pongo una demanda a la compañía por haberme vendido un producto defectuoso," le dije muy en serio. "Y cuando acabe con ellos, se van a cagar en el día que se les ocurrió hacer esas pastillas."

Ariel se quedó callado cuando se dio cuenta de lo que yo estaba diciendo. Ambos sabíamos que una vez que emprendiéramos ese camino, no había marcha atrás. En el momento preciso que le pusiera la demanda, ese laboratorio—para defenderse—soltaría una multitud de investigadores que se iban a meter en todos los aspectos de nuestras vidas. En poco tiempo, sus averiguaciones los llevarían hasta Rodrigo, y se conocería el papel que éste jugó en el embarazo. La cosa no iba a terminar nada bien.

Seguí explicándole la estrategia que iba a usar. Mientras más hablaba, más pálido se ponía Ariel. La piel bronceada con que entró se había vuelto un mero recuerdo. Cuando me di cuenta de su reacción, decidí embestirme en contra de él y atacar la yugular. No me porté en nada como la madre Teresa de Calcuta, pero él también se había portado de una manera asquerosa conmigo.

Ariel me prestó toda la atención que pudo, pero no podía más. Después de reflexionar sobre el panorama horroroso que le estaba planteando, Ariel decidió que sería mejor si me confesara la verdad.

Al verse claramente molesto, fijó su vista en la mía, y me dijo: "Margarita, no le vas a poner ninguna demanda al laboratorio. Las pastillas no estaban defectuosas."

Lo dejé que sudara antes de hablar.

"Ariel, estoy desconsolada al enterarme lo que me has hecho. Bueno, no me sorprende para nada lo que me hizo mi madre, ¡¿pero tú?! ¡Tú me has traicionado de la peor forma posible!"

Tuve que haber sido mejor actriz de lo que pensaba, ya que pude ver que los ojos se le aguaron.

Cuando le entró el ataque a Ariel de pensar que lo iba a dejar, le detallé los convenios y condiciones bajo las cuales me quedaría con él, las mismas que yo había pactado ese mimo día con la Virgen en la Ermita de la Caridad.

Mientras oía a Ariel jurarme que cumpliría con el pacto entre nosotros, estaba segura que podía ver a la Virgen mirándome a través de la ventana grande del dormitorio, con una gran sonrisa en la cara. Las cubanas sabemos cómo hacer un pacto, sobre todo cuando tenemos un adversario débil. Salí bien de una mala situación.

¡Gracias a Dios!

Después de que resolví el asunto con Ariel, decidí no posponer más mi conversación con Luther. Por lo tanto, el próximo día, tan pronto

Ariel se fue para la oficina, levanté el auricular y marqué el ya conocido número de teléfono. Luther contestó después de un solo un timbrazo, casi como si supiera que lo iba a llamar en ese mismo momento. Cuando le dije que lo llamaba para ver si estaba libre esa tarde para juntarse conmigo, palpé su alivio, y por lo tanto, enseguida sentí remordimiento. Había estado tan preocupada con mis propios problemas, que de verdad no había pensado en cómo mi ausencia lo afectaría.

Después que nos preguntamos mutuamente cómo estábamos, quedamos en reunirnos en su apartamento al mediodía. Luther sonaba tan contento de que nos íbamos a ver otra vez, que colgué sin despedirme. Claro estaba que él no sospechaba nada raro.

Mientras conducía hacia su apartamento en Coconut Grove, sentí cómo el corazón me latía más rápido con cada kilómetro que pasaba. Jugué con el radio, cambiando las estaciones, tratando de distraerme y así no pensar en lo que me esperaba.

Como siempre, paré en Scotty's y compré unas exquisiteces para el almuerzo. Yo quería que la reunión fuera un evento especial y digno de recordar. Cuando terminé las compras, me monté en el Escalade y fui para el apartamento. Hice tiempo perfecto, ya que Luther estaba entrando en el mismo momento que entraba yo.

Seguimos la misma rutina, como si nada hubiera pasado. En ese momento, actuaba de forma automática. Cuando estábamos juntos, Luther y yo nos portábamos de una manera tan formal y cordial, que cualquiera que no nos conociera diría que éramos totalmente desconocidos el uno para el otro, y mucho menos en el sentido bíblico.

Ese día Luther se veía muy guapo, en un traje color crema, y una camisa azul que le hacía juego perfecto con sus ojos. Mientras esperábamos el ascensor, me sentía como si me fuera a derretir, y cuando caminamos por el pasillo en dirección a su apartamento, me sentí como si me iban a tener que recoger del piso. De alguna manera, me pude aguantar de tirármele encima. Si sentía lo mismo por mí, lo ocultó muy bien con su control perfecto de blanco, anglosajón, y protestante.

Nos abrazamos sólo después que cerramos la puerta del apartamento y que dejamos la comida en la mesa de la cocina. El tiempo que estuvimos separados sólo sirvió para agudizar el hambre que sentíamos por cada uno. Los dos decidimos olvidarnos del champán, y nos fuimos derechito para el dormitorio. Le di gracias a Dios que el ungüento antibiótico había funcionado tan bien que pude disfrutar de nuestras relaciones sexuales.

Luego, mientras descansábamos, cansados y sudados, me di cuenta que jamás tendría un amante tan capacitado en mi vida como Luther, algo que me entristeció mucho. Luther tuvo que haberse percatado de mi cambio de humor, ya que se viró hacia mí, y me preguntó: "Daisy, ¿qué te pasa?"

En lugar de contestarle, le pregunté: "Luther, ¿podemos tomar un poquito de champán ahora?"

Luther sentía que algo no estaba bien, pero no hizo ningún comentario, y fue a hacer lo que le pedí. Salió de la cama, y fue para la cocina. Mientras lo miraba cruzar el cuarto completamente desnudo y observaba la perfección de su cuerpo, casi lloro, ya que sabía que jamás lo vería otra vez. Estaba casi segura que nadie le iba ni admirar el cuerpo de la manera que se lo admiraba yo, ni tampoco disfrutarlo del mismo modo.

Podía oír los sonidos conocidos desde la cocina mientras Luther preparaba el champán y los vasos. Aunque no debería estar tomando por el niño, no podía tener esta conversación sin estar un poquito borracha. Me decidí a tomar sólo unos sorbitos, para así calmarme un poco. Y de todas formas, no me parecía que un vaso de champán le haría daño a la criatura. Aun así, era mejor prevenir que lamentar. Por la tanto, después de ese día, iba a dejar de tomar.

Luther regresó con una bandeja de plata y encima de la misma había una cubeta y dos copas. Podía ver la tapa color naranjado de la botella del Veuve Clicquot que salía de la cubeta. Era un panorama precioso: un hombre desnudo, con un cuerpo como el de Luther, trayéndome una ofrenda tan linda.

Luther puso la bandeja en la cama, y empezó a descorchar la botella con mucho cuidado, ya que no quería que le diera en un lugar inapropiado de su cuerpo. Echó el líquido dorado en los vasos, y me dio uno. Nos sentamos en la cama, mirándonos, y dimos un golpecito con los vasos y tomamos el líquido sabroso a sorbitos.

"Bueno Daisy," dijo Luther, y después puso su vaso en una de las mesitas de noche, agarró el mío, e hizo lo mismo. Luego agarró mis dos manos con la suyas, y me miró en los ojos: "¿Qué te pasa?"

Mientras miraba sus ojos azules, sabía que esto iba a ser más difícil de lo que pensaba. Aun así, lo tenía que hacer, por el bien de Martí y del niño que llevaba en la barriga.

"Luther, creo que no nos debemos ver más," le dije.

Retiré mi mano, y agarré el vaso de champán que estaba en la mesita de noche. Tomé un buche grande, y decidí que no había un momento perfecto para decir lo que tenía que decir. Por la tanto, era mejor si ya se lo comunicaba de un viaje.

"Luther, tú sabes cuánto te quiero."

Luther asintió con la cabeza cautelosamente, ya que enseguida supo que no íbamos a tener una conversación placentera.

"Estos meses de verano contigo han sido los más felices de mi vida," le dije.

Luther empezó a respirar con más tranquilidad. Cuando vi su reacción, decidí apurarme, porque si no, iba a pensar que iba a decir otra cosa.

"Por tanto que te quiera, no creo que podamos tener un futuro juntos," dije sin vacilar.

Levanté los brazos, y apunté hacia la sala.

"Esto ha sido una fantasía. Una fantasía estupenda y maravillosa. Pero no fue más nada que una fantasía. Esto no es la vida real. Venimos aquí por las tardes para almorzar, tomar champán, y hacer el amor."

Luther se me quedó mirando como si le hubiera acabado de decir que Santa Claus, que el Conejito de Pascua, que el Ratoncito de los Dientes, y que Tinker Bell no existían.

Debido a la experiencia previa, Luther sabía que el champán me hacía cambiar de opinión. Por eso, agarró la botella y nos sirvió dos vasos llenos.

"¿Qué me quieres decir, Daisy?"

Su mirada era tal, que por poco me echo atrás de lo que le iba a decir, pero sólo la imagen de Martí me dio la fuerza para proseguir.

"Tengo responsabilidades con mi familia, y tengo un hijo. Tengo que pensar en él."

Le di a Luther una explicación que me echaba las culpas a mí, y no a él. Quería terminar como amigos. A mí nunca me ha gustado cerrarle las puertas a nadie. Tomé otro sorbo enorme de champán, y seguí: "Mientras más te veo, más me comprometo contigo."

Luther se veía confuso.

"¡¿Y que tiene eso de malo?!" preguntó, con toda lógica. "Yo te he explicado lo que siento por ti, e incluso, estoy dispuesto mudarme para acá por ti."

Los ojos le brillaron intensamente.

"¡Coño Daisy! ¡Hasta aprendí hablar español por ti!"

Me tocó la mejilla con la mano derecha.

"¿Tú sabes lo difícil que es eso para un americano?"

Luther me partió el corazón.

"Yo sé mi amor. Yo sé," le dije, y lo besé suavemente. "Pero yo tengo responsabilidades."

Ambos sabíamos a qué me refería.

"Yo estoy dispuesto a ayudarte con esas responsabilidades," dijo Luther. "Estoy dispuesto hacerlo. Ya te lo dije."

"Yo lo sé, y te estoy muy agradecida, pero no creo que eso estaría bien," le dije. "Miami no es tu ambiente natural. Sólo estarías aquí por mí, y eso sería muy difícil. Ariel iría a la corte para quitarme a Martí, y yo lo perdería."

"Pero Daisy, nosotros nos queremos," dijo Luther, mientras me abrazaba. "Y podemos ganarle. Sí podemos. Te perdí una vez ya, y no voy a dejar que te vayas de mis manos otra vez."

Tuve que usar toda la fuerza que me quedaba para continuar.

"Luther, lo siento. Ya me decidí. Mi vida está aquí en Miami con mi marido y con mi hijo."

Cada palabra que pronunciaba era como si me arrancaran el corazón.

"Tú eres el amor de mi vida. Siempre lo has sido y siempre lo serás. Pero a veces en la vida, las cosas no van como uno quisiera."

"Daisy, sólo porque tú seas cubana y yo americano, eso no significa que seamos dos personajes de *West Side Story*. Podemos llegar a algún arreglo. De eso estoy seguro."

Luther estaba haciendo todo lo posible por convencerme.

"Nosotros somos personas maduras. Si quisiéramos, podríamos hacerlo funcionar."

Sacudí la cabeza, y empecé a llorar. Me sentí como un personaje en una telenovela bien mala.

"Lo siento, pero no puedo darme el lujo de perder a mi hijo."

En ese momento, casi le conté lo del embarazo, pero sabía que si se lo dijera, me hubiera convencido que me quedara con él. Y ya yo había llegado a la conclusión de que quedarme con él no sería algo bueno. No podía culparlo por dudar de mi lógica, ya que cuando yo *misma* la oí, me pareció que era bastante débil. Pero por supuesto, no le podía contar toda la verdad. Eso sería imposible.

"Lo siento," le repetí, entre sollozos.

Luther se dio cuenta que estaba perdiendo la batalla. No le podía ganar a la maternidad. Lo único que podía hacer era endulzar nuestra despedida. Más que nada, él era optimista, y por lo tanto pensó que me persuadiría en el futuro si nos despedíamos bien.

"Ven acá."

Me haló hacia él, y nos volvimos a recostar en la cama.

"Daisy, si de verdad estás convencida como dices, quizá esto te hará regresar a mí."

Empezó a tocarme de la manera que él sabía que me daría el mayor placer.

"Yo sé que tú vas a regresar a mí, Daisy. Yo tengo mucha paciencia."

Y como iba a ser la última vez que íbamos a estar juntos, Luther se metió de lleno en lo que estaba haciendo. Al hombre le gustaba hacer más de lo esperado. De eso no había duda alguna. Me exploró el cuerpo con una minuciosidad que ni siquiera un escáner podía hacer. Después de ese día, hubiera podido solicitar un puesto como contorsionista en un circo. Jamás me había sentido tan flexible. Si hubiéramos proseguido con nuestra relación, nunca hubiera tenido que preocuparme de la osteoporosis.

Al final de nuestro encuentro, y sintiéndome como me sentía, hubiera aceptado cualquier cosa que Luther me hubiera planteado, salvo lo que más quería. Eso no se lo podía dar. Tenía que pensar en mis hijos. Ante todo, yo era una madre cubana.

# [ 39 ]

OCHO MESES DESPUÉS.

Las luces del salón de partos brillaban tanto que los ojos me dolían, ya estuvieran abiertos o cerrados. Para distraerme del dolor horroroso que sentía por debajo de la cintura, mantuve los ojos abiertos para mirar a mis alrededores. Estaba helada de frío, a pesar de haberme esforzado tanto las últimas horas. Cuando se lo dije a una de las enfermeras que estaban muy ocupadas, ella me dijo que era necesario mantener el salón frío. También me dijo que me iba a traer unas cuantas sábanas más para taparme, pero parece que se distrajo y se olvidó de mí. Me sentía como si estuviera en un vuelo sin fin. Habían pasado horas desde que le pedí a la azafata que me trajera una frazada, y había quedado conmigo que me la iba a traer, pero parecía que se la había olvidado.

El parto de Martí fue relativamente fácil, pero este fue sorpresivamente largo y brutalmente doloroso. El doctor Kennedy vio que yo no podía sufrir más, y por lo tanto, me puso una buena cantidad de Demerol como anestesia epidural para aliviar el dolor. Vi cómo echaban la medicina en el suero que estaba colgado a mi lado, y le di gracias a Dios que tenía un obstetra que creía en el poder de los fármacos.

Luego de una inyección rápida en la base de mi espina dorsal, cambié de humor de una manera dramática.

De pronto estaba flotando entre las nubes, y sentí leche caliente corriéndome por las venas. Le di la bienvenida a los analgésicos, aunque en parte me sentía como si no me los mereciera. Debería sufrir por lo que había hecho.

Estaba recostada en la mesa en el salón de parto mientras sentía todo tipo de actividad a mis alrededores, y aunque me halaban y empujaban el cuerpo en todas las direcciones, no me importaba lo que pasaba, y ya le había dejado de prestar atención. Estaba en otro mundo. El doctor Kennedy se fue, regresó, y me dijo algo. Estaba al pie de la mesa, pero no lo podía oír; me parecía como que habia metros y metros de tela de algodón verde que nos separaba. Supongo que había más de diez personas en el salón que hablaban entre sí, pero no molesté en contar cuántos había en total. Ya no me importaba cómo me veía ni quién había visto mi cuerpo. Había dejado esa modestia atrás.

Sentía cierto conflicto por esa fecha—el ocho de marzo—la misma fecha que la doctora Macía me había dicho que iba a dar a luz. Aunque fuera cubana, siempre he sido muy puntual. Esta era la fecha que esperaba con tanto entusiasmo y con tanto temor.

Mientras flotaba por encima de un mar de fármacos, pensé en todos los eventos que me habían llevado hasta esa mesa fría de hierro, con mis partes privadas abiertas a la vista de todo el mundo. Me acordé del momento cuando la doctora Macía me había dado la noticia, y después de mi encuentro con Rodrigo en la Farmacia Santos, cuando me enteré que Ariel y Mamá habían conspirado para cambiar mis píldoras anticonceptivas por placebos.

Y cuando cerraba los ojos bien apretados, podía oír mi voz en la Ermita de la Caridad, y también cómo se movían los labios de la Virgen. Ella no me engañó.

Yo sé que no se puede negociar con la Virgen, pero me imagino que había hecho una excepción en mi caso. Quizá mi desesperación la hizo ayudarme. Seguro que creyó mi promesa que yo haría lo que quisiera de mí, si me guiaba, si me auxiliaba, y si me daba su apoyo.

Fui a la Ermita tres veces en un periodo de tres días para entender lo que me decía la Virgen. Pero al final, supe qué tenía que hacer, y qué esperaba Ella de mí. Fue un trato difícil. Primero, tenía que ir a misa todos los domingos, tenía que vivir mi vida según los sacramentos de la Iglesia, y tenía que hacer Martí monaguillo tan pronto tuviera la edad de serlo. Hasta el momento, he cumplido con mi promesa. Y espero seguir cumpliéndola.

La Virgen me dijo que reflexionara sobre mi vida y que equilibrara mis prioridades. Me demoró dos días hacerlo, pero al final, entendí lo que quería de mí. La persona más importante en mi vida era Martí, y ahora la bebé que lo iba a acompañar. Mis propios deseos y anhelos ocuparían un segundo lugar detrás de mis hijos. Tenía que reconocer que mis propios deseos egoístas me habían metido en este lío, y que ya había llegado la hora de pensar en otros.

Una vez que pude entender, todo cayó en su lugar. Aunque había traicionado a Ariel, me parecía que su conspiración en mi contra para que saliera en estado igualaba—o hasta excedía—mi traición hacia él. Todas esas relaciones sexuales que tuvimos durantes esas semanas no se debieron a la pasión que sintiera por mí, sino que sólo fue para aumentar las posibilidades que me embarazara. Sin embargo, estaba consciente que no valía la pena disgustarme. Llevaba una criatura en el vientre, y por lo tanto, sería nocivo para ésta si guardara rencor y energías negativas.

De momento sentí que alguien me tocaba el cuello y los hombros. Abrí los ojos y vi a la enfermera que había regresado y que me estaba tapando con sábanas de algodón. Casi no podía coordinar los labios para pronunciar las palabras, pero de alguna manera pude darle las gracias entre dientes antes de cerrar los ojos otra vez. Pronto las sábanas me hicieron sentir cómoda en ese salón frío y estéril. No tenía ni idea de los que estaba haciendo el doctor Kennedy allá en el pie de la mesa de operaciones. Eché un vistazo en su dirección, y le vi la coronilla, y más nada.

Otra vez me quedé medio dormida. En ese momento me acordé de cuando confronté a Ariel con lo de haberme cambiado las píldoras anticonceptivas. También pude ver la escena en el apartamento de Luther, cuando le dije que no iba a verlo más. Los dos eventos fueron igualmente dolorosos. En mi estado semiconsciente, titubeaba entre una escena y la otra. Pronto se fundieron y se volvieron una sola.

"Margarita," alguien me dijo.

Casi dije el nombre de Luther, pero me detuve.

"Margarita, quiero que conozcas a tu hija," dijo el doctor Kennedy.

Me la mostró antes de entregársela a una enfermera que lo acompañaba con una frazada abierta en las manos.

Me incorporé y sonreí.

"Le vamos a poner Caridad," dije, antes de perder el conocimiento.

[ 40 ]

Todo el tiempo que estuve en la sala de postoperatorio me sentía como si estuviera dentro de una nube, aunque más o menos me acuerdo de una enfermera que entró y me empujó bien la barriga hacia dentro para que así expulsara la mayor cantidad de fluidos del parto posible. Luego la enfermera me contó que yo le habia dicho que empujara duro porque no quería pasar trabajo para adelgazar después que me dieran de alta en el hospital.

Horas más tarde, de regreso a mi cuarto privado, me sentí lo suficientemente despierta como para recibir visitas. Antes de dejar que nadie me viera, soborné a la asistente de enfermeras haitiana para que me ayudara a darme una ducha y lavarme el pelo. Cuando primero le pedí que me ayudara, me dijo que las reglas del hospital lo prohibían absolutamente, y que tenía que quedarme tranquila en la cama. Estaba tan desesperada que le dije que yo era una abogada que ejercía el derecho de la inmigración, y que ayudaría a cualquiera de sus parientes que tuviera problemas con sus documentos de legales de inmigración. Me sentía como si acabara de correr una maratón, y por lo tanto, no estaba en condición de ver a nadie. Al fin me ayudó a jabonarme en la ducha, mientras me movía el pie que tenía el suero, para que no se me saliera la aguja del brazo. Aunque fue un proceso difícil, después de la ducha, me sentí como una mujer nueva.

Ariel fue el primero que me vino a ver. Aunque hoy en día, la mayoría de las parejas tienen al marido en el salón de partos mientras la mujer está dando a luz, yo no tenía necesidad que él estuviera allí. No le iba a sacar ningún partido a Ariel viéndome pasar dolor. No lo dejé estar conmigo cuando tuve a Martí, ni tampoco quería que estuviera presente en el parto de Caridad. Además, ni siquiera sabía si él era el padre, lo cual era otra razón por excluirlo del alumbramiento. Ariel so sabía nada de si era el padre o no, y para él estuvo bien pasar las horas que duró el parto en el salón de espera al otro extremo del pasillo.

La asistente de las enfermeras era una alegre mujer cuarentona, cuyos ánimos se levantaron muchísimo cuando le ofrecí mis servicios legales gratuitos. Me ayudó a secarme el pelo con una toalla, y pasarme la bata por encima de la cabeza. Me aguantó el espejo para que me maquillara, y me echara después un poquito de Chanel No. 5.

Ariel tocó la puerta suavemente antes de entrar en el cuarto.

"¿Cómo te sientes?" preguntó en voz baja.

Se agachó para darme un beso, se sentó en la esquina de la cama, y me aguantó la mano con mucha cautela, ya que no quería tocar el suero.

"Margarita, acabo de ir a la guardería. La niña es preciosa. ¡Ya tiene a las enfermeras locas con su gritería!"

Ariel rió, y luego se puso serio.

"Gracias por darme una hija," me dijo. "Yo sé que no vino al mundo en las mejores circunstancias, y te lo juro, lo siento mucho. Así y todo, te la agradezco."

La sinceridad que mostró Ariel me conmovió, y casi me debilita hasta el punto de perdonarlo. Pero me acordé que tenía que ser fuerte, y cumplir con el acuerdo que habíamos pactado, pasara lo que pasara.

"La vi sólo por un momento en el salón de partos," dije. "Pero seguro que me la traen pronto para darle la leche."

Como si fuera telepática, unos instantes después, oí un toquecito en la puerta. Ariel se puso de pie y la abrió.

"¿Señora Silva? Le traigo a su hija."

La enfermera empujó la puerta y la abrió completamente para entrar con la niña en sus brazos. Caridad estaba tapada con una frazada rosada y tenía una gorrita en la cabeza. Me senté erecta y extendí los brazos para recibirla.

"De *verdad* que es preciosa," le dije a Ariel, mientras le quitaba la gorrita para verla mejor. "Ella es nuestra Caridad."

Ariel frunció el ceño.

"¿Caridad?" preguntó. "¿Qué es eso?"

"Así se llama," repliqué. "Y me parece que el nombre le pega muy bien."

"Pero nosotros no hablamos de llamarla así," dijo Ariel en tono de protesta.

"A mí me parece que es un nombre precioso para una niña preciosa," dije. "Ariel, la he nombrado en honor de nuestra Santa Patrona. ¿No te vas a oponer a eso, no?"

Ariel lo pensó por un corto tiempo, y estuvo de acuerdo conmigo.

"Caridad es un lindo nombre," dijo.

Cogí el biberón pequeñito de leche que me había dado la enfermera, y empecé a dárselo a la niña. Cuando traté de darle el pecho a Martí, tuve problemas físicos, y por eso decidí no buscarme ese dolor de cabeza y tener esa desilusión con Caridad.

La niña enseguida empezó a chupar la tetera para tomar la leche. Mientras la miraba, trataba de no hacerme una imagen mental de Luther, pero sí era el momento de recordarle a Ariel del pacto que habíamos acordado cuando lo confronté por su conspiración con Mamá para cambiarme las pastillas.

"Presta atención," le dije. "Porque en unas semanas, te va a tocar a ti hacer esto."

"No me lo tienes que recordar, Margarita," dijo Ariel, sonriendo y tratando de ponerle buena cara a una situación difícil. "Yo aprendo rápido."

Cuando confronté a Ariel por lo de las pastillas la primera vez, estaba lista para dejarlo, y así se lo comuniqué. Ariel no podía ni imaginarse que me fuera con Martí, y por eso llegamos a un acuerdo. Él se iba a quedar en casa con los niños por dos años mientras yo trabajaba en el bufete. Ese era el precio que tenía que pagar por haberme traicionado. Yo sabía que teníamos suficiente dinero como para que él dejara el trabajo por un par de años sin que se disminuyera nuestro nivel económico. Yo había sacado la cuenta, y por eso estaba segura de lo que decía. Ariel no tenía cómo defenderse.

Le expliqué que ya que tenía tantas ganas de tener esa niña por la que estuvo dispuesto a mentir, a manipular, y a maniobrar para que yo la trajera al mundo, ahora le tocaba a él cuidarla a ella y a Martí también.

Caridad y yo regresamos a casa dos días después del parto. Era una niña buena, de buen humor, y agradable. Las dos nos recuperamos enseguida del difícil parto. Nuestros parientes y amistades vinieron a visitarnos y la casa estaba tan llena de flores que me hizo recordar la Funeraria Caballero cuando se moría un político de Miami.

Vivian y Anabel vinieron a verme todos los días. Vivian trajo a su hija dos veces, y me alegró y sorprendió mucho que la niña se estaba portando bien y que ya quería a Vivian. El proceso no había sido fácil, pero por las apariencias, Vivian se veía contenta en su papel de madre. Bueno, por lo menos se estaba haciendo los rayitos en el pelo con regularidad y estaba yendo al trabajo. Estos eran barómetros de su estado de ánimo. Anabel todavía se ponía ropa estrafalaria, y algunas de sus combinaciones eran tan espantosas que le daba gracias a Dios que Caridad todavía tuviera los ojos cerrados.

Después de que pasaron diez días, en un día primaveral magnífico y precioso, decidí que teníamos que hacerle la visita a una señora muy especial. Cuando Caridad se despertó de la siesta, la vestí en su mejor ropita, y la coloqué con mucho cuidado en el asiento infantil del Escalade.

Pasamos el MacArthur Causeway desde Miami Beach a tierra

firme, y cuando llegamos allí, seguí en dirección sur por Bayshore Drive. Al llegar a la calle antes de llegar al Mercy Hospital, doblé a la izquierda en dirección de la bahía de Biscayne. Conduje el carro hasta la Ermita, y lo parqueé lo más cerca posible del templo.

A pesar de que era un día caluroso y soleado, el viento soplaba fuerte desde la bahía. Salí del carro y abrí la puerta trasera para sacar a la niña, quien estaba durmiendo tranquilita en su asiento. Con mucho cuidado, y para no molestarla, la cargué, la abracé fuerte, cerré la puerta del carro, y salimos para la Ermita.

Había alguien dentro del templo quien yo quería que conociera a Caridad: su tocaya. Caminé lentamente por el pasillo en dirección de la imagen. Mientras estábamos allí, yo juraría que la Virgen me guiñó el ojo. Yo le devolví el guiño. Para mí, esa era una señal que la Virgen sabía que yo estaba allí, y que Ella estaba conmigo. Miré a mi niña, y me pareció que también pestañeaba. Se me estremeció el corazón cuando pensé en lo que significaba esto, ya que era lo único que podía hacer para no gritar que la Virgen me había dado una señal.

Ya que no quería romper el hechizo, regresé hasta el primer banco y me senté frente a la Virgen. Yo conocía ese banco muy bien, ya que era el mismo donde había pasado largas horas consultando con la Virgen. Miré la cara de mi hija que llevaba abrazada, y no podía resistir la tentación de reflexionar sobre el largo camino que nos había llevado hasta ese punto.

Y bueno, después, de una ausencia de un año, regresé a trabajar en el bufete Weber, Miranda, y Asociados. Cuando regresé, les informé que necesitaba una licencia de maternidad de seis semanas, y que después regresaría a trabajar a tiempo completo. María me contó que el plan tentativo con el otro abogado de inmigración se había cancelado sin que se dijera nada, y todos me recibieron con los brazos abiertos.

Mientras estaba recostada en la guardería de la casa, mirando a Caridad chupando el biberón, me asombré de ver lo bien que todo había terminado. El único problema sería si Caridad fuera alta de estatura, rubia, de ojos azules, y aficionada a los deportes.

Entonces me tocaría explicar muchas cosas.

Pero eso no me preocupaba. Lo único que tenía que hacer era llevar a Caridad a ver a su tocaya en la Ermita de la Caridad. Antes que llegara ese momento, iba a practicar más cómo leer los labios.